U0090875

# 古典文學研究輯刊

二編

曾永義 主編

## 第27冊

## 伍子胥故事研究：以元明清戲曲小說爲中心

童宏民 著

國家圖書館出版品預行編目資料

伍子胥故事研究：以元明清戲曲小說為中心／童宏民 著 — 初版 — 新北市：花木蘭文化出版社，2011〔民100〕
目 2+166 面；19×26 公分
（古典文學研究輯刊 二編；第27冊）
ISBN：978-986-254-514-0（精裝）
1. 中國古典文學 2. 戲曲 3. 小說 4. 民間故事 5. 文學評論
820.8 100001163

ISBN-978-986-254-514-0

古典文學研究輯刊
二 編 第二七冊 ISBN：978-986-254-514-0

## 伍子胥故事研究：以元明清戲曲小說爲中心

作 者 童宏民
主 編 曾永義
總編輯 杜潔祥
出 版 花木蘭文化出版社
發行所 花木蘭文化出版社
發行人 高小娟
聯絡地址 新北市永和區中正路五九五號七樓之三
電話：02-2923-1455／傳眞：02-2923-1452
網 址 http://www.huamulan.tw 信箱 sut81518@ms59.hinet.net
印 刷 普羅文化出版廣告事業
初 版 2011年3月
定 價 二編30冊（精裝）新台幣48,000元 

# 伍子胥故事研究：以元明清戲曲小說爲中心

童宏民　著

## 作者簡介

童宏民，台灣台中人，國立政治大學中國文學研究所碩士班畢業。現職為國立勤益科技大學通識教育學院專任講師。96 年度參與執行「教育部獎勵教學卓越計畫」，開發中文教材，與江亞玉、張福政、趙明媛、劉淑爾共同編著《大學文選 —— 語文的詮釋與應用》一書。

## 提　　要

伍子胥一生事跡充滿傳奇色彩，極為引人入勝，故早已廣布流傳，不僅見載於《左傳》、《國語》、《史記》、《越絕書》、《吳越春秋》等史傳，先秦諸子以及漢代思想家亦多徵引其事，以為議論之資；至唐代的〈伍子胥變文〉，則綜合了史傳及民間種種相關傳說，代表了「唐以前關於伍子胥故事的總匯」；唐代以後，則宋、元以下，直至清代的講史、戲曲、小說，都有伍子胥故事的記錄或演出。

伍子胥故事、伍子胥形象，在史籍中早已定型，自《左傳》、《國語》、《史記》、《越絕書》、《吳越春秋》以下，並無太大改變。反之，在屬於民間的、通俗的戲曲、小說之中則顯得多采多姿，變化萬端，值得深入探討。因此，本書對伍子胥故事的研究，即以元明清戲曲、小說為中心。

全文約十二萬字左右。章節細分如下：

第一章「緒論」：講述研究動機與目的，回顧前人關於伍子胥故事的研究成績，設定研究範圍，並說明研究方法以及章節架構。

第二章「戲曲資料中之伍子胥故事」：探討戲文，雜劇、傳奇等戲曲資料中與伍子胥有關的故事。

第三章「小說資料中之伍子胥故事」：探討《列國志傳》、《新列國志》與《東周列國志》、《十八國臨潼鬥寶鼓詞》、《吳越春秋鼓詞》、《禪魚寺大鼓書》等小說記載中與伍子胥有關的故事。

第四章「伍子胥故事在戲曲小說中的互相借述」：探討中國戲曲、小說演出或記載故事時，互相借述題材的情形；再進一步聚焦於伍子胥故事在戲曲、小說中的互相借述，故事情節並因而不斷孳乳、展延，甚至轉化的情形。

第五章「伍子胥在戲曲小說中的形象」：借用前輩學者研究所得，以解說與分析伍子胥在戲曲、小說中的形象。

第六章「結論」：植基於前面各章節之研究所得，展示伍子胥故事的全貌；最後，提出伍子胥故事目前尚未明白其細節的部分，以俟諸來日。

附錄「皮黃及地方戲曲中之伍子胥故事」：探討皮黃及地方戲曲資料中與伍子胥有關的故事。

# 目次

# 第一章　緒　論

本書書名爲：《伍子胥故事研究：以元明清戲曲小說爲中心》，主要作意在於聚焦於元、明、清三代的戲曲、小說資料中之伍子胥故事，而以「故事研究」、「主題研究」的概念來探討伍子胥的故事、分析伍子胥的形象。

以下即先敘明本書之研究動機與目的，並回顧前人研究成果；再說明本書的研究範圍以及研究方法，並就全書整體章節架構提出簡要的介紹。

## 第一節　研究動機與目的

依據《左傳》、《國語》、《史記》等正史的記載，伍子胥是春秋時代吳國的名將。名員，字子胥，因功封於申，故又稱申胥。他出身於楚國，是楚國大夫伍奢的次子。楚平王因聽信讒言，誅殺子胥父兄。子胥乃逃亡至吳國，幫助公子光刺殺吳王僚。公子光即位，是爲吳王闔廬。子胥先輔佐闔廬，大破楚軍於豫章，又與孫武率軍伐楚，攻入楚國都城郢（今湖北江陵北），完成吳國稱霸的事業。闔廬死後，夫差即位，子胥又佐之大敗越軍。越王句踐忍辱負重，生聚教訓，謀求復國滅吳；子胥洞悉句踐陰謀，忠心謀國，屢屢犯顏直諫，爲君王所忌，遂爲夫差賜劍自殺。

伍子胥一生的事跡、故事可謂充滿傳奇色彩，極爲引人入勝，故早已廣布流傳，不僅見載於《左傳》、《國語》、《呂氏春秋》、《史記》、《越絕書》、《吳越春秋》等史傳，而且，先秦諸子以及漢代思想家亦多徵引其事，以爲議論之資；同時，在廣大的民間，伍子胥的故事一定也被人們不斷地傳述著。不過，由於年代久遠，唐代以前，關於伍子胥故事在民間流傳的情形已無從查考，所以，欲知此一時期伍子胥故事的內容、風貌，惟有透過史傳與秦、漢思想家的典籍記載了。

至唐代的〈伍子胥變文〉，則綜合了史傳及民間種種與伍子胥有關的傳說，代表了「唐以前關於伍子胥故事的總匯」；〔註 1〕唐代以後，則宋、元以下，直至清代的講史、戲曲、小說，都有許多伍子胥故事的記錄或演出，即使時至今日，戲劇舞台上仍有伍子胥故事的演出。所以伍子胥故事的流傳眞是歷史悠久、源遠流長。

在這漫長的流傳時間裡，伍子胥故事是怎樣被傳述的？也就是說，伍子胥故事流傳的媒介是什麼？最完整、最全面的伍子胥故事，包含了哪些情節？這些情節在不同時代或不同傳播媒介中的衍變、發展情形如何？透過這些情節所呈現出來的伍子胥形象又是如何？……凡此，皆爲引人入勝的問題，這形成了本書的研究動機。

唐代的〈伍子胥變文〉及其以前所流傳的伍子胥故事、伍子胥形象的研究，前人的成果，已頗有可觀，此乃本書聚焦於元、明、清三代的原因所在；而研究範圍限定在以戲曲、小說爲中心，則其理易明，殆因伍子胥故事、伍子胥形象，在正式史籍中的記載早已定型，自《左傳》、《國語》、《呂氏春秋》、《史記》、《越絕書》、《吳越春秋》以下，並無太大的改變。反之，在屬於民間的、通俗的戲曲、小說之中則顯得多采多姿，變化萬端，才値得深入探討。

因此，以「故事研究」、「主題研究」的概念來釐清、研究元、明、清三代的戲曲、小說之中的伍子胥故事、伍子胥形象，乃成爲本書的研究目的。

## 第二節　前人研究成果回顧

〈伍子胥變文〉既是唐代以前的伍子胥故事的總匯，那〈伍子胥變文〉以及更早的史傳、典籍中所記載的伍子胥故事內容、風貌到底如何？從其中所呈現出來的伍子胥的形象又是怎樣呢？

有關伍子胥故事，最早以書面記錄的史籍應是《左傳》。而伍子胥在《左傳》中的形象，簡宗梧師的〈左傳寫「闔廬入郢」伍員何以銷聲匿跡？〉〔註 2〕及

〔註 1〕語見劉修業：〈敦煌本伍子胥變文之研究〉，原載於《圖書副刊》第 184 期，1937 年 6 月 3 日《大公報》，收入王重民：《敦煌古籍敘錄》，《書目類編》第 82 冊（台北：成文出版社，據民國 45 年排印本影印）。

〔註 2〕簡宗梧：〈左傳寫「闔廬入郢」伍員何以銷聲匿跡？〉，《孔孟月刊》第 19 卷

〈左傳伍子胥的形象〉〔註3〕兩篇論文，作了精譬的剖析。

首先，闔廬入郢，正是身負血海深仇的伍子胥報仇洩憤的高潮，《左傳》在寫這一段史事時，對於伍子胥的記載，卻只在柏舉之役的前面，輕描淡寫的提到：「伍員爲吳行人以謀楚」，何以如此？〈左傳寫「闔廬入郢」伍員何以銷聲匿跡？〉就以這個問題起論：

> 柏舉之役吳國在戰場上的勝利，他難道不曾貢獻謀略？吳師入郢時，他難道不曾有報仇洩憤的舉動？怎麼突然銷聲匿跡？這是饒有趣味的問題。

簡師的結論是：

> 《左傳》刻畫人物就很注意維護人格統一的律則，……《左傳》所刻畫的伍子胥，確是忠孝雙全、高瞻遠矚、足智多謀的奇才。……但引吳以覆宗國，在左氏心目中，畢竟是不該稱許的事。爲了維護所描述的伍子胥，那完美人格的完整性，所以在敘述這件轟轟烈烈的大事時，伍員的部分便輕描淡寫避重就輕了，爲了不失歷史的「眞」，把伍子胥朦朧的隱入幕後。……左氏讓伍子胥隱藏在夫槩王的身後，不願挑明提說，就是不願破壞子胥忠孝兩全的形象，同時也對夫槩王日後恃功而驕，提供因果連貫的敘述。

原來，《左傳》是爲了維護其刻畫人物時「注意維護人格統一」的律則，爲了維護所用心刻畫的伍子胥忠孝兩全的完美形象，所以，把他報仇洩憤的一段，輕輕地略去，記敘這一史事時，把他推到幕後。

其次，爲了更深入地解說伍子胥在《左傳》中的形象，簡師以經學、史學和文學三個不同的角度，來考察《左傳》中的相關記載，寫成了〈左傳伍子胥的形象〉，其主要結論如下：

> 伍子胥是春秋末期一位悲劇性的人物，在此所謂形象，並不是形而下的狀貌，而是指形而上的人格。……他明知無法抗拒，但他執著，以致犧牲性命，他雖然終以身殉，但精神方面他是勝利的，這不只是他敢於挑戰，敢於以自己的有限來對抗，而他也贏得人們對他的崇敬，他完全合乎西洋所謂悲壯藝術中悲劇英雄（Tragic hero）所具有的悲劇性格。《左傳》所描寫的伍子胥，就很突出這種悲劇性格，

第2期，頁16～18。

〔註3〕簡宗梧：〈左傳伍子胥的形象〉，《孔孟學報》第45期，頁213～223。

從文學藝術的成就來說，是十分成功的。

> 姚一葦先生論西洋悲劇英雄，指出有一類英雄，多少帶有神性的氣質，如普羅米修士（Prometheus）、伊底普斯（Oedipus）、安蒂剛妮（Antigone），他們都面臨巨大無比的勢力，而且明知這種勢力的無法對抗，但一經他們認定自己是對的，就不惜犧牲一切，全力以赴，在最惡劣、最絕望的境地，仍然有所作爲，表現了「知其不可爲而爲之」的精神。我們看看《左傳》這兩段所表現的伍子胥，正是這類悲劇英雄的典型。

> 吳曾祺以爲「左氏視子胥爲一完全忠孝人，故不欲以世俗傳聞不可知之事、爲賢者累。」大體是認爲左氏爲了顧全伍子胥忠孝的形象，所以不寫鞭屍及滅楚的事。竊以爲維護形象之說是可以成立的，不過左氏爲伍子胥所塑造的形象是「孝、仁、知、勇」，同時也不許人責其不忠。……不過興吳師以覆宗國，在一般人心目中，恐怕還是會有所責難的，因此，左氏在處理這些史料，就倍費苦心了。前面說其「謀楚」，後面稱其「復楚」，已暗示他扮演了重要的角色，已不失其歷史之「眞」，然後把他矇矓隱入幕後，以免怵目驚心，破壞形象。

大體而言，《左傳》所刻畫的伍子胥形象是「孝、仁、知、勇」，同時也不許人責其不忠，但恐一般人心目中對子胥復仇之事有所責難，所以故意略於子胥復仇之事。與《左傳》不同，太史公《史記》則極力舖寫伍子胥的怒火，用意乃在藉子胥覆楚鞭屍之事，寄其無罪而身受腐刑之激憤。再者，子胥具有知其不可而爲之的情操，極力諍諫，以酬先王報楚慰親之恩，終以一己之生命，爲國家的存續做最後的努力，具有悲壯的情懷，形象鮮明突出。

至於《左傳》以下、唐代的〈伍子胥變文〉之前的史傳、典籍，有些什麼伍子胥故事？伍子胥的形象如何？關於這些問題，謝海平師的《講史性之變文研究》、〔註4〕張瑞芬的《伍子胥變文及其故事之研究》、〔註5〕大衞・強

---

〔註 4〕謝海平：《講史性之變文研究》（嘉新水泥文化基金會研究論文第 231 種，民國 62 年 11 月）。

〔註 5〕張瑞芬：《伍子胥變文及其故事之研究》（台北：中國文化大學中國文學研究所碩士論文，民國 74 年）。

生（David Johnson）的〈伍子胥變文及其來源〉都有很詳細的討論。〔註6〕

謝海平師的《講史性之變文研究》在論〈伍子胥變文〉時，列舉了許多記載於《左傳》、《國語》、《史記》、《呂氏春秋》、《越絕書》、《吳越春秋》及先秦諸子、漢代思想家典籍中的、關於伍子胥的故事，以與〈伍子胥變文〉中的伍子胥故事做詳細的比較。

張瑞芬的《伍子胥變文及其故事之研究》試圖對伍子胥故事作全面的討論，整體架構堪稱恰當，全文共分六章，其第一章「伍子胥變文研究」及第二章「伍子胥變文中藥名詩之研究」純粹以〈伍子胥變文〉本身爲討論對象。第三章「伍子胥故事考述與評量」則先排比《左傳》、《國語》及《史記》所載子胥之事，以與〈伍子胥變文〉做比較；再以《越絕書》、《吳越春秋》與正史所載比較；最後，獲致結論：伍子胥故事有「史實」與「小說」兩大系統，〔註7〕而〈伍子胥變文〉或依史實，或從小說，恰居其中，身兼「史實」與「小說」兩大特色，〔註8〕是唐代伍子胥故事之代表，具承先啓後之重要地位。第四章「伍子胥故事對後世戲曲及文學之影響」則列舉戲文及大曲、元明雜劇與傳奇、清代以降地方戲、講唱及俗曲作品中之有關伍子胥故事作品，一一加以梗概介紹。第五章「伍子胥故事於民俗方面之影響」則先言子胥、文種恚怒爲濤之錢塘海潮傳說；次及杭俗八月十八日弄潮競渡，並附以江浙

〔註6〕大衛・強生（David Johnson）著，蔡振念譯：〈伍子胥變文及其來源〉，原文載於《哈佛亞洲學報》（Journal of Asiatic Studies）第40卷第1號及第2號。文分兩部，譯文亦依原文分爲兩部：第一部收入《中華文化復興月刊》，第16卷第7期、第8期、第9期；第二部收入《中華文化復興月刊》，第17卷第3期、第4期。

〔註7〕張瑞芬說：「伍子胥故事，自春秋以降，歷漢、唐、宋、元、明、清，大致可分爲史傳與小說兩大系統：前者以前代史書傳記所記爲本，雖或敷演不無增添，形容不無潤色，而大要不致盡違史實，其主要均以《史記》爲主體；後者則據民間傳說及附會之談而來，增衍既多，亦多不符史實，而爲民間故事最普遍之特質，其衍生之根本則以《吳越春秋》爲主。就伍子胥故事，其略如表：史傳：《左傳》、《國語》→《新列國志》（馮夢龍）→《東周列國志》（蔡元放評）；小說：《越絕書》、《吳越春秋》→〈變文〉→元曲→《列國志傳》（余邵魚）」語見張瑞芬：《伍子胥變文及其故事之研究》，頁184～185。

〔註8〕張瑞芬說：「伍子胥故事中，史傳與小說二大系統，以子胥逃亡入吳一段而言，《史記》與《伍員吹簫雜劇》適爲史傳與小說二系統之代表，以之爲對比，可見出唐代〈變文〉居中之傾向」、「〈伍子胥變文〉或依史實，或從傳說，或繁或簡，其中遇姊、遇妻、避子安子永追捕、吳王晝夢賢人入境事皆爲獨有；而史傳及元曲中之專諸、過昭關諸重要情節則爲獨無，然而其居中位置，則可見之。」語見張瑞芬：《伍子胥變文及其故事之研究》，頁192、193～194。

地方至今猶存之伍員遺跡及祠廟作結。第六章「結論」總縮前說。

大衛・強生（David Johnson）的〈伍子胥變文及其來源〉討論的範圍正如其題目所示，是〈伍子胥變文〉以及其故事來源。在說明了〈伍子胥變文〉的故事內容大概之後，大衛・強生說：

> 以上即〈伍子胥變文〉的大概，故事可謂相當動人。我們不難看出〈變文〉對其後中國小說的發展有相當的影響，但我們在此所關心的是〈變文〉的祖系，非其嫡傳！伍子胥死於唐朝建國一千二百年前，在其間，伍子胥的事蹟和傳說藉什廣而流傳？究竟爲什麼唐人對伍子胥如此感興趣？〔註 9〕

指出本論文是在探討〈伍子胥變文〉的來源（祖系）而不在討論〈伍子胥變文〉對後世的影響（嫡傳），除此之外，並探討自伍子胥死後以至唐代〈伍子胥變文〉出現之前，伍子胥事跡和傳說廣布流傳的媒介。

其主要結論是：〈伍子胥變文〉源自兩大傳統：一是口頭的（口頭傳統），一是文字的（文學傳統）。大衛・強生說：

> 伍子胥的故事也因聽眾（讀者）所取不同而有五花八門的傳本。然而，探本溯源，它們都來自兩大傳統：一是口頭的，一是文字的。每個傳統皆極其複雜，其中尚有子屬傳統（subtradition）廣泛的交互影響，但整體來說，文學傳統（Literary tradition）和口頭傳統（Oral tradition）兩大傳統間的互相影響卻極有限。……這種情形在唐朝（九、十世紀）有了改變，這是本文討論的主題。變文是敘說伍子胥故事的新方式……它是爲略識之無者而寫的文學作品，作者是文人，對早先有關伍子胥的文學著作極熟悉；但作者、讀者兩皆未完成正統教育，他們較學者與官吏接近文盲的世界，也熟悉口傳的伍子胥故事，並受其影響。〔註 10〕

而其中所謂「文字的（文學傳統）」根源又可分爲前、後兩群：先是《左傳》、《國語》、《呂氏春秋》、《史記》；再來是《吳越春秋》、《越絕書》。大衛・強生說：

〔註 9〕語見大衛・強生（David Johnson）著，蔡振念譯：〈伍子胥變文及其來源〉第一部，《中華文化復興月刊》，第 16 卷第 7 期，頁 43。

〔註 10〕語見大衛・強生（David Johnson）著，蔡振念譯：〈伍子胥變文及其來源〉第一部，《中華文化復興月刊》，第 16 卷第 7 期，頁 37。

這些傳本可分爲兩群，第一群由伍子胥故事的重要傳本和《史記》中的〈伍子胥傳〉組成；第二群由《吳越春秋》中眾多的伍子胥資料組成，輔以《越絕書》的資料。〔註 11〕

以上所見四種伍子胥生平故事的早期典據（early sources）是複雜而零碎的，雖然頗富戲劇性，卻沒有一個作者把它當做小說，所以四種典據都缺乏連續一貫的敘述，甚至四種中最連貫的《史記・伍子胥傳》也無一高潮，子胥之死與吳國之亡都泛泛帶過……；《吳越春秋》（和《越絕書》）代表伍子胥故事在早期文學中的第二階段，較之《史記》和其他三部著作，它的敘述要好得多，內容更豐富詳細，故事也有穩固的綱目架構，作者以一種不帶感情的客觀態度來描寫悲劇性的衝突，這在更早的著作中是含糊不清的，但可疵議的是《吳越春秋》仍屬於秀異的史傳傳統，它和早期的史傳有密切的血緣關係，但卻和〈變文〉大不相同。〔註 12〕

《吳越春秋》和《越絕書》無疑較前一群書提供了更豐富更複雜的伍子胥故事，但事件（incident）的增加並不表示故事的基本有所改變。《吳越春秋》及其前的文學傳本均有著同樣的故事。〔註 13〕

雖然《吳越春秋》和《越絕書》較之《史記》和其他三部著作（《左傳》、《國語》、《呂氏春秋》），它的敘述要好得多，內容更豐富詳細，卻没有改變故事的基本情節，所以說，它們仍是同屬一種「傳統」——文字的（文學傳統、史傳傳統）。同時，〈變文〉雖受其影響，但影響的程度卻極其有限，大衛・強生說：

將之詳細和早期文學傳本如《左傳》、《史記》、《吳越春秋》比較後可發現，〈變文〉雖受知識份子文學傳統的影響，卻極有限。這些傳本本身雖各相異，但置諸〈變文〉之旁，它們卻顯然共屬一種傳統，

〔註 11〕語見大衛・強生（David Johnson）著，蔡振念譯：〈伍子胥變文及其來源〉第一部，《中華文化復興月刊》，第 16 卷第 7 期，頁 43。

〔註 12〕語見大衛・強生（David Johnson）著，蔡振念譯：〈伍子胥變文及其來源〉第一部，《中華文化復興月刊》，第 16 卷第 8 期，頁 45。

〔註 13〕語見大衛・強生（David Johnson）著，蔡振念譯：〈伍子胥變文及其來源〉第一部，《中華文化復興月刊》，第 16 卷第 8 期，頁 48。

而〈變文〉卻是另外一種。〔註 14〕

正因爲〈伍子胥變文〉故事雖受知識份子文學傳統的影響，但極其有限，所以，必需要再探討〈伍子胥變文〉故事來源的另一傳統——口頭的（口頭傳統）。結論是：其所取材的口頭材料有二：民間傳說（包括民間故事）、職業或近乎職業說書人的長篇故事。大衞·強生說：

伍子胥故事早在西元前五世紀就已流傳著，我們可以假定，到了唐代，它已累積成一個相當大的故事體，其中包含了爲大群人所熟悉的簡單故事、軼聞及說書人所說之較複雜的故事。〔註 15〕

大衞·強生又說：

在伍子胥故事的各種文字傳本中，某一些一定的事件較其前後內容的背景突出，顯出了其特性——如幻想的、夢似的、神奇的——此一特性說明了這些事件來自民間傳說。伍子胥的敲折門齒、和神祕漁人的相遇、首及雙眼懸於吳都城牆上、革囊裹屍、投海逐波、斷頭指引越軍入吳等等事件，都可追溯到古老的傳說階段，這些古老的傳說都和伍子胥故事毫無牽連，他們和神話的關係較之和歷史的關係來得密切。〔註 16〕

這段話指出伍子胥故事中，有六個事件——敲折門齒、和神祕漁人的相遇、首及雙眼懸於吳都城牆上、革囊裹屍、投海逐波、斷頭指引越軍入吳——可能係受民間傳說影響。大衞·強生又說：

尋找這些影響的跡象，首先映入腦海的是變文形式和結構的特徵，最明顯的是韻散夾雜，此一方法顯然出自於口頭演說。還有，伍子胥的投吳和抗楚，都以行旅的方式表現，旅途中，用各種事件來作規則的間隔，此爲說書人最古老的方法之一。〔註 17〕

這裡，以變文的形式以及敘述方式來肯定〈伍子胥變文〉受職業或近乎職業

---

〔註 14〕語見大衞·強生（David Johnson）著，蔡振念譯：〈伍子胥變文及其來源〉第二部，《中華文化復興月刊》，第 17 卷第 3 期，頁 21。

〔註 15〕語見大衞·強生（David Johnson）著，蔡振念譯：〈伍子胥變文及其來源〉第二部，《中華文化復興月刊》，第 17 卷第 3 期，頁 22。

〔註 16〕語見大衞·強生（David Johnson）著，蔡振念譯：〈伍子胥變文及其來源〉第二部，《中華文化復興月刊》，第 17 卷第 3 期，頁 22。

〔註 17〕語見大衞·強生（David Johnson）著，蔡振念譯：〈伍子胥變文及其來源〉第二部，《中華文化復興月刊》，第 17 卷第 3 期，頁 22。

說書人長篇故事的影響。

接著，大衞・強生又指出，江水在伍子胥故事中到處可見，如：子胥父兄之屍被投於水、伍子胥流亡的路途都沿著水、遇浣紗女於水、浣紗女自沈於水、其姊家居水傍、使兩外甥深信他已没於水、自家亦居於水傍、遇漁人於江邊、漁人自沈於江、伍子胥之屍被投於江中、子胥亡魂激起巨浪化爲波濤……這些情節可能都出自民間傳說，此決非巧合，說明了在某種口頭傳說中，伍子胥和江水及浪濤有密切的關係。

隨後，大衞・強生則列舉了許多史志資料所記錄的對伍子胥的祭祀，指出：在早期的祭祀，伍子胥和浪潮並無關聯，《國語》中提到子胥死之年，吳稼不稔，此事也見於《吳越春秋》，因此，第一次對伍子胥的祭祀可能便起因於年歲不稔；伍子胥被視爲波神約在兩漢之際（西元 1 世紀）；蘇州居民最早視伍子胥爲怒濤之神，能興雲致雨，且爲該地的守護神；當伍子胥的祭祀從其起源地蘇州，傳到杭州、紹興一帶，其居民很容易就想到，他們祭祀了幾百年之久的波神，事實上就是伍子胥，伍子胥曾被冤死投河，他的怨恨激起怒濤是再自然不過的事了，因此，伍子胥取代了早先的波神，不久，且成爲錢塘三角洲的守護神，和太湖蘇州地區所祭祀的伍子胥合而爲一了。〔註 18〕而伍子胥的祭祀與伍子胥故事的廣布流傳有很大的關連：

> 那裡有伍子胥的祭祀，那裡就傳說著伍子胥的故事，祭祀使得伍子胥的故事得以完整地代代相傳。春秋戰國之際的伍子胥傳說當然也會流傳到後代，但我相信，祭祀卻是將伍子胥故事流傳下來的最重要媒介。〔註 19〕

最後，大衞・強生提出結論：第一、祭祀是伍子胥故事流傳下來的最重要媒介，但〈伍子胥變文〉卻無一字言及子胥屍身被投入水中、隨波逐流、成爲怒濤之神、斷頭指引越軍入吳等子胥死後之事——而這些正是與伍子胥祭祀一起流傳的伍子胥故事的高潮，可見「口頭傳統對〈變文〉的影響雖較文學傳統爲大，卻仍有限」；〈伍子胥變文〉的故事來源，除了「文學傳統」與「口頭傳統」兩個來源之外，還有另一個來源，那就是「作者想像力的創

---

〔註 18〕參見大衞・強生（David Johnson）著，蔡振念譯：〈伍子胥變文及其來源〉第二部，《中華文化復興月刊》，第 17 卷第 3 期，頁 22～26、第 17 卷第 4 期，頁 26。

〔註 19〕語見大衞・強生（David Johnson）著，蔡振念譯：〈伍子胥變文及其來源〉第二部，《中華文化復興月刊》，第 17 卷第 4 期，頁 26。

作」，他說：

> 可見口頭傳統對〈變文〉的影響雖較文學傳統爲大，卻仍有限。……它尚有一個來源：即作者想像力的創作。……〈伍子胥變文〉中形式與內容的許多特徵，可能均出於作者的創作，他受文學傳統的影響，卻不以伍子胥爲道德典範；也受口頭傳統的影響，卻不將伍子胥視爲神明，他爲一群新聽眾（讀者）創造了新事物。〔註20〕

第二、〈伍子胥變文〉的聽眾（讀者）「能讀書識字，但並未受高等教育，既非販夫走卒，也非高僧顯宦、鄉賢文儒，他們之中可能有些是村塾先生，也有低層僧侶、巫醫者流、衙吏店商等等」〔註21〕他們既不以伍子胥爲忠臣烈士——這是知識份子的價值觀；也不以伍子胥爲波神——這是文盲、販夫走卒的信仰。第三、〈伍子胥變文〉的作者雖是文人，卻非統治的菁英份子；〈伍子胥變文〉是爲受中等教育的讀者而編寫，其屬性既非史著，也非神話的記錄，而是中國最早的通俗小說之一。〔註22〕

經由上述諸位前輩之研究、解析，於是，我們對於唐代〈伍子胥變文〉時期以前所流傳的伍子胥故事、伍子胥形象，有了非常清晰的概念。

## 第三節　研究範圍

唐代〈伍子胥變文〉時期以前所流傳的伍子胥故事，不論其傳承自文學的（歷史的、書面的）或口頭的（神話的、傳話的），可說極爲豐富多彩。由這些故事、情節所反映出的伍子胥形象，前人研究之成果已然可觀，詳如前節所述。

但〈伍子胥變文〉時期之後，在廣大的民間，人們所喜歡聽、看的戲曲、小說之中，仍然大量地搬演、記錄著伍子胥的故事。這個部份卻仍未見詳細而有系統的整理。張瑞芬於其碩士論文《伍子胥變文及其故事之研究》之第四章「伍子胥故事對後世戲曲及文學之影響」，曾列舉了戲文及大曲、元明雜

---

〔註20〕語見大衛・強生（David Johnson）著，蔡振念譯：〈伍子胥變文及其來源〉第二部，《中華文化復興月刊》，第17卷第4期，頁27。

〔註21〕語見大衛・強生（David Johnson）著，蔡振念譯：〈伍子胥變文及其來源〉第二部，《中華文化復興月刊》，第17卷第4期，頁28。

〔註22〕參見大衛・強生（David Johnson）著，蔡振念譯：〈伍子胥變文及其來源〉第二部，《中華文化復興月刊》，第17卷第4期，頁28。

劇與傳奇、清代以降地方戲、講唱及俗曲作品中之有關伍子胥故事作品，一一加以梗概介紹。雖涉及此一部份，但多爲資料之提示，〔註 23〕未曾深入探討，故此一部份仍有探討之價值。本書以「伍子胥故事研究：以元明清戲曲小說爲中心」爲題，即是希望對於元、明、清三代戲曲、小說資料中所見之伍子胥故事做些詳細而有系統的整理，並且探討、解析其中所呈現出的伍子胥形象。

本書對伍子胥故事、伍子胥形象之研究，以元、明、清三代之「戲曲」、「小說」爲中心。而這裡所謂的「戲曲」包括戲文、雜劇、傳奇；至於包括皮黃在內的清代新興的地方聲腔劇種，「它們的演出劇目數量極多，但是這類劇目一方面因爲統治者的歧視和禁毀，刊刻付印的機會很少。另一方面也由於其群眾性的集體創作性質，很少有完善的定本流傳，一般只憑藝人之間的口傳心授或簡約的梨園鈔本留存。輾轉至今，還能讀到的當時劇本已經非常少了。」〔註 24〕所以說：「除去《綴白裘》和《納書楹曲譜》所收的四十齣，還可以看到當時的演出劇本或曲譜之外，其餘都只留有存目，有不少雖然至今仍是上演不輟的戲，卻不敢肯定它們就是當年演出的原本。其間究竟已有多少改變，也很難於考索了。」〔註 25〕正因爲皮黃及地方戲曲之年代考訂有其困難，爲免爭議，這個部份將不在本書正文之中討論，而僅列爲「附錄」；〔註 26〕又因爲皮黃最初的演出劇本，幾乎都已不見，只留有存目，所以只好以現在仍在演出的劇本，配合存目，來探討其中關於伍子胥的故事。

另外，本書題目中，所謂的「小說」指的是通俗小說。故文人之筆記、雜著之類作品，不在收集、研究之列；又「通俗」並不等於「白話」，故亦不排除淺顯文言的作品。

---

〔註 23〕張瑞芬碩士論文《伍子胥變文及其故事之研究》列舉了戲文及大曲、元明雜劇與傳奇、清代以降地方戲、講唱及俗曲作品中之有關伍子胥故事作品，一一加以梗概介紹。爲本書的寫作提供了資料搜集上的便利，謹此申明，並誌謝忱。

〔註 24〕語見張庚、郭漢城：《中國戲史通史》（台北：丹青圖書公司，民國 74 年 12 月台一版），第三冊，頁 44。

〔註 25〕語見張庚、郭漢城：《中國戲史通史》，第三冊，頁 49。

〔註 26〕皮黃自花部亂彈中脫穎而出，成爲中國戲曲的主流之一，因此，探討伍子胥在戲曲中的形象，以及有關他的故事，不能不包括皮黃部分。又因爲地方戲曲種類頗多，無法逐一去探究它們個別爲伍子胥創造了那些故事、形象，所以僅將手頭現有之資料，作爲探討皮黃的這一部分的輔助材料。

至於各別範圍之界定，如：戲文、雜劇、傳奇之簡介；明代戲文與傳奇的分野，以及鼓詞、大鼓書何以列入「小說」範圍？亦自有說，將視行文所至，於適當之處加以闡述。

## 第四節　研究方法與章節架構

本書研究的方法是先分別就元、明、清三代的戲曲、小說資料來探討它們各自記錄或演出了那些伍子胥的故事？並探討這些伍子胥故事的來源與發展；其次，再探討戲曲、小說中的這些伍子胥故事相互的借述、轉化，並因而孳乳擴充的情形；接著，再對戲曲、小說爲伍子胥塑造的形象作一綜合性探究；最後，再將本書的研究所得，作一提綱契領式的說明，以爲結論，並提出未能解決之問題，以俟之來日。

本書之章節架構方面，共分爲六章及附錄，簡述如下：

第一章「緒論」：講述本書的研究動機與目的，回顧前人關於伍子胥故事的研究成績，設定本書的研究範圍，並說明本書的研究方法以及章節架構。

第二章「戲曲資料中之伍子胥故事」：先分三節，分別討論戲文、雜劇、傳奇中關於伍子胥的故事。後附以「綜述」，將以上三節所見之伍子胥故事以其情節（劇情）爲經、劇目爲緯，製成表格，以清眉目，並逐一詳加解析，以求讀者對戲曲資料中的伍子胥故事能有深刻而完整的認識。

第三章「小說資料中之伍子胥故事」：先分五節，分別討論《列國志傳》、《新列國志》與《東周列國志》、《十八國臨潼鬥寶鼓詞》、《吳越春秋鼓詞》、《禪魚寺大鼓書》等小說資料中關於伍子胥的故事。後附以「綜述」，特別標舉出其中與戲曲資料所見不同或戲曲資料中未見的情節。若能與第二章相參看，則讀者可以對戲曲、小說中的伍子胥故事有全面的認識。

第四章「伍子胥故事在戲曲小說中的互相借述」：探討中國戲曲、小說演出或記載故事時，互相借述題材的情形；再進一步聚焦於伍子胥故事在戲曲、小說中的互相借述，故事情節並因而不斷孳乳、展延，甚至轉化的情形。

第五章「伍子胥在戲曲小說中的形象」：植基於前面各章節的研究結果，並借用前輩學者研究所得，以全面解說與分析伍子胥在元、明、清三代的戲曲、小說中的形象。

第六章「結論」：植基於前面各章節之研究所得，展示伍子胥故事的全貌；

最後，提出伍子胥故事目前尚未明白其細節的部分，以俟諸來日。

附錄：「皮黃及地方戲曲中之伍子胥故事」：包括皮黃在內的清代新興的地方聲腔劇種雖然在清代時極爲盛行，但目前所能看見的劇本，究竟保留了多少原貌，很難論斷，其年代恐有爭議，可能逸出本書所設定的時代範圍，故以「附錄」的方式呈現，探討皮黃及相關地方戲曲資料中所見的伍子胥故事。

# 第二章　戲曲資料中之伍子胥故事

唐代的〈伍子胥變文〉綜合了史傳及民間種種與伍子胥有關的故事，代表了唐以前關於伍子胥故事的總匯；其後，在廣大的民間，爲人們所喜歡聽、看的戲曲、小說之中，仍然大量地搬演、記錄著伍子胥的故事。本章希望對於元、明、清三代戲曲，如：戲文、雜劇、傳奇資料中所見之伍子胥故事做些詳細而有系統的整理。

## 第一節　戲文中之伍子胥

### 一、戲文簡介

中國戲曲起源甚早，原始時代之歌舞，已可視爲其萌芽的階段。但它發育成長過程卻很漫長，經過漢、唐，直到西元十二世紀宋、金時代才算形成。起源甚早，而形成卻甚晚，其中原因何在？張庚、郭漢城等人合著之《中國戲曲通史》有云：

> 這中間的原因就在於戲曲的發展需要藝人的職業化。因此都市的出現、商品經濟的發達、市民階層大量存在和藝術經驗充分的積累，都是先決的條件。而這些條件直到北宋，即十二世紀之初才完全具備。……而十二世紀中葉這個時期（約當 1120～1164 年）正是樣的時候。溫州雜劇的出現就在這時候，金院本的進一步戲劇化這可能也就在這個時候。〔註1〕

〔註 1〕語見張庚、郭漢城等著：《中國戲曲通史》，第一冊，頁 80。

這裡說明了戲曲發展要有特別的條件配合，才能達到成熟的階段；溫州雜劇的出現、金院本的進一步戲劇化，〔註2〕標幟著中國古典戲劇的正式成立。

對於中國古典戲劇正式成立的時代，有些學者以爲不當晚至金、元，認爲在唐代，如參軍戲、踏謠娘……等即已是正式的戲曲。因此，爭議遂起，孟瑤《中國戲曲史》對此有所說明：

> 近來，許多人爲唐代是否有正式的戲曲發生爭執，我們想，這爭執只是起於大家對戲曲內涵的豐嗇看法不同……，所謂滑稽科白戲，都是一種即興之作，所以「除一時一地外，不容施於他處」因此我們即或勉強稱之爲戲曲，其內容也多麼簡單……，因爲沒有劇本，便無法爲悲歡離合充滿戲劇性的故事定型；沒有定型的悲歡離合充滿戲劇性故事，便不足以稱爲完整之戲曲！〔註3〕

他以爲唐代滑稽科白戲是即興之作、沒有劇本，所以沒有定型的故事，不足以稱爲完整之戲曲。孟瑤既以爲唐代滑稽科白戲並非完整之戲曲，所以認爲王國維的立論最是謹嚴公允。按：王國維說：

> 唐代僅有歌舞及滑稽劇，至宋金二代，而始有純粹演故事之劇；故雖謂眞正之戲劇，起於宋代，無不可也。然宋金演劇之結構，雖略如上，而其本則無一存。故當日已有代言體之戲曲否，已不可知。而論眞正之戲曲，不能不從元雜劇始也。〔註4〕

孟瑤贊成此說，認爲與其說唐代即有正式戲曲，不如說唐代是我國戲曲發展史的功臣，她爲戲曲的園地播下了種子、爲日後正式戲曲的誕生盡了更大的努力。

然而不管如何，我們欲探討戲劇中伍子胥的故事及其形象塑造，自唐代小戲中已是尋找不到任何資料了，因此我們的探討將從宋元戲文開始。

南戲的名稱頗多，有「戲文」、「南曲戲文」、「南戲」、「永嘉雜劇」、「溫州雜劇」、「鶻伶聲嗽」、「傳奇」等名稱。

大概「戲文」是正名，至今浙江一帶仍稱戲劇爲戲文；「南曲戲文」則爲

〔註2〕所謂「金院本的進一步戲劇化」，當指金院本中的一種進步形式：「院么」或稱「么末」，亦即所謂「北雜劇」（或稱「元雜劇」）的前驅。

〔註3〕語見孟瑤：《中國戲曲史》（台北：傳記文學出版社，民國68年11月再版），頁53～54。

〔註4〕語見王國維：《宋元戲曲史》（台北：臺灣商務印書館，民國71年8月，台六版），頁77～78。

與「北曲雜劇」對稱而有；「南戲」則可說是「南曲戲文」的簡稱；「永嘉雜劇」、「溫州雜劇」則是以地方名戲；「鶻伶聲嗽」乃宋元市語，「鶻伶」乃伶俐之意，「聲嗽」即腔調之謂；至於「傳奇」則與「雜劇」一樣，是宋元時戲劇的總稱，不但南戲可稱為雜劇，北劇也有稱為傳奇的。〔註5〕

至於戲文產生的年代和地點，由下列三則記載，可以推知：祝允明《猥談》「歌曲」條云：

> 南戲出於宣和之後，南渡之際，謂之「溫州雜劇」。予見舊牒，其時有趙閎夫榜禁，頗述名目，如：《趙貞女》、《蔡二郎》等，亦不甚多……。〔註6〕

徐渭《南詞敘錄》云：

> 南戲始於宋光宗朝，永嘉人所作《趙貞女》、《王魁》二種實首之，故劉后村有「死後是非誰管得，滿村聽唱蔡中郎」之句。或云：宣和間已濫觴，其盛行則自南渡。號曰「永嘉雜劇」，又曰「鶻伶聲嗽」。其曲則宋人詞而益以里巷歌謠，不協宮調，故士大夫罕有留意者。〔註7〕

葉子奇《草木子》云：

> 俳優戲文始於《王魁》，永嘉人作之……其後元朝南戲尚盛行，及當亂，北院本特盛，南戲遂絕。〔註8〕

據此，則戲文產生的地點在溫州（永嘉），並無疑議。而其產生的時代則有三種不同的說法：一、宣和間；二、南渡之際；三、宋光宗朝。其中，一、二兩說相差不遠，可以不論。而第三種說法則和前兩說相去六、七十年，究竟那一個年代才比較真確呢？孟瑤以為：

> 當然，一個新文學的體式的完成，既不是突然產生，也不是出於個人之手，中間必然經過一段或長或短的醞釀期。因此，我們根據上面的記載，相信南戲濫觴於北宋宣和年間，經過了七八十年的醞釀，

---

〔註5〕參見錢南揚：《宋元南戲百一錄》（台北：古亭書屋，影印原哈佛燕京學社出版，民國58年11月）頁1～2；以及錢南揚：《戲文概論》（台北：木鐸出版社，民國71年2月，初版），頁1～6。

〔註6〕語見〔明〕祝允明：《猥談》，收入《廣百川學海》（台北：正光書局，民國60年9月，初版），頁1353。

〔註7〕語見〔明〕徐渭：《南詞敘錄》，收入《歷代詩史長編二輯》，第三冊（台北：鼎文書局，民國63年2月，初版），頁239。

〔註8〕語見〔明〕葉子奇：《草木子》，收入《四庫全書珍本十集》（台北：臺灣商務印書館，無出版年月，卷四），頁21。

> 至南宋光宗朝而盛行，大致這判斷不會錯。〔註9〕

這樣的結論算是合理的。

到了元代，北雜劇極盛，南戲則潛伏於民間，終元之世而不能和北劇相抗。但南戲已逐漸吸收北劇的各種優點。到了明嘉靖間，崑山魏良輔以崑山腔爲基礎，融合了南戲其他聲腔的長處，創立了「水磨調」。其後又有梁辰魚《浣紗記》的出現，使南戲藝術大大提高，於是崑山腔逐漸爲士大夫喜歡，而流行於天下，建立了戲劇史上的「崑曲」時代。

## 二、戲文中所見的伍子胥

宋元明戲文中以伍子胥故事爲本事者，據莊一拂《古典戲曲存目彙考》〔註10〕所錄，計有四本：《浣紗女》、《楚昭王》、《舉鼎記》、《臨潼記》。分述如下：

### （一）《浣紗女》

莊一拂云：

> 此戲未見著錄。　《九宮正始》引注：「元傳奇。」《宋元戲文輯佚》本，存殘曲一支。　按元人雜劇中所指《浣紗女》，皆屬伍員故事，事見《越絕書》並《吳越春秋》，與西施不相涉。劉向《列女傳》，亦謂子胥奔吳，至溧陽瀨上，楚軍迫之急，有一女子浣布，欲脫子胥，示以濟渡。楚軍至，恐不免辱，因抱石投水而死。吳昌齡有《浣紗女抱石投江》雜劇，即據此事。《溧陽志》有投金瀨，注：即漂女飯子胥處。子胥欲報，不知其家，投金瀨水而去云。〔註11〕

〔註 9〕語見孟瑤：《中國戲曲史》，頁 145。另外，錢南揚亦持相同的看法，參見氏著：《宋元南戲百一錄》，頁 2～3；以及《戲文概論》，頁 21～24。

〔註10〕莊一拂：《古典戲曲存目彙考》（台北：木鐸出版社，民國 75 年 9 月，初版）。

〔註11〕語見莊一拂：《古典戲曲存目彙考》，頁 50～51。又：此處所謂「此戲未見著錄」的意思，觀莊氏本書之〈例言〉部分所云，當可明瞭，他說：「本書著錄，主要以《今樂考證》爲依據，用《曲錄》來增補，兩書並見，則標其一，其他書簿著錄所見，序次於下。其中宋、元及明初戲文，以明永樂敕編《永樂大典》，明代徐渭《南詞敘錄》和呂天成《曲品》爲主，清代徐于室輯、鈕少雅訂的《南九宮正始》和張彝宣的《寒山堂曲譜》等爲輔；元人雜劇，以明代賈仲明訂本《錄鬼簿》及其《續編》爲主，清代曹楝亭刊本《錄鬼簿》、明代朱權《太和正音譜》等爲輔；至於明清雜劇、傳奇，則從《今樂考證》和《曲錄》，而以呂天成《曲品》、祁彪佳《遠山堂明劇品曲品》、晁瑮《寶文堂

按：《九宮正始》鈔本第五冊，存本劇殘曲一支，如莊氏所說：錢南揚編《宋元戲文輯佚》具引此曲；除此之外，陸侃如、馮沅君合著之《南戲拾遺》亦有登錄。此曲全文如下：

> 【南呂調過曲，青衲襖，第三格】紙蝴蝶忒煞輕，瓦湯缾容易冷。風裡楊花，自來無定。鎮日天陰有甚晴！早知你不志誠，枉了我一片心。虧負人，辜負人。空教我打枕搥床，短嘆長吁，千聲萬聲。〔註12〕

陸、馮二氏曰：

> 疑爲西施（溧陽女子？）與范蠡（伍子胥？）別後相思時唱。〔註13〕

蓋以爲存曲太少，不易推定主角是誰？演西施、范蠡事抑或溧陽女子、子胥事？而莊一拂則認爲元人雜劇中所指「浣紗女」，皆屬伍員故事，所以此劇當亦與西施不相涉。

伍子胥自楚奔吳，至溧陽遇浣紗女子，事見《越絕書》卷一，〈越絕荊平王內傳第二〉：

> 子胥遂行，至溧陽界中，見一女子，擊絮於瀨水之中。子胥曰：「豈可得託食乎？」女子曰：「諾。」即發其簞飯，清其壺漿而食之。子胥食已而去，謂女子曰：「掩爾壺漿，毋令之露。」女子曰：「諾。」子胥行五步，還顧女子，自縱於瀨水之中而死，子胥遂行。〔註14〕

又見於《吳越春秋》卷第三，〈王僚使公子光傳〉：

> 子胥默然遂行，至吳，疾於中道，乞食溧陽，適會女子擊綿於瀨水之上，筥中有飯，子胥遇之，謂曰：「夫人可得一餐乎？」女子曰：「妾獨與母居，三十未嫁，飯不可得。」子胥曰：「夫人賑窮途，少飯亦何嫌哉！」女子知非恆人，遂許之。發其簞筥，飯其盎漿，長跪而與之。子胥再餐而止。女子曰：「君有遠逝之行，何不飽而餐之？」子胥已餐而去，又謂女子曰：「掩夫人之壺漿，無令其露。」女子歎曰：「嗟乎！妾獨與母居三十年，自守貞明，不願從適，何饋飯而與

---

書目》、錢曾《也是園書目》等增補。近些年來，曲籍和曲目大批地發現，凡屬新資料而未見於上述諸書者，就一概標明『未見著錄』。」

〔註12〕見陸侃如、馮沅君合著：《南戲拾遺》（台北：古亭書屋，影印原哈佛燕京學社出版，民國58年11月），頁64。

〔註13〕見陸侃如、馮沅君合著：《南戲拾遺》，頁64。

〔註14〕見〔東漢〕袁康、吳平：《越絕書》（台北：世界書局，民國70年5月，三版），頁24～25。以下凡引《越絕書》，皆據此版本。

> 丈夫，越虧禮儀，妾不忍也。子行矣。」子胥行，反顧女子，已自投於瀨水矣。〔註15〕

〈伍子胥變文〉亦載此事，略謂：子胥逃亡，行至潁水旁，渴乏飢荒難進路，遇見浣紗女子，與語，女苦留贈食，食畢，女子自言三十不與丈夫言，又為絕子胥之疑，乃抱石投河而死。〔註16〕

《越絕書》、《吳越春秋》、〈伍子胥變文〉記載此事大抵相同，惟〈變文〉謂浣紗女乃是抱石投江，較前二者多了「抱石」的情節，而元吳昌齡有《浣紗女抱石投江》雜劇，雖已亡佚，然觀其劇名，或許所演之情節即是依據〈變文〉所載的這個傳說而來。

觀《浣紗女》這支殘曲，頗有女子怨望之意味，所以陸、馮二氏以為係西施、范蠡或溧陽女子、伍子胥「別後相思時唱」。〔註17〕

陸、馮二氏之所以會認為溧陽女子與伍子胥為可能的主角之一，是因為：

> 《情史》的〈蘇城丐者〉的跋說：「子胥與浣紗女是死夫妻，丐與婢是生夫妻」。〔註18〕

按：《情史》，《明清善本小說叢刊初編》本，題《情史類略》，〔註19〕〈蘇城丐者〉條云：

> 蘇城有少婦張氏歸寧，使青衣挈首飾一箱，隨後。中途如廁，遺卻，既行始覺，反覓，則有丐者守之，即以授還。曰：「命窮至此，奈何又攘無故之財乎？」婢殊喜。以一釵為謝。丐笑麾之曰：「不取多金，乃獨愛一釵乎？」婢曰：「兒倘失金，何以見主母，必投死所矣。遇君得之，是賜我金，而生吾死也。縱君不望報，敢忘大德乎？吾家某巷，今後每日早午，俟君到門，當分日食以食君。」丐者曰：「爾身在內，何繇得見？」婢曰：「門前有長竹，第搖之，則知君來。」丐如言往，婢出食之。久而家眾皆知，聞于主翁，疑有外情，鞫之

〔註15〕見〔東漢〕趙曄：《吳越春秋》（台北：世界書局，民國68年12月，三版），頁60～61。以下凡引《吳越春秋》，皆據此版本。

〔註16〕參見〈伍子胥變文〉，收入潘重規編：《敦煌變文集新書》（台北：中國文化大學中文研究所敦煌學研究會，民國72年7月，初版）。

〔註17〕見陸侃如、馮沅君合著：《南戲拾遺》，頁64。

〔註18〕見陸侃如、馮沅君合著：《南戲拾遺》，頁64。

〔註19〕〔明〕詹詹外史（即馮夢龍）評輯：《情史類略》，收入國立政治大學古典小說研究中心主編：《明清善本小說叢刊》初編第二輯「短篇文言小說」（台北：天一出版社，民國74年10月）。

吐實，翁義之。召丐畜于家，後以婢配焉。事載說聽，云其姑蔣氏言之，惜逸其姓名。丐廉而且達，僕之則必爲義僕。若官之則必爲清官。翁以婢婿之，得其人矣。○子胥與浣紗女是死夫妻，丐與婢是生夫妻。〔註20〕

敘蘇城丐者拾金不昧，婢報以每日之日食，後因主翁探知實情，而使二人婚配事。而文後之跋，謂「子胥與浣紗女是死夫妻，丐與婢是生夫妻。」似乎是說子胥與浣紗女雖沒有如丐與婢一般，在生前結爲夫妻，但在死後卻也結爲「死夫妻」。然而，在今天所看到的各種記載中，卻未見這樣的傳說，這不禁又令人起疑：到底眞有這個傳說嗎？

幸好，《情史》中的另一條記載，爲我們撥開了這個迷霧。〈瀨女〉一條，所記即爲伍子胥遇浣紗女子，以至於浣紗女子自投於瀨水的這段傳說，與《越絕書》、《吳越春秋》所記者，並無情節上的差異。然而，它的跋，卻正是我們所要尋找的、可以解開心中疑惑的答案：

子猶曰：「同一識英雄俊眼，幸則爲紅拂妓，雄服連轡，不幸則爲擊綿女，寒風瀨水，或言此女可以無死，甚不然也。田光先生有云：『長者爲行，不使人疑。』掩夫人之盎漿，勿令其露，此女不死，子胥雖行，終未釋然也，知禮義之不可越虧，而猶然跪進盎漿，勸勉加餐，獨念子胥非恆人故耳。既知其非恆人，亦何惜一死以安其魂，而定其事乎？此女雖終身不嫁，冥冥之中，固已嫁子胥矣。」〔註21〕

子猶（馮夢龍）的這段話，說明了瀨水浣紗女子不惜一死的心理：知子胥非恆人，所以不惜越虧禮義而饋食給子胥；既知其非恆人，又知若自已不死，子胥雖行，終不能釋然。至此，一死以安子胥之心，以成子胥之事，似乎是不可避免的。於是，她毅然決然地縱身入江。

同時，這段話亦說明了馮夢龍自已的心理：浣紗女與紅拂妓一樣，都是慧眼識英雄的奇女子，奈何她的遭遇卻大大不如後者，竟至委身於寒風瀨水之中！然而，她的一死，又是不可避免的！令人徒呼負負。也只有在冥冥之中，才能補償這個缺撼。於是，馮夢龍就打從心底地認爲：「此女雖終身不嫁，冥冥之中，固已嫁子胥矣。」而這也就是他在〈蘇城丐者〉跋中說：「子胥與

〔註20〕見〔明〕詹詹外史（即馮夢龍）評輯：《情史類略》，卷二「情緣類」。
〔註21〕見〔明〕詹詹外史（即馮夢龍）評輯：《情史類略》，卷十五「情芽類」。

浣紗女是死夫妻」的緣故。

再者，除了〈蘇城丐者〉跋中簡短的一句話以外，馮夢龍並不曾詳細記載子胥與浣紗女「是死夫妻」的這個傳說；而在別處，我們也未曾看到類似的說法。至此，我們可以作出以下的推論：子胥與浣紗女死後，在另一世界（冥冥之中）結爲夫婦的傳說是不存在的，但這樣的結局卻正是馮夢龍心中的理想。所以他認爲：「此女雖終身不嫁，冥冥之中，固已嫁子胥矣。」；又所以他說：「子胥與浣紗女是死夫妻」。

「子胥與浣紗女是死夫妻」的說法，雖僅是馮夢龍一廂情願的理想。但其實這句發表在《情史》〈蘇城丐者〉跋中的話，已爲子胥與浣紗女相互關係的傳說提供了「觸發的基因」！有了觸發的基因，卻未能因而衍生出一個新的傳說，眞是可惜。不過，馮夢龍的這個遺撼，也許可以經由現代小說或戲劇作家的努力構思而創出圓滿的結局。

另外，我們既已推定並無「子胥與浣紗女是死夫妻」的傳說，於是就產生了一個問題：這首殘曲充滿了女子怨望的意味，子胥與浣紗女既非夫妻，那浣紗女到底是在何種情況下唱出此曲的呢？

當然，我們可以偷懶地藉口存曲太少而將此問題輕輕帶過；但是更好的作法是，我們放棄此劇是「演子胥與溧陽女子故事」的假定，而採取「西施與范蠡別後相思時唱」的說法，如此，則這棘手的問題就可迎刃而解。在傳說中，西施與范蠡有段充滿悲歡離合的愛情故事，明代梁辰魚著名的傳奇《浣紗記》即是以二人之愛情故事爲關目。

### （二）《楚昭王》

莊一拂云：

> 此戲未見著錄。　《九宮正始》引注：「元傳奇。」　本事未詳。元鄭廷玉有《楚昭公疏者下船》雜劇，事本《春秋左傳》及《國語》，詳見下文雜劇。〔註 22〕

按：《九宮正始》鈔本第一冊錄此劇一曲，《南戲拾遺》具引其文，如下：

> 【黃鐘宮過曲，黃龍袞，第三格】一肚悶如痴，兩眼垂雙淚。萬苦千愁，攪亂心中無計。尊父休憂，孩兒當替。投大江，喪此軀，方可矣。〔註 23〕

〔註 22〕語見莊一拂：《古典戲曲存目彙考》，頁 71。
〔註 23〕見陸侃如、馮沅君合著：《南戲拾遺》，頁 90。

又按：元鄭廷玉有雜劇《楚昭公疏者下船》，略云：吳王闔閭與楚昭公爲爭湛盧寶劍而戰，吳將伍子胥大敗楚軍。昭公上了渡船逃奔，因船小浪大，妻、子相繼投水，減輕了船的重量，昭公和其弟芊旋方免滅頂。後申包胥入秦請得救兵，吳兵遂退，昭公亦返國。適夫人、公子均遇救，一家團聚。事本《左傳》、《國語》等書，但所演之劇情不盡屬實。

《九宮正始》所錄的本劇惟存一曲，觀其內容，可知應是昭公之子不得已必須投水，以減輕船重時所唱。

（三）《舉鼎記》

莊一拂云：

> 《今樂考證》著錄。　傳鈔本，鄭振鐸藏。《古本戲曲叢刊初集》本據傳鈔本影印。　《傳奇品》亦題邱濬撰。演春秋伍員事。《遠山堂曲品》云：「此古本也，詞不大失，然終非深解音律者。史傳所記伍員事，絕不一及，惟以己意續之，眞是點金爲鐵手！」〔註24〕

按：《舉鼎記》作者邱濬，字仲深，廣東瓊山人。明代宗景泰五年進士，入翰林院，爲庶吉士編修。歷任國子祭酒、禮部右侍郎，而至太子太保兼文淵閣大學士。熟於國家典故。晚年右目失明，猶披覽不輟。卒年七十五歲，謚文莊。〔註25〕

《舉鼎記》爲明初作品，而明初戲文與傳奇頗難加以區別，所以莊一拂在編著《古典戲曲存目彙考》時，就將「崑山腔」以前的明初作品，歸爲「戲文」類。莊一拂云：

> 不過明初戲文，文獻無徵，與傳奇頗難加以區別，因此，凡屬「崑山腔」以前稱爲「舊傳奇」的，在風格上、內容上，確可考其爲明初作品者，姑且劃爲戲文。〔註26〕

《舉鼎記》，林侑蒔主編之《全明傳奇》〔註27〕中收有影印本，今所據以爲論者，即此版本。

《舉鼎記》分爲上、下卷，第一折至第十四折爲卷上；第十五折至第二

〔註24〕語見莊一拂：《古典戲曲存目彙考》，頁95。
〔註25〕參見清張廷玉等奉敕撰：《明史》（台北：鼎文書局，民國68年12月，初版），卷一百八十一，列傳第六十九，頁4808。
〔註26〕語見莊一拂：《古典戲曲存目彙考》，例言，頁1。
〔註27〕林侑蒔主編：《全明傳奇——中國戲劇研究資料第一輯》（台北：天一出版社，無出版年月）。

十三折爲卷下。在這二十三折中，主要的情節有七：

1. 伍子胥夢中得神仙賜金丹、傳槍法，並因而得知自己本爲「左喪門」，爲保護諸侯，扶助周室江山而投胎爲伍氏。
2. 秦穆公欲謀一統，由百里奚獻計，藉口天下宗親久疏，請天子降詔，取各路諸侯鬥寶於臨潼，大會宗枝。復遣甘英往說柳展雄，使其截取諸侯寶物，令諸侯無法赴會，再以違旨論拿。
3. 姬輦（秦穆公御弟）又設計欲在鬥寶會上立「明輔」一人，負責監筵鬥寶，管轄天下君臣。凡能扳千斤銅鼎三倒三起者即可立爲「明輔」，姬輦自恃力大，以爲「明輔」之位非己莫屬，到時即可掌「明輔」之牌、劍以殺戮諸侯。
4. 吳國王子姬光代父赴會，行至塗山，寶物夜明簾爲塗山太保來皮豹與其妹母天王賽飛花所劫，幸得伍員力擒二人，奪回夜明簾。
5. 柳展雄欲劫諸侯寶物，連敗宋將華茂、衛將蒯聵、鄭將卞莊等人。
6. 陳國大夫魯秋胡往說展雄退兵，展雄不允。
7. 子胥與諸侯會合，聞知展雄利害，欲出馬迎戰。

由此劇之第一折〈始白〉及第二折〈仙維〉的敘述，可知全劇略謂：秦穆公謀霸，百里奚獻計，設臨潼鬥寶會，欲將諸侯一舉成擒，並使柳展雄路劫諸侯之寶物。幸有楚國少年英雄伍子胥保各路諸侯平安回國。〔註28〕

但現存的本子，只演至第二十三折〈重困〉，子胥欲往戰柳展雄爲止。頗疑其當有缺佚者，因爲全劇至此，伍子胥與柳展雄尚未對陣，這與第一折〈始白〉中所謂：「若不虧淮南勇將，休想生回，難伏紅山寇。結金蘭義士，道破因依。舉金鼎懸牌挂劍，割衫襟秦楚于飛，黃河套展雄助力，方脫災危。」相比，顯然還有許多精采的情節尚未出現；另外，戲名爲《舉鼎記》，又依〈始白〉部分所言：「舉金鼎懸牌挂劍」可知本戲當有「舉鼎」一節，今本不見，顯然是有遺漏，這當是散失的緣故。

---

〔註28〕本劇第一折〈始白〉總敘全劇內容大要，全文如下：「（末上）周室衰頹，干戈列國，秦主謀爲，百里獻計，讒譖起心虧，十條斷龍截虎，害諸侯插翅難飛，若不虧淮南勇將，休想生回，難伏紅山寇，結金蘭義士，道破因依，舉金鼎懸牌挂劍，割衫襟秦楚于飛，黃河套展雄助力，方脫災危。（照常云云下）」；第二折〈仙維〉寫太上老君丹成之日，偶爾慧眼高張，見秦穆公蓄心起畔，「他乃上方白虎星，下界擾亂周朝，以完劫數」，幸玉帝垂恩，乃「令遣左喪門投胎伍氏，喚名伍員，著他扶助周室江山，以保各路諸侯，臨潼赴會」。老君既知天機，欲賜伍員金丹一粒，又遣大力神前去傳授伍員槍法。

所幸這散失的情節在其他的戲曲、小說中仍然記載著，才使得這位英雄的這部分傳說事跡得以藉著文字，而流傳至今。至其詳情，容後再敘。

至於祁彪佳《遠山堂曲品》所云：

史傳所記伍員事，絕不一及，惟以己意續之，眞是點金爲鐵手！〔註29〕

由「惟以己意續之」一語看來，似乎祁氏以爲作者創作此一戲文，是出於自己的憑空想象，而同時，祁氏反對這種憑空想象；也或許祁氏以爲凡不見於史傳的故事，皆不適合作爲創作的題材。所以，他用斥責的語氣說：「史傳所言伍員事，絕不一及……眞是點金爲鐵手」。

這樣的評語亦有仍待商榷者，首先，祁氏不知作者邱濬發揮他的想象力以創作作品，並非全然出於憑空地「惟以己意續之」，而是有民間的傳說、小說以及元劇演出本事的憑藉。邱濬吸收了它們的內容大要，再運用他自己的想象力，去從事創作，以創造出自己的作品，至其詳情，同樣容後再敘。

其次，民間傳說、小說，以及諸般民間文學的題材，本來就是文人所喜歡利用以爲創作素材的。這種例子甚多，不勝枚舉。例如：屈原的《離騷》、《九歌》無疑地都是善用神話題材，來深刻反映現實的反覆和自己內心衝突的偉大作品；再如：關於漢代王昭君及其「青塚」的傳說，就爲杜甫、李白、白居易、歐陽修、王安石、陸游等詩人所援用，像歐陽修還反覆引用，寫過〈明妃曲和王介甫〉、〈再和明妃曲〉、〈明妃小引〉等作品；又如：《三國演義》的取材，除了吸收史傳的記載外，更吸收了民間說話人的話本故事，以及戲曲搬演的本事，而得到高度的藝術成就。所以說，民間文學提供了文人創作的靈感，豐富了文人創作的題材。

因此，邱濬吸收了十八國臨潼鬥寶、伍子胥力舉千斤鼎的民間傳說，再加以運用自己的想象力，創作了這本《舉鼎記》，儘管這些故事情節不見於史傳，但無論如何，「眞是點金爲鐵手」的評語，對他似乎是不公平的。

### （四）《臨潼記》

莊一拂云：

此戲未見著錄。《傳奇彙考標目》別本著錄之，注謂演伍員事，未詳所據。　佚。〔註30〕

〔註29〕語見〔明〕祁彪佳：《遠山堂曲品》，收入《歷代詩史長編二輯》第六冊（台北：鼎文書局，民國63年2月，初版），頁84。

〔註30〕語見莊一拂：《古典戲曲存目彙考》，頁101。

按：《臨潼記》作者沈釆，字鍊川，嘉定人。生平事跡無考。工作曲，呂天成《曲品》稱其「名重五陵，才傾萬斛」。〔註31〕

《臨潼記》，觀其劇名，或許所演伍員事，即爲臨潼鬥寶一事，惜今不傳。

## 第二節　雜劇中之伍子胥

### 一、雜劇簡介

北雜劇是在金院本的基礎上逐漸形成的。陶宗儀《南村輟耕錄》卷二十五「院本名目」條謂：

> 金有院本、雜劇、諸宮調，院本、雜劇，其實一也。國朝，院本、雜劇，始釐而二之。〔註32〕

據此可知，北雜劇早在金代即已開始其形成、演變的過程，到了元代初年才趨於成熟，進而與原來的金院本有了顯著的分野。

元雜劇興盛的原因，據孟瑤分析，有以下幾點：（一）音樂的繁興；（二）文學的刺激；（三）統治者的好尚；（四）文人的落拓；（五）都市的興起；（六）口語文學的發達。〔註33〕

北雜劇在元代的時候，隨著全國的統一，而盛行於天下。到了明代初年，雜劇開始趨向貴族文士化，而其內容感情也逐漸和民間脫節了。這代表了戲劇生命的退化，爲了挽救其退化的生命，到了明宣德間，雜劇開始接受南曲形式與曲調上的優點，而有「南曲化」的趨勢。接著，到了嘉靖間汪道昆、徐渭、許潮諸人，始以南曲創作雜劇，即所謂「南雜劇」。至於清代的雜劇，可以說是明人雜劇的遺緒，而將明代的文士劇更加精緻和純化，所以其體製以一二折的最多。〔註34〕

---

〔註31〕語見〔明〕呂天成：《曲品》，收入《歷代詩史長編二輯》第六冊（台北：鼎文書局，民國63年2月，初版），頁210。

〔註32〕語見〔元〕陶宗儀：《南村輟耕錄》（台北：木鐸出版社，民國71年5月，初版），頁306。

〔註33〕語見孟瑤：《中國戲曲史》，頁159～161。

〔註34〕此處論雜劇演變的情形，詳見曾永義：《有關元雜劇的三個問題》，收入氏著：《中國古典戲劇論集》（台北：聯經出版事業公司，民國75年2月，第五次印行），頁58～67。

## 二、雜劇中所見的伍子胥

雜劇中以伍子胥故事爲本事者，據莊一拂《古典戲曲存目彙考》、傅惜華《元雜劇考》〔註 35〕以及傅惜華《明雜劇考》〔註 36〕著錄，共有元、明雜劇十本。分述如下：

### （一）《伍子胥棄子走樊城》

莊一拂云：

> 《錄鬼簿》著錄。　簡名《走樊城》，孟本及《正音譜》、《元曲選目》均略作《子胥走樊城》。按子胥寄子，見《史記》本傳。子胥走樊城，係在過昭關以前事，時尚未投吳。與寄子鮑牧事，當屬兩個系統之傳說。惜此劇今無傳本。　佚。〔註 37〕

按：《伍子胥棄子走樊城》雜劇，作者高文秀，據傅惜華考訂其生平云：

> 高文秀，字、號不詳。東平人（今山東省東平縣）。府學生，早卒。都人時號「小漢卿」。雜劇作品現有傳本者五種，僅見佚文者一種，全佚存目者二十八種，共三十四種。雖不幸早世，所製已如此豐贍，使假以年，則其成就必更可觀。《太和正音譜》評其詞如：「金瓶牡丹」。〔註 38〕

又按：子胥寄子於齊鮑牧，見於《史記‧伍子胥列傳》，吳王夫差信用伯嚭之詞，將伐齊，伍子胥諫言，力陳破齊無益，且越爲心腹大患，請夫差「釋齊而先越」，然而夫差急於成就霸業，加以勾踐又數賂伯嚭，伯嚭乃日夜爲言於王前，因此，吳王遂不聽子胥之諫，使子胥於齊。〈伍子胥列傳〉云：

> 子胥臨行，謂其子曰：「吾數諫王，王不用，吾今見吳之亡矣。汝與吳俱亡，無益也。」乃屬其子於齊鮑牧，而還報吳。〔註 39〕

正因爲子胥使齊時，將兒子寄託給鮑牧，給予伯嚭進讒的機會，也給予夫差誅戮先王謀臣的藉口。最後，這位盡忠謀國的老臣竟受死於讒臣之言、昏君之劍。

根據史傳記載，子胥自楚出奔之事，乃在過昭關以前，時尚未投吳。〈伍

---

〔註 35〕傅惜華：《元雜劇考》（台北：世界書局，民國 68 年 10 月，三版）。
〔註 36〕傅惜華：《明雜劇考》（台北：世界書局，民國 71 年 4 月，三版）。
〔註 37〕語見莊一拂：《古典戲曲存目彙考》，頁 186。
〔註 38〕語見傅惜華：《元雜劇考》，頁 119。
〔註 39〕語見〔西漢〕司馬遷：《史記》，卷六十六，〈伍子胥列傳〉（台北：鼎文書局，民國 68 年 12 月，初版），頁 2179。以下凡引《史記》，皆據此本。

子胥列傳〉未曾言及子胥自楚出奔前，處身何地？《左傳》亦只言伍尚爲「棠君」，而未言子胥之官職。《吳越春秋》卷三，則謂楚平王遣使「往許，召子尙、子胥」，據此，則子胥當時在許。〈伍子胥變文〉則說子尙事鄭邦、子胥事梁國。凡此，都無子胥與樊城有所關連的記載。

直至元李壽卿的《說鱄諸伍員吹簫》雜劇，〔註 40〕我們才看到伍子胥與樊城有所關聯的記載，如：「他如今現爲三保大將軍，樊城太守。」（第一折，費無忌語）、「你則今日直至樊城，賺伍員走一遭去。」（第一折，費無忌語）、「我如今抱著孩兒芈勝私奔出朝，先到樊城報與伍員知道，可不好也。」（第一折，芈建語）、「有公子芈建不知去向，某只得攜著芈勝私出樊城，投與鄭國，借兵報讎去來。」（第二折，伍員語）、「我怎忘了你這瀨水上的浣紗女，救了我走樊城的伍子胥。」（第二折，伍員唱詞）；除此之外，第三折、楔子、第四折，都曾言及子胥「私出樊城」、「走樊城」。

另外，元明間無名氏的《十八國臨潼鬥寶》雜劇，〔註 41〕在其第四折中，亦曾提及伍員受封爲「樊城太守」：「封你爲立楚大將軍、安國君、樊城太守，食邑三千戶，賜金千兩，楚國兵馬大元帥，十七國元戎都統軍，你意下如何？」（楚平公語）。

由此上所引，我們可知：在元雜劇中已有伍子胥「爲樊城太守」、「私出樊城」、「走樊城」的記載、演出。因此，高文秀的這本《伍子胥棄子走樊城》雜劇雖已失傳，但其所指的「走樊城」當即演子胥自楚出奔之事，殆無疑義，而其事係在過昭關之前。

「走樊城」之事雖明，但「棄子」又是怎麼一回事呢？根據史傳所載，子胥寄子鮑牧之事，乃在歸吳以後，與「走樊城」一事，顯然在時間上並不相接。是否此劇所演之事乃自子胥走樊城直到寄子鮑牧？這是一段頗長的時間，而且其間頗有許多精采事件，如：過昭關、吹簫乞食、遇浣紗女、遇漁翁、伐楚入郢……等，都可以演爲大劇，如何在四折中，處理這些複雜的情節變化？

當然，高文秀可以用四折以上的篇幅來演出這些事件的始末。但是，就

〔註 40〕〔元〕李壽卿：《說鱄諸伍員吹簫雜劇》，雕蟲館本，收入《全元雜劇初編》第六冊（台北：世界書局，民國 57 年 4 月，再版）。

〔註 41〕〔元〕無名氏：《十八國臨潼鬥寶》雜劇，《孤本元明雜劇》本，收入《孤本元明雜劇》第四冊（台北：台灣商務印書館，民國 66 年 12 月，台一版）。

現存劇本來看，四折，是元雜劇的「通例」，〔註 42〕逾越這個規矩的，不過是極少數作品。所以用四折以上的大篇幅來搬演伍子胥自楚出奔，直到寄子鮑牧，這段長時間中的諸多事件的始末，雖非不可能，但其可能性實在甚小。

那麼，最有可能的是：「棄子」與「寄子」所敘並非一事，正如莊一拂所說，是兩個不同系統的關於伍子胥的傳說，而且「棄子」與「走樊城」這兩個事件發生的時間應是相近的，或甚至是同時的。是否這本《伍子胥棄子走樊城》雜劇所演，有子胥在自樊城出奔離楚之時，不得不拋棄其子之事？劇本既已失傳，竟不可知。

其實，我們在前面所提出的推論——「棄子」與「走樊城」這兩個事件發生的時間應是相近的，或甚至是同時的——也並非完全出於憑空設想，按：皮黃戲中有《出棠邑》一劇，其劇情，正爲這項推測，提供了有力的支持。依陶君起《平劇劇目初探》的說法，本劇劇情是：「伍奢既死，楚平王派大將武城黑往擒伍員，伍員之妻以子伍辛托之，自盡。伍員逃出，養由基追之，拔去箭鏃假射，縱之逃奔吳國。」〔註 43〕就有子胥在出奔離楚之時，無暇顧及妻、子之事。

在《出棠邑》一劇中，伍員係自棠邑出奔，雖然與自樊城出奔，地點不同，但伍員的確在出奔之時，不暇顧及妻、兒，所以我們可以說：伍子胥「棄子」與自棠邑出奔發生的時間很近，甚至於該說兩事同時發生。而當一個傳說在民間流傳的時候，變異的產生是不可避免的。〔註 44〕傳說之中，事件發生地點的改變，正是這種「變異性」的一種反映。「樊城」或「棠邑」，對這個傳說的主題——伍子胥出奔，並因而「棄子」——而言，並沒有不同的意義。〔註 45〕

〔註 42〕雖然有些學者，舉《元刊古今雜劇三十種》爲例，證明元雜劇原不分折，四折是後人妄加截斷的。但大部分人還是相信元雜劇以四折爲通例。四折不夠，加一楔子；若再不夠，但再加四折以實之。只有極少數的作品逾越這個規矩。參見孟瑤：《中國戲曲史》，頁 161～162。

〔註 43〕陶君起：《平劇劇目初探》（台北：明文書局，民國 71 年 7 月，初版），關於伍員故事的劇目，見於頁 26～32。

〔註 44〕譚達先在論民間文學的變異性時說：「由於民間文學存在著集體性和口頭性的特徵，也就必然會派生出流傳性、變異性……不管是什麼藝術形式，只要在下層群眾中一流傳，就會產生變異，從語言、表現手法、人物形象，有時甚至包括主題在內，都會發生變化」語見譚達先：《中國民間文學概論》（台北：木鐸出版社，民國 72 年 9 月，初版），頁 36～38。

〔註 45〕事實上，民間傳說中的、少年時期的伍子胥在臨潼鬥寶會上，保十七國諸侯另外，皮黃戲中又有《臥虎關》（一名《伍員認子》、《惡虎關》、《父子圓》）一劇，陶君起《平劇劇目初探》敘本劇劇情謂：「伍員興兵伐楚。至臥虎關，楚費無極聘伍員之子伍辛出禦，父子不相識，互戰較射，不分勝負。而伍辛養父吳通素知前情，向辛道破，伍辛乃綁費無極上陣認父，父子相認破關。」由此看來，《臥虎關》可能與《出棠邑》爲同一系統的傳說。

《出棠邑》一劇中，伍員倉促出奔，不暇顧及妻兒，伍員之妻將其子伍辛託給武城黑，然後自縊身亡。是以伍辛當留在楚國，故《臥虎關》中，費無極才能聘之出敵伍員。惟伍員妻既將伍辛托與武城黑，何以《臥虎關》中，伍辛之養父爲吳通？其中轉折竟不可知。

（二）《采石渡漁父辭劍》

莊一拂云：

> 《錄鬼簿》（曹本）著錄。賈本及《太和正音譜》、《元曲選目》均作簡名《漁公辭劍》。演春秋伍子胥故事，見《史記》本傳：伍胥奔吳，追者在後，至江，江上有一漁父乘船，知伍胥之急，乃渡之。伍胥既渡，解其劍曰：「此劍直百金，以與父。」父曰：「楚國之法，得伍胥者賜粟五萬石，爵執圭，豈徒百金劍耶？」不受。《呂氏春秋》亦載其事。然皆未言其死。惟《吳越春秋》載其覆船自沈。《越絕書》載其覆舟自刎而死。　佚。〔註46〕

按：《采石渡漁父辭劍》作者鄭廷玉，字不詳。彰德人。其生平事跡，已無可考。雜劇作品，現流傳於世者六種，全佚存目者十七種，共二十三種。

伍子胥自楚出奔，遇江，欲渡，而有漁翁載之渡江之事，最早見於《呂氏春秋・異寶篇》：

> 因如吳，過於荊，至江上，欲涉，見一丈人，刺小船，方將漁，從而請焉，丈人度之絕江。問其名族，則不肯告，解其劍以予丈人……丈人不肯受……伍員過於吳，使人求之江上，則不能得也，每食必祭之，祝曰：「江上之丈人……名不可得而聞，身不可得而見，其惟江上之丈

---

平安回國，因功受封，頭銜爲何？封於何處？本來就有「樊城太守」與「棠邑大夫」兩種說法。採取前一種說法者，如：《說鱄諸伍員吹簫》雜劇、《十八國臨潼鬥寶》雜劇等；而採取後一種說法的則有《列國志傳》，參見本書第三章第一節「《列國志傳》中之伍子胥」。正因伍子胥原本處身之處，即有兩種說法，於是，自何處出奔？也就自然有兩種說法了。

〔註46〕語見莊一拂：《古典戲曲存目彙考》，頁210。

人乎？」〔註47〕

又見於《史記・伍子胥列傳》：

伍胥遂與勝獨身步走，幾不得脫，追者在後。至江江上有一漁父乘船，知伍胥之急，乃渡伍胥。伍胥既渡，解其劍曰：「此劍直百金，以與父。」……不受。

但二者都未提及漁人自盡。特別是《呂氏春秋・異寶篇》的這條記載說：「伍員過於吳，使人求之江上」、「名不可得而聞，身不可得而見，其惟江上之丈人夫？」可以很明顯地看出：在伍子胥與江上丈人的接觸當時，江上丈人並未自盡，所以子胥才會在到了吳國以後，使人求之；求之而不得，才會說江上丈人「身不可得而見」。

到了《吳越春秋》，則說漁父「覆船自沈於江中」；《越絕書》則說漁父「覆船，挾匕首自刎而死江水之中。」

本劇已佚，單由劇名「采石渡漁父辭劍」，我們無法看出漁父辭劍以後，仍有些什麼情節，漁父死耶？未死耶？竟不知鄭廷玉如何安排？

### （三）《楚昭公疏者下船》

莊一拂云：

《錄鬼簿》（曹本）著錄。　《元刊古今雜劇三十種》本，脈望館鈔校本，《元曲選》本。　賈本及《太和正音譜》均作簡名《疏者下船》，鈔校本題目作「伍子胥懷冤雪恨」。劇敘吳王闔廬所藏湛盧劍，飛入楚，屢索不與。遂命伍員、孫武出兵攻楚，楚兵敗。昭公與弟芊旋，及夫人公子出奔。渡江，遇大風，舟人以舟小不能盡載，請棄一人，芊旋欲下，昭公曰：「疏者下」謂「妻之親不敵弟。」，夫人投於江。風愈大，復請棄一人，旋又欲下，昭公攬旋袂曰：「子之親亦不敵弟也。」公子復投於江，乃得濟岸。兄弟各投他國。申包胥乞得秦師，吳兵乃退。昭公回國，芊旋亦歸。而夫人、公子爲申屠氏所救，一家重得團圓。宋、元戲文有《楚昭王》，見前文。本事出《春秋左傳》及《國語》，但所演關目不盡實，從王奔者乃妹季芊，劇假爲弟芊旋。〔註48〕

〔註47〕語見〔秦〕呂不韋著，〔民國〕陳奇猷校釋：《呂氏春秋》（台北：華正書局，民國74年8月，初版），頁551～552。

〔註48〕語見莊一拂：《古典戲曲存目彙考》，頁212～213。

按：《楚昭公疏者下船》，作者鄭廷玉。本劇現存有三種版本，今據以爲論者爲脈望館鈔校本。〔註 49〕

全劇共分四折，略謂：吳國姬光（即吳王闔廬）所藏湛盧劍飛入楚國，屢索不還。遂命伍員、孫武領軍攻楚，大破楚軍，楚昭公與弟芊旋及公子、夫人出奔。渡江遇風，以舟小不能盡載，夫人與公子相繼投水，昭公兄弟二人乃得以濟岸，分投他國。後申包胥乞得秦兵擊退吳兵。昭公兄弟二人歸國，夫人與公子爲龍神所救，亦平安回國，一家乃得團圓。

此劇本事出於《左傳》、《國語》、《吳越春秋》，然從昭王出奔者乃其妹季芊，非其弟芊旋也。而闔閭因湛盧劍入楚而興兵伐楚，事本《吳越春秋》。

劇中，昭公夫人、公子二人下水，乃爲漢陽江龍神遣鬼力所救，而龍神則是「奉上帝敕令，若有下水者，救護至岸」，事在第三折中。而莊一拂謂其母子二人「爲申屠氏所救」，《曲海總目提要》亦云：

> 夫人公子之投於江也，江神以其賢孝，救入蘆葦中，投申屠氏，申屠氏知爲貴人，奉養半年，至是聞楚復皆來歸，於是兄弟夫婦父子皆復合。〔註 50〕

是《曲海總目提要》作者與莊氏所見之版本，夫人、公子爲江神所救後，爲申屠氏奉養半年，二人所據以爲說的是《元曲選》本（即雕蟲館本），〔註 51〕而本文所據之脈望館鈔校本，並無申屠氏奉養二人的情節，惟於第四折中，經由夫人之口，道出二人「叫化三年光景」、「路上抄化」爲生。

另外，第四折中，多次藉秦昭公、百里奚、秦姬輦以及申包胥自己的口吻，言及申包胥「在驛亭中，依於亭牆而哭，七晝夜不絕，將郵亭哭倒」於是，秦昭公感歎申包胥爲眞烈士，所以答應借兵救楚。

這段情節是相當特殊的。按：申包胥乞秦師事，首見於《左傳》定公四年：

> 申包胥如秦乞師，曰：「吳爲封豕、長蛇、以薦食上國，虐始於楚，寡君失守社稷，越在草莽，使下臣告急，……若以君靈撫之，世以

〔註 49〕〔元〕鄭廷玉：《楚昭公疏者下船》雜劇，脈望館鈔校本，收入《全元雜劇初編》第六冊（台北：世界書局，民國 57 年 5 月，再版）。

〔註 50〕語見〔清〕董康等校訂：《曲海總目提要》（台北：正光書局，民國 58 年 4 月，初版），頁 37。

〔註 51〕《元曲選》本，《楚昭公疏者下船》雜劇，第四折：「【旦兒領倈兒上云】……謝天地可憐，將俺母子救於岸上，投到一箇人家，喚做申屠氏……將我十分供養，不覺過了半年光景。」、「【旦兒云】……俺母子投到一個申屠氏家，住了半年……」據此二語，則有母子二人爲申屠氏奉養半年的情節。

> 事君。」秦伯使辭焉，曰：「寡人聞命矣。子姑就館，將圖而告。」對曰：「寡君越在草莽，未獲所伏，下臣何敢即安？」立依於庭牆而哭，日夜不絕聲，勺飲不入口，七日。秦哀公爲之賦〈無衣〉，九頓首而坐。秦師乃出。〔註 52〕

又見於《史記・伍子胥列傳》：

> 於是申包胥走秦告急，求救於秦。秦不許。包胥立於秦庭，晝夜哭，七日七夜不絕其聲。秦哀公憐之，曰：「楚雖無道，有臣若是，可無存乎！」乃遣車五百乘救楚擊吳。

史傳所述申包胥乞秦師的最主要行動是「立依於庭牆而哭，日夜不絕聲，勺飲不入口，七日。」、「立於秦庭，晝夜哭，七日七夜不絕其聲」；而鄭廷玉的這本《楚昭公疏者下船》雜劇的第四折中所述的申包胥乞秦師的最主要行動則是「在驛亭中，依於亭牆而哭，七晝夜不絕，將郵亭哭倒」。比較兩者，我們很容易可以看出轉變的軌跡：由「庭」而「亭」；由「庭牆」而「亭牆」；更爲了突顯申包胥爲國求救兵的忠烈，爲了明白宣示忠烈之心足以感天動地，於是讓他把「郵亭」哭倒。

這種轉變可能是作者鄭廷玉表現其主題的一個方法。本劇的主題在於透過昭公的友愛、夫人與公子的賢孝、申包胥的忠、伍員的孝，來宣揚這些傳統的倫理道德。〔註 53〕而經由誇張地、明白地宣示這些倫理道德所造成的效果，無疑地將是最容易達到其目的的一種手法，因此，「庭」成了「亭」；「庭牆」成了「亭牆」；最後更衍出「哭倒郵亭」的情節。

由此，我們也可以看出傳說故事擴充或繁衍孳乳的力量眞是驚人的。

### （四）《浣紗女抱石投江》

莊一拂云：

> 《錄鬼簿》（曹本）著錄。原「紗」字作「花」，據《曲錄》改正。

---

〔註 52〕語見〔東周〕左丘明：《左傳》，《十三經注疏》本（台北：藝文印書館，無出版年月），頁 953。以下凡引《左傳》，皆據此本。

〔註 53〕本劇很明顯地具有宣揚教化的目的，茲舉劇中語數條，以說明之：「東吳滾滾動征塵，濟困扶危投遠親，方信家貧顯孝子，楚邦有難識忠臣。」（頭折，申包胥下場詩）；「爹爹，自古道順父母言情，呼爲大孝。」（第三折，公子語）；「義夫節婦非等閒，弟敬兄愛友相連，父慈子孝天性理，一家四口保平安。」（第三折，龍神下場詩）；「若不是這賢達婦三從四德，若不是這孝順子百從千隨，我則道夫婦別離，天數輪迴。」（第四折，楚昭公語）。

貫本及《太和正音譜》、《元曲選目》皆作簡名《抱石投江》。宋、元戲文亦有《浣紗女》，詳見前文。惟《越絕書》云：子胥食已而去，謂女曰：「掩爾壺漿，毋令之露。」女曰：「諾」，子胥行五步，女自縱于瀨水中死。而劉向《列女傳》稍略，云：「楚軍至，恐不免辱，因抱石投水而死。」似則爲楚軍逼死者。　佚。〔註54〕

按：《浣紗女抱石投江》雜劇，作者吳昌齡，字不詳。西京人（今山西省大同縣）。生平事跡，今無可考。雜劇作品，現有刊本流傳者二種，僅存佚文者一種，全佚存目者九種，共十二種。

關於本劇的本事及其他相關的問題，已於前一節論宋元戲文《浣紗女》中，有詳細的討論。茲不贅。

### （五）《說鱄諸伍員吹簫》

莊一拂云：

《錄鬼簿》（曹本）著錄。《元曲選》本。貫本及《太和正音譜》、《元曲選目》均作簡名《伍員吹簫》。《元曲選》本題目作「繼浣紗漁翁伏劍」。劇本《左傳》、《史記》、《吳越春秋》等書而點綴翻換。專諸，《左傳》謂專設諸。敍伍員奔吳而疾，至中道吹簫乞食，得交識專諸。卒借吳兵對楚報仇。浣紗與漁翁詳見前文吳昌齡《浣紗女抱石投江》，及鄭廷玉《采石渡漁父辭劍》雜劇。〔註55〕

按：《說鱄諸伍員吹簫》雜劇，作者李壽卿，生平無考，太原人。將仕郎，除縣丞。事跡不詳，僅知與鄭廷玉爲同時人。所製雜劇，現流傳於世者二種，僅有佚文者一種，全佚存目者七種，共十種。本劇現存有《元曲選》本（即雕蟲館本），今所據以爲論者即此版本。〔註56〕

本劇有四折，另有楔子，置於第三折與第四折之間。全劇略謂：子胥因父兄被殺，乃自樊城出奔。費無忌遣穿楊神射養由基〔註57〕追拿子胥，養由

〔註54〕語見莊一拂：《古典戲曲存目彙考》，頁229。

〔註55〕語見莊一拂：《古典戲曲存目彙考》，頁258。

〔註56〕〔元〕李壽卿：《說鱄諸伍員吹簫雜劇》，雕蟲館本，收入《全元雜劇初編》第六冊（台北：世界書局，民國57年5月，再版）。

〔註57〕關於養由基善射的記載頗多，《太平御覽》即曾引錄多條，如卷七四五引《尸子》：「荊莊王命養由基射青蛉，王曰：吾欲生得之，養由基援弓射之，拂左翼焉，王大喜」；同卷引《淮南子》：「楚王有白猨，王自射之，則搏矢而熙，使養由基射之，始調弓矯矢，未發，而猨擁柱號矣」；卷七四六引《論衡》：「養

基知子胥忠良，不欲傷他性命，乃將箭頭咬去，再射子胥，縱之使去。子胥至鄭，鄭子產欲害子胥，子胥乃火燒驛亭而走。奔吳，途中，乞食於浣紗女，並戒以「殘漿勿漏」，浣紗女遂抱石投江；又有漁夫閭丘亮，載子胥渡江，並爲之具食，子胥臨行，亦戒以「殘漿勿漏」，漁夫乃自刎以明不洩其行蹤。子胥既至吳國，吹簫乞食於丹陽縣，結織鱄諸。鱄諸終隨子胥領吳軍敗楚，鞭平王屍，斬費無忌，並接取浣婆婆（浣紗女之母）養贍終身；又因村廝兒（閭丘亮之子）之乞而退回伐鄭之兵馬。至此，子胥之恩仇，並得以報復。

本劇內容本之《左傳》、《史記》、《吳越春秋》，而又有作者新的創意。如：以費得雄爲費無忌子、以浣婆婆爲浣紗女之母、伴哥爲浣紗女兄弟、江上漁夫名字爲閭丘亮，有子曰村廝兒；這些說法，前此之史傳、典籍都不見記載，有可能是作者憑空造出，或是取之於民間傳說而來。

另外，芊建抱著芊勝奔告子胥，拆穿費得雄陰謀；養由基追捕子胥，亦皆不見於史傳。鱄諸隨子胥伐楚，爲子胥副將；楚王命費無忌將兵拒吳，無忌爲鱄諸擒住，吳王下令，斬之轅門，更是大悖史實。或許是作者爲了替子胥洩憤，遂做此安排？〔註 58〕

至於浣紗女抱石投江一事，前一節論戲文《浣紗女》部分已曾論及。漁夫賜食、濟渡子胥，以及借劍自刎之事，在本節論《采石渡漁父辭劍》雜劇中亦已有說，不復贅述。

伍子胥遇浣紗女一事，《左傳》、《史記》並無記載，至《吳越春秋》、《越絕書》始見。而《越絕書》未有關於浣紗女之母的記載；《吳越春秋・闔閭內傳》則說：子胥欲報浣紗女之恩，乃投百金於瀨水中，浣紗女之母，取之而去。

伍子胥遇漁丈人一節，《呂氏春秋》、《史記》皆有記載，然皆未言漁丈人之死；《吳越春秋》謂其覆船自沈；《越絕書》則謂其覆舟自刎而死。又：前二者未有關於漁丈人之子的記載；《吳越春秋・闔閭內傳》則說：漁父之子乞子胥釋鄭。又《越絕書》則說：漁父之子乞子胥釋楚。

然而，浣紗女投江，在釋子胥之疑，又事起倉促，則其母因何而知其事？而至於「行哭而來」、「取金而歸」？《吳越春秋》中未曾交待。又：漁父之

由基見寢石，以爲虎，射之，飲羽」；卷七四四引《戰國策》：「楚有養由基者，善射，去楊葉百步而射之，百發百中」。

〔註 58〕或許這些情節都有民間的傳說爲基礎，而非作者有意創作，但李壽卿既採之以入劇，也正反映出他欲爲子胥洩憤的心理。

覆舟自沈（或覆舟自刎），在釋子胥之疑，以明不洩，亦事起倉促，未曾旋踵，且舟中未嘗有漁父之子，魚羹麥飯，亦未嘗同子攜來，則漁父之子因何而知其事，而至於以釋鄭（或釋楚）相求於子胥？此二書皆未曾交待。

李壽卿在《說鱄諸伍員吹簫》雜劇第二折中，雖然安排浣紗女和漁父臨死之前，都曾向子胥提起其母或其子：「將軍！我在此江岸上住，我乃浣紗女，母親是浣婆婆，兄弟是伴哥，將軍你則記者。」、「我有一子，卻是個村廝兒，你久後得志，休忘了此子。」但是仍然沒有解決這個疑問，只是讓浣紗女子之母與漁翁之子的出現，顯得較爲合理，而不會令人覺得突兀而已。

另外，《吳越春秋》記伍員入吳時，第一次看到專諸時，他正和人相鬥：

> 專諸者，堂邑人也。伍胥之亡楚如吳時，遇之於途，專諸方與人鬥，將就敵，其怒有萬人之氣，甚不可當。其妻一呼，即還。子胥怪而問其狀：「何夫子之怒盛也，聞一女子之聲，而折道，寧有說乎？」專諸曰：「子視吾之儀，寧類愚者也？何言之鄙也？夫屈一人之下，必伸萬人之上。」子胥因相其貌，碓顙而深目，虎膺而熊背，戾於從難，知其勇士，陰而結之，欲以爲用。〔註59〕

當子胥問說何以聞一女子呼，即還？專諸理直氣壯地說「夫屈一人之下，必伸萬人之上。」是專諸雖爲勇士，而不以懼內爲患。到了李壽卿筆下，則讓專諸之妻田氏換穿專諸母親的衣服，拿著拄杖，出面制止專諸與人相鬥。原來這是出於母親的遺訓，凡專諸惹事，田氏必如此打扮，以訓專諸，他若見了這兩件母親常用之物，就如見到母親一般。因此專諸害怕，並非懼妻之故。

想來，李壽卿當是以爲賢士必爲孝子，又勇士懼內頗爲不倫，才有如此的改寫。惟《左傳》、《史記》雖都未及此事，但皆云專諸「母老、子弱」，當其時，專諸母親尚在人世，李壽卿此劇與史實並不相符。

從以上對本雜劇內容的說明看來，其中不合史實，純屬虛構的情節佔了很大的部分。但是就戲劇的社會功能來說，它一方面滿足了民眾的娛樂需求，一方面在娛樂之中，發揮其潛移默化的力量，在不知不覺中教育了民眾，使未受到充分教育的民眾，亦能習得忠孝節義等倫常觀念。因此戲劇，特別是演出歷史故事的戲劇，只要不顛倒是非，莫辨忠奸，那麼，爲了達到其娛樂與教育效果，即使有些加油添醋、附會虛擬的情節，亦應獲得肯定。

這本雜劇有著精采而多變化的情節，深具娛樂效果；劇中的伍子胥可說

〔註59〕見〔東漢〕趙曄：《吳越春秋》，頁64～65。

是恩仇並了，無論是報仇或報恩，都毫不猶豫，也都得到成功。一方面告訴了民眾，恩仇必報的觀念；一方面提示了邪不勝正的眞理，而達到了它的教育效果，完成其社會功能，因此，儘管其內容不盡合史實，亦可不必深究。

（六）《十八國臨潼鬥寶》

莊一拂云：

《今樂考證》著錄。　脈望館鈔校本，《孤本元明雜劇》本。　《也是園書目》、《曲錄》並見著錄。題目作「伍子胥鞭伏盜跖」，簡名《臨潼鬥寶》。此事史實無可考，劇演秦穆公請十八國諸侯大會臨潼，各出寶角勝，潛嗾太行山柳盜跖，截寶於紅鵲山。伍員爲楚先鋒，遇戰，揮鞭擊跖墮馬，跖心服員，請結爲兄弟，同赴臨潼會。此劇爲《伍子胥鞭伏柳盜跖》之原本。按舊本《列國志》中「秦哀公設會圖伯」及「伍子胥戰震臨潼會」述及之。李壽卿《說專諸伍員吹簫》雜劇，亦記臨潼關大會事。劇中盜跖太行山食人肝事，本《莊子．盜跖篇》。〔註60〕

按：《十八國臨潼鬥寶》雜劇作者闕名，當爲元、明間作品，現存版本有二：脈望館鈔校本〔註61〕與《孤本元明雜劇》本。〔註62〕今據後者爲論。

本劇一如元雜劇四折的通例，仍分四折演出，另有楔子，置於頭折與第二折之間。

全劇略謂：秦穆公欲併吞諸侯，乃因百里奚之計，設臨潼鬥寶會，欲將諸侯一舉成擒。展雄聞知鬥寶事，使部將來皮豹奪吳國夜明簾，幸伍員打敗來皮豹，奪回寶物。諸侯行至潼關，爲展雄所阻，損兵折將。伍員出馬，始將展雄收伏，二人並結成兄弟。〔註63〕既至臨潼，鬥寶會中，卞莊、蒯聵戲鼎皆不及姬輦，子胥又較姬輦更勝一籌，乃掛盟府劍，以定諸侯是非。穆公

〔註60〕語見莊一拂：《古典戲曲存目彙考》，頁537～538。

〔註61〕無名氏：《十八國臨潼鬥寶》雜劇，脈望館鈔校本，收入《全元雜劇外編》第一冊（台北：世界書局，民國52年2月，初版）。

〔註62〕無名氏：《十八國臨潼鬥寶》雜劇，《孤本元明雜劇》本，收入《孤本元明雜劇》第四冊（台北：台灣商務印書館，民國66年12月，台一版）。

〔註63〕莊一拂謂秦穆公「潛嗾太行山柳盜跖，截寶於紅鵲山。」但此劇僅存二版本：其一、明萬曆四十三年脈望館鈔校內府本；其二、《孤本元明雜劇》本。兩者都不曾說柳盜跖劫寶係出於秦穆公嗾使，且觀劇中敘述，顯然盜跖劫寶是由於聞知諸侯將鬥寶於臨潼，所以自願地、欣然地阻路劫寶。又劇中謂盜跖截寶處在潼關，並非莊氏所說之「紅鵲山」，不知莊氏所據何本？

欲發動埋伏，擒殺諸侯，幸伍員挾之，使之送諸侯平安出關，並脅之使無祥公主許嫁楚國太子建。諸侯以子胥「文過百里奚，武勝秦姬輦，拳打蒯聵，腳踢卞莊，劍嚇無祥，保十七國諸侯，無事還國」。乃共封之爲「天下十七國元戎」、「樊城太守」。

按：臨潼鬥寶之事，不見載於史實，乃是流行於里巷之間的民間傳說。元雜劇中，鄭廷玉的《楚昭公疏者下船》經由劇中人物的「自白」、「對白」和「唱詞」，透露出臨潼鬥寶的情形，〔註 64〕但不曾用實筆來描寫。李壽卿的《說鱄諸伍員吹簫》也是如此。〔註 65〕

---

〔註 64〕《楚昭公疏者下船》雜劇中，有關臨潼鬥寶傳說的記載，舉例如下：「伍子胥上云：棄楚投吳枉運機……嘆嗟不遂英雄志，辜負當年舉鼎威。」（頭折）、「（正末，即楚昭公）唱：怕的是伍盟府天下罕。」（頭折）、「芊旋云：這伍子胥當初在臨潼會上，怎生般英雄，哥哥試說一遍，您兄弟是聽咱。　唱：那裡取這般忠義的人英雄漢，舉鼎時神力相關。　芊旋云：哥哥，您兄弟想秦國文有百里奚，武有秦姬輦，卻怎生不及子胥也。　鵲踏枝：秦姬輦怎敢遮攔，百里奚不敢輕看，他向那鬥寶筵中頓劍搖環。　芊旋云：他當初在臨潼救了姬光之難，到今日投吳伐楚也。　唱：便休題吳姬光攧碎了溫涼玉盞，他直教秦公子鞠躬送出潼關。」（頭折）、「百里奚云：想伍子胥在於臨潼會上，對著十七國諸侯，文過老夫百里奚，武勝秦姬輦，想著冤讎未曾相報……。」（第四折）、「秦姬輦云：……某想伍員在臨潼會上，拳打蒯聵，腳踢卞莊，文過百里奚，爲爭盟府劍，筵前戲鼎，欺吾太甚，某領十萬雄兵，一來救楚，二來就擒拏伍子胥，雪臨潼之恥也。」（第四折）、「秦昭公上云：只今臨潼鬥寶會，秦楚結親到至今。」（第四折）、「太平令：自鬥寶臨潼赴會，賜無祥公主來歸，曾對天割襟爲記，願世世無相違背。」（《元曲選》本，第四折，楚昭公唱）

〔註 65〕《說鱄諸伍員吹簫》雜劇中，有關臨潼鬥寶傳說的記載，舉例如下：「伍員他在臨潼會上，秦穆公賜他白金寶劍，稱爲盟府，文欺百里奚，武勝秦姬輦，拳打蒯聵，腳踢卞莊，保十七國公子無事回還」（第一折，費無忌語）、「某姓伍名員字子胥，自臨潼會上秦穆公賜我寶劍一口，號爲盟府，保的十七國諸侯，無事還朝，平公加某爲爲十三太保大將軍，仍兼太守之職，在於樊城鎮守。」（第一折，伍員語）、「我在臨潼會上，拳打蒯聵，腳踢卞莊，力舉千斤之鼎，我打死你這賊值得甚的。」（第一折，伍員語）、「某想伍員在臨潼會上，立下十大功勞，不料費無忌讒佞……。」（第二折，養由基語）、「仔細想來，唯有吳公子姬光曾受我活命之恩，必然借兵與我，不免抱了芊勝，竟投吳國去來。」（第二折，伍員語）、「老丈休看得這劍輕了呵，此劍乃秦穆公在臨潼會上，賜與我爲盟府的。」（第二折，伍員語）、「大哥不知，想當初秦穆公在臨潼會上設一會名曰鬥寶，驅十七國諸侯都來赴會，某文欺百里奚，武勝秦姬輦，拳打蒯聵，腳踢卞莊，掛白金劍爲盟府，戲舉千斤之鼎，手劫秦王，親送關外。」（第三折，伍員語）、「某乃楚昭公是也，自從秦穆公臨潼鬥寶之後，有伍員立下十大功勞，俺父平公加他爲三保大將軍，樊城太守……。」（楔子，楚昭公語）

根據這些劇中人物的「自白」、「對白」和「唱詞」來看，我們可以大概地看出一些端倪，因而對臨潼鬥寶一事有些了解：秦穆公在臨潼設鬥寶會，驅十七國諸侯都來赴會。伍子胥在臨潼會上，當著十七國諸侯，文過百里奚，武勝秦姬輦，拳打蒯聵、腳踢卞莊，為了爭盟府劍（秦穆公所賜之白金劍）而在筵前戲舉千斤重鼎。姬光攧破溫涼玉盞，亦賴子胥救難，所以子胥投吳，姬光幫助他伐楚復仇。子胥更使秦公子將十七國諸侯「鞠躬身送出潼關」。又：因為臨潼鬥寶會，秦將無祥公主嫁給楚國，二國割襟為記。由於子胥在臨潼會上，立下十大功勞，乃受封為三保大將軍、樊城太守。

將我們由《楚昭公疏者下船》和《說鱄諸伍員吹簫》，這兩本雜劇中，所得到的有關於臨潼鬥寶會的大概情況，拿來與這本無名氏的《十八國臨潼鬥寶》雜劇的情節相比較，我們可以知道，這本《十八國臨潼鬥寶》較前二者多出的部分，主要在於十七國諸侯往臨潼赴會的途中所發生的事情——因來皮豹與柳盜跖分別阻路而引起。至於鬥寶會開始以後的情形，則幾乎只是將前二者的梗概加以發揮，而有較詳細的敘述。

當然，這並不意味著這本《十八國臨潼鬥寶》的創作乃起於前二者的啓發。更有可能的是：這些作者所吸收的這個民間傳說是一樣的，只是不同的劇目，有不同的演出重點，《楚昭公疏者下船》雜劇，所演的重點，當然是楚昭公自郢都出奔之事，臨潼鬥寶一事，自然不是作者所要敘述的，因此，不以實筆來寫，合理而易解。同樣情形，《說鱄諸伍員吹簫》雜劇，演出的重點也不在臨潼鬥寶之事，故也不以實筆來寫。

另外，無名氏的元雜劇《伍子胥鞭伏柳盜跖》中，對臨潼鬥寶傳說的前半段（指諸侯赴會途中所發生的事情）亦有詳細的描寫，而後半段（指鬥寶會上所發生的事情）則只是經由劇中人物的「自白」、「對白」和「唱詞」透露出來，至於其詳細情形，容後再敘。

臨潼鬥寶之事，到了明代的戲曲，亦有演出者，如：明初戲文有《舉鼎記》、另有今已不見的《臨潼記》也可能有關，已於前節詳論；至於明傳奇則有《臨潼會》、明雜劇則有《伍子胥力伏十虎將》，都可能是演此事者，並容後敘。

### （七）《伍子胥鞭伏柳盜跖》

莊一拂云：

> 《今樂考證》著錄。　脈望館鈔校本。　《也是園書目》、《曲錄》並見著錄。題目作「秦穆公無故開筵宴」。此劇與《十八國臨潼鬥寶》

取材相同，乃竄取《臨潼鬥寶》之前半，割裂湊合、刪繁就簡，以便於排場。亦係藝人所刪改演出本。〔註66〕

按：《伍子胥鞭伏柳盜跖》雜劇作者闕名，當爲元、明間作品，現僅存明萬曆間，脈望館鈔校內府附穿關本（簡稱脈望館鈔校本），〔註67〕今即據此版本爲論。

本劇共分四折，略謂：秦穆公欲威伏天下，乃設臨潼鬥寶會，欲將諸侯一網打盡。姬光帶寶赴會，途中爲來皮豹奪去，幸賴伍員之力乃得以奪回寶物（夜明簾）。諸侯兵至潼關，遇展雄攔路劫寶，不能前進。又賴伍員鞭伏展雄，諸侯乃得準時赴會。因會上伍員立功，十七國齊爲之加官受爵。

伍員於鬥寶會上，「文過百里奚，武勝秦姬輦，拳打蒯聵，腳踢卞莊，劍諕無祥，保十七國諸侯無事還國」這段情節並未實場演出，只於第四折中，透過劇中人物的對白說出。

關於本劇，王季烈《孤本元明雜劇提要》謂：

別有《伍子胥鞭伏魯（柳）盜跖》一本，竄取此本之前半，割裂湊合，蓋伶工病此劇登場人物過多，刪繁就簡之所爲，故不復著錄。〔註68〕

自此以下，學者多仍其說。莊一拂之說，前已具引；傅惜華則先提出王季烈之說，再下結論說：「是知此本乃《十八國臨潼鬥寶》一劇之刪改演出本也。」〔註69〕

但是，就現存之僅有版本，脈望館鈔校本來看，謂此劇與《十八國臨潼鬥寶》雜劇取材相同，固無疑問；若謂此劇「竄取」《十八國臨潼鬥寶》雜劇之前半，則恐有待商榷。

先就人物性格方面來說：《十八國臨潼鬥寶》雜劇（以下簡稱爲《臨潼鬥寶》）第三折中，當子胥「文過百里奚，武勝秦姬輦」之後，又向秦將挑戰，甘蠅乃上來（這是甘蠅惟一上場的時候），欲與子胥相鬥，劇云：

〔甘蠅上〕〔云〕伍將軍，咱兩箇聊鬥三合。〔正末云〕莫非神射乎？〔甘蠅云〕然也。〔正末云〕比試何藝？〔甘蠅云〕咱兩箇筵前舞劍。〔做舞劍科〕……〔云〕著去。〔甘蠅做到科〕……

〔註66〕語見莊一拂：《古典戲曲存目彙考》，頁562～563。

〔註67〕無名氏：《伍子胥鞭伏柳盜跖》雜劇，脈望館鈔校本，收入《全元雜劇外編》第八冊（台北：世界書局，民國52年2月，初版）。

〔註68〕語見王季烈：《孤本元明雜劇提要》（台北：盤庚出版社，無出版年月）。

〔註69〕語見傅惜華：《元雜劇考》，頁310。

在這裡，甘蠅雖然不是子胥的對手，但他有「神射」之名，〔註 70〕動作、言語亦絕不類於《伍子胥鞭伏柳盜跖》雜劇（以下簡稱《鞭伏盜跖》）中的造形，蓋在《鞭伏盜跖》中，甘蠅是帶有喜劇色彩的淨角人物。我們來看看他的言詞：

> 我做首將不說謊，別人得功我圖賞。上陣則推肚裡疼，則怕我脖子上那聲響。
>
> 恰纔某正在通州賣芝麻條兒糖，有穆公呼喚……到轅門首也，門裡人報復去道有甘爹來了。
>
> 老穆不來接待我，罷罷罷，我自過去。
>
> 某乃秦穆公手下大將甘蠅，我父是甘蔗，我叔是柑子，我姪兒是甘松。
>
> 我說柳老爺可憐見，兒子去關外買雞鴨兒去，你饒了我，我回來送一百二十箇鴨子與煮喫，他纔放我來了，我這回去，他問我要這鴨子，我正是沒了這五星三也。
>
> 頭頂金盔翡翠袍，各國之中耍一遭，得了金銀並錢鈔，回到家中慢慢爵。
>
> 馬兒四箇蹄兒圓，但行便走二三千，我若立住不動腳，立到明年到

〔註 70〕甘蠅有神射之名，《列子・湯問第五》謂：「甘蠅，古之善射者，彀弓而獸伏鳥下。弟子名飛衛，學射於甘蠅，而巧過其師。紀昌者，又學射於飛衛。飛衛曰：爾先學不瞬，而後可言射矣。紀昌歸，偃臥其妻之機下，以目承牽挺。二年之後，雖錐末倒眥而不瞬也。以告飛衛。飛衛曰，未也，必學視而後可，視小如大，視微如著，而後告我。昌以犛懸虱於牖、南面而望之，旬日之間，浸大也，三年之後，如車輪焉。以覩餘物皆丘山也。乃以燕角之弧，朔蓬之簳，射之，貫虱之心，而懸不絕，以告飛衛。飛衛高蹈拊膺曰：汝得之矣。紀昌既盡衛之術，計天下之敵己者一人而已。乃謀殺飛衛，相遇於野，二人交射，中路矢鋒相觸、而墜於地，而塵不揚，飛衛之矢先窮，紀昌遺一矢，既發，飛衛以棘刺之端扞之，而无差焉。於是二子泣而投弓，相拜於塗，請爲父子，剋臂以誓，不得告術於人。」又：《太平御覽》卷三五〇引《列子佚文》：「飛衛學射於甘蠅，諸法並善，唯嚙法不教，衛密將矢以射蠅，蠅嚙得鏃矢射衛，衛遶樹而走，矢亦遶樹而射。」

後年。

此劇的作者利用這些鮮明的、逗趣的言詞，凸顯甘蠅的喜劇性格，給人鮮明而深刻的印象。他上場的時間，幾乎是第一折的由始至終。當秦穆公、百里奚定計，欲害諸侯，乃決定請各國到臨潼鬥寶後，即遣甘蠅去聯絡各國。接著就是他帶著制書到了楚國，一直到楚國君臣商議已定，才跟著楚國君臣一同下場，而結束了第一折。雖然，在往後的三折中，他的台詞甚少，但在第一折中，他的戲份比其他人物，如：秦穆公、百里奚、楚平王、伍奢、伍員都重，可算是一個重要人物。

甘蠅這個人物，在我們要比較的這兩本雜劇中，重要性相差懸殊，出現的場合不同，所表現出的形象也不同，那麼，怎麼能說《鞭伏盜跖》「竄取」了《臨潼鬥寶》的前半呢？

再看看登場人物的多寡：《臨潼鬥寶》所有出現的人物如下：秦穆公、百里奚、楚平公、伍奢、展雄、來皮豹、吳公子姬光、伍子胥、鄭成公、齊鰲公、宋桓公、晉襄公、蔡莊公、曹簡公、陳共公、杞武公、韓康公、魏獻公、趙景公、魯懿公、燕莊公、越允公、梁孝公、華茂、秋胡、秦姬輦、卞莊、蒯聵、甘蠅（另：卒子、僂儸若干人，不計），而除了秦姬輦、卞莊、蒯聵三人以外，在《鞭伏盜跖》裡也都有同樣的人物，且《鞭伏盜跖》中的安審傑，並不見於《臨潼鬥寶》。因此，算起來，《臨潼鬥寶》一劇，登場的人物較《鞭伏盜跖》一劇中的人物，多了兩名。

僅僅爲了使登場的人物減少兩名，而負擔著「竄取、割裂、湊合」的惡名，值得嗎？《鞭伏盜跖》的作者下功夫去刪繁就簡，爲的只是使登場人物減少兩名，減少兩名人物眞能「便於排場」嗎？當然，在當時，「著作權」的觀念不可能像現在那麼清晰。利用他人作品改編爲自己的創作，在當時可能並不會眞的招來「竄取、割裂、湊合」的批評。然而，只是爲了減少兩個人物，大費周章地刪減、改寫既有作品，這個可能性該是不大的吧？

另外，關於人物之間的關連性，這兩本雜劇有個很大的差別：《臨潼鬥寶》謂來皮豹爲展雄部下，奉展雄之命，先去截路；《鞭伏盜跖》中，來皮豹則與展雄不相關連，來皮豹據塗山爲寇，其部將爲安審傑，他們和展雄可說是不同股的兩路強盜。

總之，這兩本雜劇，人物表現出的性格、形象有所不同；人物之間的關連性也有不同之處；登場的人物數目僅僅相差兩人。凡此，都讓我們不能不對「此劇（按：指《臨潼鬥寶》）爲《伍子胥鞭伏盜跖》之原本」、「竄取《臨潼鬥寶》之前半，割裂湊合」、「伶工病此劇（按：指《臨潼鬥寶》）登場人物過多，刪繁就簡之所爲」這類的話持著保留的態度。我們寧願說這兩本雜劇取材自同一傳說，因而使得關目進行有許多類似之處。而《鞭伏盜跖》一劇，作者的目的，在演出諸侯入臨潼鬥寶前發生的故事，主要情節有二，其一是伍員擒來皮豹、安審傑，奪回夜明簾；其二是伍員鞭伏柳盜跖，使諸侯平安而準時地進入臨潼。因此，它和《臨潼鬥寶》一劇的前半段故事必然大部分相重疊，卻不是「竄取」、「割裂湊合」所得的結果。

至於舊本《列國志》中亦有臨潼鬥寶之事，將在下章中詳述。

### （八）《申包胥興兵完楚》

莊一拂云：

> 《錄鬼簿續編》著錄。　簡名《興兵完楚》。其他戲曲書簿未見著錄。本事見《左傳》。伍子胥與申包胥友，伍將奔吳，謂申曰：「我必覆楚。」申曰：「勉之。子能覆之，我必能興之。」及昭王在隨，申如秦乞師，秦伯使辭，立於庭而哭，日夜不絕聲，勺飲不入口。七日，秦師乃出。明孟稱舜《二胥記》，王洙《合襟記》，專演子胥、包胥覆楚復楚事，俱見後文。　佚。〔註71〕

按：此劇爲元明間無名氏作品。今無傳本。

申包胥哭秦庭，借兵復楚一事，本節在論《楚昭公疏者下船》雜劇中，已有說明，茲不復贅。

### （九）《申包胥》

莊一拂云：

> 《曲錄》著錄。　《曲錄》誤題爲清人張國壽作。題目正名均已失考。按元無名氏雜劇有《申包胥興兵完楚》，事見《左傳》，當亦演此。〔註72〕

按：《申包胥》雜劇作者張國籌，明人，字號不詳，山東章丘人。以貢士爲行唐知縣，與李中麓同時，善金、元曲。所著雜劇五種，均未傳世。

申包胥事，已於論《楚昭公疏者下船》雜劇中論及，不再說明。

---

〔註71〕語見莊一拂：《古典戲曲存目彙考》，頁555。
〔註72〕語見莊一拂：《古典戲曲存目彙考》，頁439。

（十）《伍子胥力伏十虎將》

莊一拂云：

> 此戲未見著錄。 《寶文堂書目・樂府》著錄此劇正名，題目未詳。疑與臨潼關大會同一事，舊本《列國志》有「臨潼會子胥爭明輔」類似。 佚。〔註73〕

按：本劇爲明代無名氏作品，已佚。

臨潼鬥寶之事，在論《十八國臨潼鬥寶》雜劇與論《伍子胥鞭伏柳盜跖》雜劇中，已有詳細的討論，亦不復贅。

## 第三節 傳奇中之伍子胥

### 一、傳奇簡介

明初至清中葉，中國戲曲藝術又經歷了一個新的發展時期。在北雜劇日益衰落的同時，南戲卻得到了迅速的發展。起初是南戲各種聲腔的並列競爭與交流發展，隨後是崑山腔與弋陽腔戲的崛起盛行和流布演變。新興的崑山腔和弋陽腔戲，繼承了南戲的傳統，又吸收了北雜劇的成果，在藝術上有了高度的發展。

嘉靖以來弋陽腔流傳於各地之後，演變成了不少新的聲腔劇種。同時，崑山腔也有了新的變革。嘉靖、隆慶年間，魏良輔等集南北曲之大成，對崑山腔進行改革。接著，梁辰魚編演崑曲傳奇《浣紗記》，使崑山腔在戲曲舞台上很快地興盛起來。至萬曆時期，文人、士大夫對崑山腔莫不靡然從好。終使崑曲流傳全國，並且風行了二百餘年。

本節所說的「傳奇」，專指「崑山腔」以後的作品。〔註74〕

### 二、傳奇中所見的伍子胥

據莊一拂《古典戲曲存目彙考》之著錄，與伍子胥傳說有關的傳奇作品略有：《浣紗記》、《昭關記》、《臨潼記》、《二胥記》、《合襟記》、《蘆中人》、《倒

〔註73〕語見莊一拂：《古典戲曲存目彙考》，頁562。

〔註74〕此依莊一拂對戲文、雜劇、傳奇的分類法。參見莊一拂：《古典戲曲存目彙考》，例言，頁1。

浣紗》等七種。分述如下：

（一）《浣紗記》

莊一拂云：

《今樂考證》著錄。　明萬曆間金陵唐氏富春堂刊本，明萬曆間繼志齋刊本，明萬曆間金陵文林閣刊本，明末汲古閣原刊本，明末怡雲閣湯顯祖評本，明末李卓吾評本，清乾隆間內府鈔本（北京圖書館藏），《古本戲曲叢刊初集》本。　《曲品》、《傳奇品》、《曲考》、《曲海目》、《曲錄》並見著錄。　一名《吳越春秋》。全劇四十五齣。搬演范蠡謀王圖霸，勾踐復越亡吳；伍胥揚靈東海，西子扁舟五湖。事本《史記・吳越世家》，及趙曄《吳越春秋》，增飾敷衍，敘吳、越興亡，劇以范蠡為中心人物。元雜劇有關漢卿《姑蘇臺范蠡進西施》，趙明道《滅吳王范蠡歸湖》題材皆同，見前文。《三家村老委談》謂伯龍作《浣紗記》，無論其關目散緩，無骨無筋，全無收攝。然其所長，亦自有在，不用春秋以後事，不裝八寶，不多出韻，平仄甚諧，宮調不失，亦近來詞家所難云。《靜志居詩話》謂傳奇家曲別本，弋陽子弟可以改調歌之，惟《浣紗》不能云。劇中〈越壽〉、〈回營〉、〈養馬〉、〈打圍〉、〈寄子〉、〈拜施〉、〈分紗〉、〈進美〉、〈採蓮〉諸齣，今尚有演者。〔註75〕

按：《浣紗記》作者梁辰魚，字伯龍，號少伯，一號仇池外史。江蘇崑山人。好任俠，擅詞曲，精於音律。營華屋，招徠四方俊彥。嘉靖間李攀龍、王世貞等七子，皆折節與交，與張鳳翼最友善。每於樓船簫鼓中，仰天歌嘯，旁若無人。好遊，足跡遍吳、楚。時邑人魏良輔工於樂歌，始變弋陽、海鹽古調為崑腔，而辰魚承其傳統。善度曲，聲如金石，為一時曲家所宗。清詞麗句，傳播戚里間，論者謂與元之顧仲瑛相彷彿。兼工詩，有遠遊稿。所作戲曲，有雜戲三種，傳奇一種，及散曲《江東白苧》，泰半流傳於世。〔註76〕

《浣紗記》，林侑時主編之《全明傳奇》〔註77〕中，收有怡雲閣湯顯祖評本。今據以為論者，即此版本。

〔註75〕語見莊一拂：《古典戲曲存目彙考》，頁819～820。

〔註76〕參見莊一拂：《古典戲曲存目彙考》，頁433～434。

〔註77〕林侑蒔主編：《全明傳奇——中國戲劇研究資料第一輯》（台北：天一出版社，無出版年月）。

《浣紗記》分上、下卷。第一齣至第二十二齣爲上卷；第二十三齣至第四十五齣爲下卷。演吳、越興亡事。第一齣〈家門〉謂：「今日搬演一本范蠡謀王圖霸，勾踐復越亡吳，伍胥揚靈東海，西子扁舟五湖」對劇情有梗概性的介紹。

又按：關於本劇之主題，陳素蘭《浣紗記研究》認爲：

> 蓋全劇雖以范蠡、西施悲歡離合之愛情故事爲關目，然其呈現之主題，主要還在敘述國家興亡衰敗之由，全因爲君主昏敝，以及奸邪當道。伯龍之時代，外有強寇犯境，內有奸臣弄權，以致忠臣諫官屢遭殺戮……伯龍《浣紗記》作於萬曆五年左右，乃明述吳越興亡以隱射嘉靖朝事，以夫差之昏愚剛弼，拒納忠言而殺害子胥、公孫聖，暗喻世宗之戳楊繼盛、沈鍊、王忬等人。以伯嚭之狐媚用世，喻嚴嵩之當權。故本劇不以范蠡、西施之愛情爲主題，著重於賢愚忠奸之辨，直刺明朝嘉靖任用嚴嵩事，全劇於吳越君主之昏庸賢明，臣子之忠貞奸邪，皆以強烈對比方式表現出來。〔註 78〕

據此，則本劇重在賢愚忠奸之辨，所以子胥在全劇中，當爲重要角色之一，而有頗重的戲份。劇中有子胥上場演出的，有下列幾齣：第四、第五、第八、第十一、第十二、第十八、第二十、第二十六、第三十二、第三十三、第四十一、第四十三，共十二齣。讓我們來看看這十二齣中，演出了那些關於子胥的故事？

第四齣〈伐越〉、第五齣〈交征〉所演的是子胥請伐越，以至領軍敗越之事。這時，子胥與伯嚭已多有爭辯，嫌隙已生。

第八齣〈允降〉、第十一齣〈投吳〉，所演的是子胥諫許越成，以至勸吳王殺勾踐，而與伯嚭有激烈衝突之事。

第十二齣〈談義〉、第十八齣〈降赦〉、第二十齣〈論俠〉，所演的是子胥訪公孫聖，以求卜國之興衰，及自處之道。又與太子友互相勸勉，不惜以死諫報國。夫差受伯嚭讒言，已覺子胥不忠不仁，甚爲可厭。

第二十六齣〈寄子〉，所演的是子胥寄子鮑牧，使其改姓王孫，並囑其不必爲己報仇。

第三十二齣〈諫父〉、第三十三齣〈死忠〉，所演的是子胥屢次進諫，與

〔註 78〕語見陳素蘭：《浣紗記研究》（台北：中國文化大學中文研究所碩士論文，民國 66 年），頁 114。

伯嚭、夫差衝突越演越烈，又加以解夢忤王，終至受賜屬鏤之劍而自刎。

第四十一齣〈顯聖〉、第四十三齣〈擒嚭〉，所演的是子胥死後爲錢塘江神，阻越兵自胥門入城。又與公孫聖及太子友一起顯聖，擒殺伯嚭。

以上所演，關於子胥的故事大略可以分爲兩部分：其一、子胥屢諫不遂，又因寄子、解夢觸怒吳王，吳王乃賜劍使子胥自盡。其二、子胥揚靈，擒殺伯嚭。

先論其一（子胥之死）：

子胥進諫，與伯嚭時有爭辯，已常使夫差不悅。又寄子鮑牧，遂使夫差有了誅戮老臣的藉口，《左傳》、《史記》都有相似的記載。《吳越春秋》則謂子胥受戮之近因是爲王解夢，觸怒夫差。〈夫差內傳第五〉謂：

> 王曰：「吾見四人相背而倚，聞人言則四分走矣。」子胥曰：「如王言，將失眾矣。」吳王怒……王曰：「今日又見二人相對，北向人殺南向人。」子胥曰：「臣聞四人走，叛也；北向殺南向，臣殺君也。」王不應……。〔註 79〕

本劇則兼取兩說，第三十三齣〈死忠〉，謂員爲王解此夢後，夫差大怒，對子胥曰：「老賊多許是吳妖孽，我以前王之故，未即行誅，今退自誅，毋勞再見。」是令子胥自裁也。子胥又謂不惜一死，惟恐越入滅吳耳；夫差怒曰：「老賊，你不忠不信，寄子鮑氏，有外我之心，速宜自裁，不得遲滯。」子胥乃請剔目、掛頭，以觀越之入吳；夫差遂賜屬鏤之劍，令子胥自殺，復取其屍，盛以鴟夷之革，投之江中。

子胥之死，《左傳》只說：「使賜之屬鏤以死」；《國語・吳語》則謂：「使取申胥之尸，盛以鴟鶇，而投之於江。」〔註 80〕雖謂子胥自殺，卻不載賜劍之事。司馬遷《史記》則兼取二者，謂子胥受賜劍自殺，復被拋尸江中。《浣紗記》所演，則與《史記》相同。

先秦諸子以及漢代思想家所記則有幾種異說，有謂子胥乃遭車裂而死者，如《荀子・宥坐篇》云：

> 吳子胥不磔（楊倞注：磔，車裂也）姑蘇東門外乎？〔註 81〕

〔註 79〕見〔東漢〕趙曄：《吳越春秋》，頁 148～149。

〔註 80〕語見〔東周〕左丘明：《國語》（台北：里仁書局，民國 70 年 12 月出版），卷十九〈吳語〉，頁 602。

〔註 81〕語見〔東周〕荀卿：《荀子》（台北：台灣中華書局，民國 57 年 4 月，台二版），卷三十。

又有謂子胥乃自投水而亡者，如：賈誼《新書・耳痺篇》云：

伍子胥見事之不可爲也，何籠而自投水。〔註82〕

而王充於子胥被戮之事，又別有所聞，其《論衡》一書，就曾多次言及子胥被戮之事，如：〈書虛篇〉云：

傳書言吳王夫差殺吳子胥，煮之於鑊。〔註83〕

〈書虛篇〉又云：

子胥亦自先入鑊，乃入江。

〈刺孟篇〉云：

比干剖，子胥烹。

〈死僞篇〉云：

吳烹伍子胥，漢菹彭越。

〈命義篇〉云：

及屈平伍員之徒……而楚放其身，吳烹其尸。

根據《論衡》的這幾條記載看來，王充以爲：子胥被夫差所殺，又先入鑊烹尸，再被投入江水之中也。這種說法，較諸以上其他各種說法都更爲慘烈。

再論其二（子胥揚靈）：

《浣紗記》的第三十三齣〈死忠〉中，子胥臨死之前，曾憤憤地說，要使伯嚭老賊「難逃遁」、「上天無路，入地無門」。這成了第四十三齣〈擒嚭〉中，子胥、公孫聖及太子友顯聖，在錢塘江口擒殺伯嚭的張本。

根據〈伍子胥列傳〉、〈越王勾踐世家〉、〈吳太伯世家〉記載，越既滅吳，遂誅太宰嚭，以其不忠於其君，而外受重賄之故。是伯嚭死於越人之手。而本劇作者梁辰魚所以安排子胥等三人，揚靈於錢塘江口，擒殺伯嚭，推原其意，蓋爲子胥一抒怨氣也。

子胥一生忠烈，所以對他的祭祀很早就有，子胥死後爲江神或潮神的傳說也發生甚早，然而，不能親殺仇敵——伯嚭，始終爲一大缺撼。所以梁辰魚特作此一安排，以爲子胥補恨也。又梁辰魚作《浣紗記》既然有所寄寓、有所諷刺，既以伯嚭之狐媚用世，喻嚴嵩之當權，以子胥之忠而被戮喻楊繼

〔註82〕語見〔西漢〕賈誼：《新書》（台北：世界書局，民國 51 年 4 月，初版），頁 49。

〔註83〕語見〔東漢〕王充撰，劉盼遂集解：《論衡》（台北：世界書局，民國 51 年 4 月，初版），頁 83。以下凡引《論衡》，皆據此版本，不再標註頁碼。

盛等人之忠而被戮。則爲子胥補恨，正在爲楊繼盛等人補恨，亦正爲梁辰魚自己澆塊壘也。

爲子胥立廟祭祀、以及子胥死後爲錢塘江神或潮神的傳說都發生甚早。〈伍子胥列傳〉即謂：「吳人憐之，爲立祠於江上」、《吳越春秋・夫差內傳第五》云：「乃棄其軀，投之江中，子胥因隨流揚波，依潮來往，蕩激崩岸」，〈勾踐伐吳外傳第十〉則云：「葬七年，伍子胥從海上穿山，脅而持種去，與之俱浮於海，故前潮水潘候者，伍子胥也；後重水者，大夫種也。」又：《論衡・書虛篇》云：「子胥恚恨，驅水爲濤，以溺殺人，今時會稽丹徒，大江錢唐浙江，皆立子胥之廟，蓋欲慰其恨心，止其猛濤也。」則在東漢之初，子胥廟已不止一處也。

又：〈伍子胥列傳〉，張守節《正義》引《吳地記》云：

> 越軍於蘇州東南三十里三江口，又向下三里，臨江北岸立壇，殺白馬祭子胥，杯動酒盡，後因立廟於此江上，今其側有浦名上壇浦。至晉會稽太守麋豹，移廟吳郭東門內道南，今廟見在。

按：今所見明刊本《吳地記》〔註 84〕不見此文。又《淵鑑類函》卷三十七，地部，「潮濤二」引《錄異記》云：

> 夫差殺伍子胥，煮之於鑊，乃以鴟彝橐，投之於江，子胥恚恨，驅水爲濤，以溺殺人。今時會稽丹徒，大江錢塘浙江皆立子胥之廟，蓋欲慰其恨心，止其猛濤也。時有見子胥乘素車白馬，在潮頭之中，因立廟以祠焉。廬州城內，淝河岸上，亦有子胥廟，每朝暮潮時，淝河之水，亦鼓怒而起，至其廟前，高一尺，廣十餘丈，食頃，乃定，俗云：與錢塘潮水相應焉。〔註 85〕

又：張岱《史闕》卷三，〈吳記〉云：

> 或有見其乘白馬素車，在潮頭者，因爲之立廟，每歲仲秋既望，潮水極大，杭人以旗鼓迎之，弄潮之戲，蓋始于此。〔註 86〕

蓋歷代幾乎都有對子胥的祭祀。大衛・強生（David Johnson）在其論文〈伍子

---

〔註 84〕〔唐〕陸廣微撰，〔明〕吳琯校：《吳地記》，收入《古今逸史》第七冊（台北：台灣商務印書館，無出版年月）。

〔註 85〕〔清〕張英：《淵鑑類涵》（台北：新興書局，民國 67 年 3 月，初版）。以下凡引《淵鑑類涵》，皆據此版本。

〔註 86〕〔明〕張岱：《史闕》（台北：華世出版社，民國 66 年 9 月，台一版），頁 75。

胥變文及其來源〉〔註 87〕中，曾詳細地引述歷代相關的記載。而只就以上所舉的幾個例子來看，我們就可以知道很早就有對子胥的祭祀。若〈伍子胥列傳〉所說的：「吳人憐之，爲立祠於江上。」是指子胥死後，吳人即爲之立祠，則到司馬遷的時代，祭祀已有將近四百年的歷史。而在東漢王充、趙曄的時代，已有子胥化身爲波濤之神的說法。故《浣紗記》謂子胥死後，受玉帝封爲「錢塘江之神」正是子胥傳說與祭祀的反映。

（二）《昭關記》

莊一拂云：

> 此戲未見著錄。《常昭合志稿》云：孫於《琴心》外，尚有《昭關》一種。疑即演吳、楚春秋時伍員故事。按《摘錦奇音》收有伍子胥計過昭關兩齣，題《昭關記》，或即此本。《萬曲長春》並收伍員訪友策後，題名又改作《復仇記》。佚。〔註 88〕

按：《昭關記》作者孫柚，字梅錫，一字禹錫，江蘇常熟人。居籐谿，蕭然一室，無儋石儲，而好客不衰。約明萬曆十一年前後在世，有《籐谿集》。〔註 89〕

《昭關記》，觀其劇名，當是演子胥過昭關之事。據〈伍子胥列傳〉云：

> 伍胥遂亡。聞太子建之在宋，往從之……伍胥既至宋，宋有華氏之亂，乃與太子建俱奔於鄭……鄭定公與子產誅殺太子建。建有子名勝。伍胥懼，乃與勝俱奔吳。到昭關，昭關欲執之。伍胥遂與勝獨身步走，幾不得脫。追者在後。至江，江上有一漁父乘船，知伍胥之急……。

是過昭關事在子胥與勝自鄭奔吳的途中所發生。《吳越春秋・王僚使公子光傳第三》所載，則大抵與〈伍子胥列傳〉相同，而稍有增衍：

> 伍員與勝奔吳，到昭關，關吏欲執之。伍員因詐曰：上所以索我者，美珠也，今我已亡矣，將去取之。關吏因舍之。與勝行去，追者在後，幾不得脫。至江，江中有漁父乘船從下方泝水而上。〔註 90〕

---

〔註 87〕David Johnson 著，蔡振念譯：〈伍子胥變文及其來源〉，原文載於《哈佛亞洲學報》（Journal of Asiatic Studies）第 40 卷第 1 號及第 2 號。文分兩部，譯文亦依原文分爲兩部：第一部收入《中華文化復興月刊》，第 16 卷第 7 期、第 8 期、第 9 期；第二部收入《中華文化復興月刊》，第 17 卷第 3 期、第 4 期。

〔註 88〕語見莊一拂：《古典戲曲存目彙考》，頁 878。

〔註 89〕參見莊一拂：《古典戲曲存目彙考》，頁 878。

〔註 90〕見〔東漢〕趙曄：《吳越春秋》，頁 57～58。

是子胥與勝得過昭關，乃因子胥使計之故。又：子胥之詐言，《韓非子・說林上》所載，稍有不同：

> 子胥出走，邊侯得之，子胥曰：上索我者，以我有美珠也。今我已亡之矣，我且曰子取吞之。侯因釋之。〔註91〕

本劇已佚，不知所演之伍子胥過昭關事，較之以上所舉三者，有何增衍？

### （三）《臨潼會》

莊一拂云：

> 此戲未見著錄。《傳奇彙考標目》別本著錄之。當爲伍員事。　佚。〔註92〕

按：《臨潼會》作者許自昌，字玄祐。江蘇長洲（今蘇州）人。其所居梅花墅，陳眉公有記，爲唐人陸龜蒙甫里（蘇州東南甪直里）；鍾惺《隱秀軒集・梅花墅記》，亦謂玄祐家甫里，爲陸龜蒙故居，行吳淞江而後達其地。有得閑堂，在墅中最麗，檻外石台，可坐百人，爲留歌娛客之地。按許氏爲明代著名藏書家及刻書家，校刻《太平廣記》一書，著稱於世。有《樗齋詩》。約明萬曆中前後在世。〔註93〕

《臨潼會》，觀其劇名，當是演十八國鬥寶於臨潼之事。關於此事，在本章第二節中，論《十八國臨潼鬥寶》雜劇時，已有詳細的討論。惟本劇已佚，不知所演者，有無異於前述者否？

### （四）《二胥記》

莊一拂云：

> 此戲未見著錄。　明崇禎間刊本，影鈔明崇禎刊本，《古本戲曲叢刊三集》本據影鈔崇禎本影印。　凡二卷三十齣。敘伍子胥覆楚，申包胥復楚事。標目作「孝伍員報怨起吳兵，忠包胥仗義哭秦庭；楚昭王感天能復國，鍾離婦誓死得全貞」。元人雜劇有《楚昭王疏者下船》、《申包胥興兵完楚》，此記并而有之。〔註94〕

按：《二胥記》作者孟稱舜，字子若，又作子適，浙江山陰（今紹興）人。官

---

〔註91〕語見〔東周〕韓非著，〔民國〕陳奇猷集釋：《韓非子集釋》（台北：華正書局，民國71年3月，初版），頁421。
〔註92〕語見莊一拂：《古典戲曲存目彙考》，頁927。
〔註93〕參見莊一拂：《古典戲曲存目彙考》，頁924。
〔註94〕語見莊一拂：《古典戲曲存目彙考》，頁974。

教諭。生卒年未詳，約明末前後在世。編有《古今名劇合選》，分《柳枝》、《酹江》兩集，殆爲臧選外最富之曲選。復校刻元鍾嗣成《錄鬼簿》，並爲後世研究元、明雜劇史之要籍。陳洪綬稱其所作諸劇，蘊藉旖旎，的屬韻人之筆，而氣味更自不薄，故當與勝國（明）諸大家爭席云。所製雜劇六種，傳奇三種，泰半流傳於世。〔註 95〕

《二胥記》現存之版本，除莊一拂所述者外，林侑蒔主編之《全明傳奇》〔註 96〕亦收有影印本。今據以爲論者，即此版本。

《二胥記》全本分上、下卷，各有十五齣，演伍子胥覆楚，申包胥復楚事。第一齣〈標目〉謂：「孝伍員報怨起吳兵，忠包胥仗義哭秦庭；楚昭王感天能復國，鍾離婦誓死得全貞。」介紹了全劇劇情梗概。

綜觀全劇，伍子胥曾在第三、四、六、八、十一、十二、十五、十九、二十四、二十六等齣中出現。這幾齣所演關於伍子胥的故事，大略可以分爲四個段落：一、養由基奉命追捕子胥，以咬去箭頭之箭射子胥，縱之去楚。二、子胥與申包胥以覆楚、復楚互勉。三、子胥擒殺費無忌，鞭平王屍。四、子胥與張阿公（申包胥之鄰人）、申包胥論君臣父子之義。

關於養由基追捕子胥事，在李壽卿《說鱄諸伍員吹簫》雜劇中，己有類似的情節。

子胥與申包胥以覆楚、復楚互勉，以及子胥鞭平王屍，則本之於〈伍子胥列傳〉：

> 始伍員與申包胥爲交，員之亡也，謂包胥曰：「我必覆楚」包胥曰：「我必存之」及吳兵入郢，伍子胥求昭王，既不得，乃掘楚平王墓，出其屍，鞭之三百，然後已。

擒殺費無忌一節，《說鱄諸伍員吹簫》雜劇中已有將其活擒，斬於轅門外的演出。孟稱舜雖使子胥斬費無忌於平王墓前——改變了事件發生的地點，但使子胥親自爲父兄報仇的精神，仍是承襲李壽卿而來，同樣地反映出他欲爲子胥洩憤的心理。

至於申包胥與子胥爭論君臣父子大義，〈伍子胥列傳〉只說：

> 申包胥亡於山中，使人謂子胥曰：「子之報讎，其以甚乎！吾聞之，

〔註 95〕參見莊一拂：《古典戲曲存目彙考》，頁 485。

〔註 96〕林侑蒔主編：《全明傳奇——中國戲劇研究資料第一輯》（台北：天一出版社，無出版年月）。

人眾者勝天，天定亦能破人。今子故平王之臣，親北面而事之，今至於僇死人，此豈其無天道之極乎！」伍子胥曰:「爲我謝申包胥曰：吾日莫途遠，故倒行而逆施之。」

本劇則有多次敘及：

第四齣〈久要〉中，當申包胥因上疏申救伍奢一家，觸犯奸黨，遭貶謫，歸鄉途中，遇見子胥，二人即表現出不同的理念。申包胥以爲子胥一家遭戮，「都是那夥奸臣呵，礪齒磨牙施爲狠」，並希望子胥「早赴他邦，歸來時，把這夥奸邪誅盡」；子胥則認爲費無忌固然當誅，但「言出無忌之口，聽入楚王之耳」、「若不是老魔君識見惛，便有賽飛廉，怎把讒詞進，他是俺父兄即世冤，還有甚大小君臣分呀！」已視楚王爲寇讎，不再尊其爲君，乃立意要覆滅楚國。申包胥則一心以爲「想吾君，如天並尊；想吾親，與君比倫，死生榮辱總休論，崑崙失火，玉石俱焚，恩和怨何處分？」見子胥執意覆楚，乃以復楚自許，遂謂子胥曰:「子能亡之，我能存之；子能危之，我能安之」。

第十六齣〈悼亡〉中，當包胥返鄉，正因夫人被擄而懷憂時，東鄰張阿公聞知包胥與子胥一向相好，乃請包胥著人去勸阻子胥。包胥遂請張阿公傳語給子胥知道:「他父兄之仇，雖爲甚切，但今兵已入楚，殺了費無忌一家，其怨已雪，其事已畢。至于平王，君也；伍胥，臣也，身既北面而事之，今使吳王妻其室，而身鞭其屍，臣之報君，不已甚乎。」認爲子胥復仇的行動已經太過份了，並重申自己復楚的決心。總之，包胥始終認爲子胥復仇，當止於誅費無忌一家，不應再及平王之身家。本齣乃爲第十九齣〈責胥〉之張本。

第十九齣〈責胥〉中，子胥一上場便說:「俺伍員，爲報仇伐楚，費無忌已誅，老昏君之屍已僇，只恨走了楚王，未能擒獲，爲此遣將追尋，則索駐兵在此等待。」是子胥不以誅費無忌、僇平王屍爲滿足，必擒楚王，才肯罷休。稍後，張阿公來傳申包胥之語，子胥不爲所動，答以「君臣之義已絕，何必再有他語。」並請張阿公傳語包胥，勉其努力復楚，以踐昔日之誓。

第二十六齣〈復楚〉中，子胥上場自言，蒙吳王授大將之職，「統兵伐楚，五戰入郢，班楚王之宮，僇平王之屍，楚之大仇已雪，吳之大恩未報」、「俺志圖滅楚，以報吳恩」、「拒秦伐楚，便斷首刳心，亦所無恨。」是子胥堅持滅楚，才肯罷兵，是爲了報答吳王之大恩。稍後，子胥在戰場上與申包胥相遇，申包胥痛責子胥報仇太甚，子胥則以爲「楚王一家，倒還完全如故，教俺怎生放得過他。」這與第十九齣〈責胥〉中，必擒楚王，才肯罷休的態度是一致的。

觀伍子胥與申包胥二人之論說，可見其不同之理念：蓋申包胥以爲忠臣受戮，皆因奸邪讒佞所致；而君如天尊，臣既北面事之，則不當以之爲仇。伍子胥則認爲雖有奸邪讒言，若君王聖明，則讒言不入，奸臣不寵；楚王既殺我父兄，即爲我之仇敵，何有君臣大小之分？

伍子胥堅持其「父母之仇不共戴天」的理念，毫不猶豫地進行其復仇行動，以致於誅費無忌，又僇平王屍；申包胥則堅持其「君如天尊」的理念，所以儘管其本身亦是奸臣昏君相得下的受害者（申包胥因上疏申救伍奢一家，先遭貶謫，又因費無忌、囊瓦進讒，謂子胥出奔時，包胥知情故縱，不可不誅，而遭楚王下令逮捕。）仍然毫不猶豫地實踐他復楚的諾言。

伍子胥的孝，申包胥的忠，正是孟稱舜這本傳奇《二胥記》所要表揚的，所以在本劇第一齣〈標目〉中就說：「孝伍員報怨起吳兵，忠包胥仗義哭秦庭」。

### （五）《合襟記》

莊一拂云：

> 《遠山堂曲品》著錄。　其他戲曲書簿未見著錄。《曲品》謂：演伍員覆楚，申包胥復楚，疏者下船事云。元鄭廷玉有《楚昭王疏者下船》雜劇，明孟稱舜《二胥記》傳奇，與之同題材，本事詳見前文。佚。〔註97〕

按：《合襟記》，作者王洙，明人，字號、里居、生平皆未詳。

祁彪佳《遠山堂曲品》謂：「此記韻律有錯處，著意修詞，遂多浮蔓，如昔人所謂『滿屋是錢，但欠索子』耳。」〔註98〕惜此劇已佚，不能得其詳。

### （六）《蘆中人》

莊一拂云：

> 《今樂考證》著錄。　《新傳奇品》、《曲考》、《曲海目》、《曲錄》並見著錄。《曲海總目提要》有此本。云「蘇州人薛旦作」，演伍員事，此記原名《鬧荊鞭》，以弋陽腔有《臨潼記》，皆齊東野語，乃參酌正史稗乘爲之。劇中以漁夫蘆中窮士之歌，採以名劇，中並入

〔註97〕語見莊一拂：《古典戲曲存目彙考》，頁1016。

〔註98〕語見〔明〕祁彪佳：《遠山堂曲品》，收入《歷代詩史長編二輯》第六冊。

溧陽浣紗女事，本事俱見《吳越春秋》。　佚。〔註99〕

按：《蘆中人》，作者薛旦，字既揚，號訢然子，一作聽然子。長洲（今江蘇蘇州）人。生而慧業，吐納風流，豔思綺語，往往見於詞曲。自言欲步徐文長、沈君庸之後。繼室名停雲，出自名家，歌劇稱最。夫婦居無錫。旦曾舉鄉飲賓，卒年八十七。約清康熙中前後在世。《新傳奇品》稱其詞如「鮫人泣淚，點滴成珠」。〔註100〕

《蘆中人》，今已不見傳本，幸有《曲海總目提要》的說明，使我們不僅知道此劇以吳越春秋爲本事，更讓我們進一步地知道了全劇所演的情節梗概。

本劇的情節梗概，是經由《曲海總目提要》的正文中，句與句之間的「夾註」透露出來的。

《曲海總目提要》以爲此劇本事出於《吳越春秋》，是以在正文中略述《吳越春秋》的情節，而凡遇此劇所演，與《吳越春秋》不同，或有所增刪，則加以註明，以小字爲之。〔註101〕如：

「王發大軍追子胥，至江，失其所在，不獲而返。」下註云：

劇中大抵相同。惟伍子胥自述臨潼鬥寶等語，出列國演義。養由基追子胥，縱之去，因棄官入山，亦無此事，由基乃楚共王時人，見于春秋，鄢陵之戰，與伍舉同輩，此時已無由基矣。楚使實見其妻，劇云伍夫人先避往申包胥姑宅，亦係增飾。

由此透露出來的本劇情節是：一、臨潼鬥寶事，出於子胥自述，未以實筆寫之。這與元雜劇中的《楚昭王疏者下船》和《說鱄諸伍員吹簫》類似。二、養由基縱子胥，因棄官入山。《說鱄諸伍員吹簫》雜劇、《二胥記》傳奇都有養由基故意縱走子胥的情節，但都未演養由基棄官入山，這裡作此安排，可能是作者薛旦慮養由基無法向楚王回報，遂爲他設此出路。三、伍子胥夫人曾避禍於申包胥姑宅。這是本劇增飾的，前無所本。

又：「伍員奔宋，道遇申包胥……子能亡之，吾能存之。胥遂奔宋。」下註云：

劇中相同。略去奔宋一節。

---

〔註99〕語見莊一拂：《古典戲曲存目彙考》，頁1189～1190。

〔註100〕語見莊一拂：《古典戲曲存目彙考》，頁701。

〔註101〕《曲海總目提要》對《蘆中人》一劇的劇情說明，見於董康等校訂：《曲海總目提要》，頁912～917。

據此，則本劇所演，亦有子胥與包胥各自誓言覆楚、復楚之事。而子胥之出奔，乃直接自楚往吳，略去奔宋一節。

又：「伍員奔吳，到昭關……關吏因舍之。」下註云：

> 俗傳伍子胥過昭關，一夜鬚髮盡白，此演義所載，非正史也。劇中亦本演義。蓋公父子誑關吏，送子胥出關，亦本演義。按史，子胥之出昭關，乃由鄭而往，非從楚奔也，今皆指爲從楚逃吳。

據此，則知本劇所演的情節有：一、子胥爲過昭關而一夜之間鬚髮盡白。二、子胥得過昭關，乃因「蓋公父子」使計，誑關吏使然。

關於子胥過昭關之事，《史記·伍子胥列傳》、《吳越春秋》所載者，已見於前文論《昭關記》傳奇部分，大約子胥自楚出奔，先至宋國，再與太子建俱奔吳，而在奔吳途中，太子建在鄭被誅，子胥乃與勝（太子建之子）俱奔吳，而在奔吳途中，因子胥使計才得以過昭關。

但子胥爲過昭關而一夜鬚髮盡白之事，史傳並無記載。大抵係民間傳說的產物，依《曲海總目提要》的說法是載於演義，非正史也。〔註 102〕《蘆中人》傳奇雖然已佚，但依《曲海總目提要》的說法，是有子胥一夜鬚髮盡白的情節。〔註 103〕

又：「子胥行數步，顧視漁者，已覆船自沈于江水之中矣。」下註云：

> 劇名「蘆中人」以此。史本無漁父姓名，劇著姓名曰閭丘亮，從演義也。

據此，則本劇所演亦有漁父渡子胥過江一節，且謂漁父姓名爲閭丘亮。《曲海總目提要》說此係「從演義也」，其實，時代比「演義」更早的元·李壽卿《說鱄諸伍員吹簫》雜劇已謂漁父姓名爲閭丘亮，本劇當承此而云然。

又：「子胥反顧，女子已自投于瀨水矣。」下註云：

> 史無女子姓，劇云黃山里史氏女，蓋據演義及邑乘也。

據此，則本劇所演亦有瀨水擊綿女子饋食予子胥，及自投於水中一節，且謂該女子爲黃山里史氏女。按：子胥遇浣紗女一事，《左傳》、《史記》並無記載。《越絕書》、《吳越春秋》以及元雜劇《說鱄諸伍員吹簫》，雖都有記載，但皆未提及浣紗女之姓氏。李白〈溧陽瀨水貞義女碑銘並序〉謂：「貞義女者，溧

---

〔註 102〕《曲海總目提要》所謂的「演義」當係指馮夢龍所著之《新列國志》。

〔註 103〕伍子胥過昭關一夜鬚髮盡白事，於本章第四節「綜述」、第三章「小說資料中之伍子胥」中亦有詳細論述，請參見。

陽黃山里史氏之女也。」〔註 104〕當爲此劇所本。

又：「專諸曰：屈一人之下，必伸萬人之上。子胥知其勇士，陰結之，欲以爲用，進之公子光。」下註云：

劇載專諸畏妻，因受母誡。亦是爲諸掩飾，其實諸畏妻耳。

是本劇亦有專諸畏妻事，但其畏妻，乃「因受母誡」之故，《說鱄諸伍員吹簫》雜劇有類似的情節。

又：「子胥歎曰：悲哉，吾蒙子前人之恩，自致於此，上天蒼蒼，豈敢忘也。乃釋鄭國還軍。」下註云：

劇中閭丘亮子村廝兒爲申包胥致血書于子胥，子胥即退兵，本此。

又：「申包胥亡在山中，使人謂子胥曰：子故平王之臣，北面事之，僇屍之辱，豈道之極乎？子胥不聽。」下註云：

劇中包胥血書本此。

觀此二語，則本劇所演，當有申包胥寫血書，請閭丘亮子村廝兒持以往見子胥，子胥遂退兵回吳之情節。按：申包胥使人責子胥報仇太過，前此之雜劇已有；村廝兒往說子胥還兵，亦前有所本。然二人之行動乃各自爲之，至本劇始將二事合而爲一。又：申包胥寫血書一節，則首見於此，前無所本。

又：「秦桓公大驚，爲賦〈無衣〉之詩，使公子子蒲、子虎率車五百乘救楚。吳軍去，昭王反國。」下註云：

史所載止此。劇云包胥送伍夫人還子胥。係增飾語。

據此，則本劇所演，吳軍退兵後，申包胥曾送伍夫人還子胥。有此一節，可能是本劇稍前有「伍夫人先避往申包胥姑宅」一節的延續。

又：「闔閭三年，楚子常與昭王共誅費無忌，遂滅其族。」下註云：

是時吳兵尚未伐楚。劇云子胥敗楚兵，殺無忌，亦是移頭換面。

據此，則本劇所演，子胥曾親殺費無忌，此與史傳所載不符，但前此之戲劇，已有相同的演出，其旨皆在爲子胥洩憤也。

又：「楚子入於郢，將嫁季芊。季芊辭曰：所以爲女子，遠丈夫也。鍾建負我矣。以妻鍾建。」下註云：

《左傳》所載，比《吳越春秋》爲略。季芊嫁鍾建事據此。劇中建作〈舞花詩〉及殿中與芊相遇，皆增飾，非實跡也。

〔註 104〕〔唐〕李白〈溧陽瀨水貞義女碑銘並序〉，收入《唐文粹》卷五十五上（台北：商務印書館，民國 26 年 12 月，初版），頁 921～922。

據此，則本劇所演，當吳人入楚，楚王出奔時，鍾建負季芊以從。因此，楚王回郢，遂將季芊嫁於鍾建。又有鍾建作〈舞花詩〉、鍾建於殿中與季芊相遇事。按：此乃據史傳而有增飾也。

透過《曲海總目提要》的說明，使我們知道了這本已經亡佚了的傳奇所演出的情節大概，同時也使我們因這本傳奇已經亡佚的事實所引起的悵惘，得以稍稍抒解。

（七）《倒浣紗》

莊一拂云：

> 此劇未見著錄。　綴玉軒鈔本，《古本戲曲叢刊三集》本。　《今樂考證》、《曲錄》俱作《翻浣紗》。演子胥子伍封，率齊師滅越，爲父復仇。范蠡沈西施，變姓名隱居，入山仙去。以與梁辰魚《浣紗記》示異。關目事蹟，雜采傳志及小說家言。全劇凡二十八齣。〔註 105〕

按：《倒浣紗》爲清代無名氏所作。今存版本除莊一拂所述外，林侑蒔主編之《全明傳奇》〔註 106〕亦有影印本。今即據此版本爲論。

《倒浣紗》傳奇，分上、下兩卷，各有十四齣，演子胥之子伍封率齊師滅越，爲父復仇。范蠡沈西施，變姓埋名，入山仙去之事。而伍子胥少年時期於十八國臨潼鬥寶會中的英雄事跡則由劇中人鮑牧口中敘出。

觀「倒浣紗」、「翻浣紗」之劇名，可知作者之創作動機乃有意與《浣紗記》示異。劇謂范蠡沈西施，隱姓埋名，入山仙去，這與《浣紗記》謂范蠡、西施二人泛五湖而去的結局大異。然而，范蠡沈西施的說法，早已有之，並非此劇作者之奇想，楊慎《升菴集》，卷六十八「范蠡西施」條，即已有論：

> 世傳西施隨范蠡去，不見所出，只因杜牧「西子下姑蘇，一舸逐鴟夷」之句，而附會也。予竊疑之，未有可證，以析其是非，一日讀《墨子》曰：「吳起之裂，其功也；西施之沈，其美也。」喜曰：「此吳亡之後，西施亦死於水，不從范蠡之一證。」《墨子》去吳之世甚近，所書得其眞，然恐牧之別有見。後檢《修文御覽》引《吳越春秋・逸篇》云：「吳亡後，越浮西施於水，令隨鴟夷以終。」乃嗟曰：「此事正與《墨子》合，杜牧未精審，一時趁筆之過。」蓋吳敗滅

〔註 105〕語見莊一拂：《古典戲曲存目彙考》，頁 1626～1627。

〔註 106〕林侑蒔主編：《全明傳奇——中國戲劇研究資料第一輯》（台北：天一出版社，無出版年月）。

即沈西施於江。浮，沈也，反言耳。「隨鴟夷」者，子胥之譖，西施有力焉。子胥死盛以鴟夷，今沈西施，所以報子胥之忠也，故云「隨鴟夷以終」。范蠡去越亦號鴟夷子，杜牧遂以子胥之鴟夷爲范蠡之鴟夷，乃影撰此事，以墮後人於疑網也。既又自笑曰：「范蠡不幸遇杜牧，受誣千載，又幸遇余而雪之，亦一快哉。」〔註 107〕

吳越興亡的史實，見於《左傳》、《國語》、《史記》等可靠的記載，卻沒有提到西施其人。是否眞有西施這位「奇女子」操縱著吳、越的興亡，實在頗有疑問。但在民間傳說、文人詠賦之中，西施卻是個活生生的人物，關於她的結局也有多種說法，〔註 108〕「爲范蠡所沈」即是其一。戲曲之中，採取這種說法的，也頗不乏其例，如：元代戲文有闕名作品《范蠡沈西施》；雜劇有吳昌齡的《陶朱公五湖沈西施》；清代雜劇則有徐石麒的《浮西施》。這些作品，或存或佚，存者觀其劇情，佚者視其劇名，都可肯定作者採取的說法是范蠡沈西施，而非與西施泛湖而去。這本《倒浣紗》傳奇的作者安排范蠡沈西施的情節，雖然前有所本，但我們仍然可以說作者有意與《浣紗記》示異。顯然作者認爲《浣紗記》所演的結局不能令他滿意，而另一種說法——沈西施，則比較符合自己的理想。於是，他接受了這種說法，爲西施安排了有異於《浣紗記》所演的下場。

然則，《倒浣紗》傳奇的作者爲何不滿意西施隨范蠡泛湖而去的結局呢？這當與作者安排伍封與柳展雄借兵伐越，爲子胥復仇一節相參看。

蓋子胥受誅，由於伯嚭之讒構；又西施蠱惑夫差，亦有力焉；二者一受重賂，一受請託，皆出於勾踐報吳之心。是子胥之誅，勾踐實爲幕後之主謀；伯嚭、西施則並爲執行陰謀之劊子手；吳王夫差則猶如劊子手用來行刑的大刀。

在梁辰魚的《浣紗記》中，夫差得到了他應得的下場——兵敗而自刎身亡，伯嚭也爲子胥顯聖擒殺，雖然如此，但西施卻隨范蠡泛湖逍遙而去，勾踐也尚未得到報應。

---

〔註 107〕語見〔明〕楊愼：《升菴集》，卷六十八，影印文淵閣《四庫全書》第 1270 冊（台北：台灣商務印書館），頁 668。

〔註 108〕關於西施的結局，最常見的兩種說法是：一、隨范蠡泛湖而去。二、爲范蠡所沈。但另有一種說法則見於董穎大曲道宮薄媚〈西子詞〉第六歇拍：「降令曰，吳亡赦汝，越與吳何異。吳正怨，越方疑。從公論，合去妖類。蛾媚宛轉，竟殞鮫綃，香骨委塵泥。渺渺姑蘇。荒蕪鹿戲。」則謂西施被縊而死。〈西子詞〉的這段文字，見於劉宏度：《宋歌舞劇曲考》（台北：世界書局，民國 68 年 10 月，三版），頁 4。

《浣紗記》劇中，凶手們沒有逐一得到他們應得的下場，已使《倒浣紗》作者甚爲不滿，而子胥臨死之前，不許其子爲己復仇一節，〔註 109〕更令《倒浣紗》作者無法接受，因此，他在劇中做了不同的安排：當伍封、展雄攻破越國時，已被玉帝封爲「江漢海潮神」的子胥，顯聖面諭二人曰：

> 你二人聽著，賢弟子交誼高尚，兒孝心感格，父怨深仇，今朝已釋……。（第十八齣〈破越〉）

是子胥讚許二人爲己復仇。這與《浣紗記》中子胥不許其子爲己報仇的態度是不同的。另外，當伍封立意請兵伐越時，鮑牧稱許他說：

> 我兒，你爹爹曾爲父雪仇，爲君雪恥，你若如此，可承先業……。（第九齣〈晤友〉）

在此，經由鮑牧之口，讚許伍封爲父報仇，正如當年的伍子胥「爲父雪仇，爲君雪恥」，伍封的所做所爲正是「可承先業」！

於是，他讓范蠡將西施沈於湖中，又讓伍封、柳展雄興兵伐越，而勾踐終因罪孽深重，不當只是輕易地死於兵革，須受天遣，遂遭雷部擊斃。至此，子胥之冤乃獲眞正的伸雪。

總之，在《倒浣紗》作者心目中，單單夫差自刎、伯嚭受誅是不夠的。只有再加上西施被沈以及勾踐受雷部擊斃的安排後，陷害子胥的「一干人犯」才算一一歸案，子胥的大怨深仇也才算得到眞正的昭雪。正因爲基於對於梁辰魚《浣紗記》結局的不滿，他才寫了這本《倒浣紗》傳奇，有意與《浣紗記》示異。

## 第四節　綜　述

從本章第一節到第三節，我們看到了戲文、雜劇、傳奇中，關於伍子胥的故事。

本節將對以上各節關於伍子胥故事的敘述，作一綜述，大體依照莊一拂《古典戲曲存目彙考》的排列順序，隨著作品的時代先後，逐一敘述其中關

〔註 109〕《浣紗記》第二十六齣〈寄子〉中，當子胥將孩兒託與鮑牧，父子二人將成永別時，子胥對其子說：「孩兒，不是我無情，竟撇了你，事到其間顧不得了。況報仇大事，我便做得，你做不得，我今日殺身報國，也是沒奈何，你後日切不要學我。」是子胥不許其子仿傚自己當年報父兄之仇的行爲，也就是說不許其子爲己報仇。

於伍子胥的故事，〔註 110〕以求我們對戲曲中的伍子胥能有深刻而完整的認識。

爲使眉目清晰，特別製成圖表（如附表），以劇情爲經，並依伍子胥故事發生的先後排列；以劇目爲緯，並依作品時代先後排列。

關於此一圖表，有幾點製作原則、表現方式是必須先說明的：一、已佚之作品，視其劇名及前人之提要說明，可以確定其演出劇情者，逕予列入表中。二、未能獲見之現存作品，亦依學者之提要說明，逕予歸入表中。三、關於伍子胥的故事，不論實寫，或只是透過人物的對白、唱詞透露出，一并收錄。四、部分作品，雖與伍子胥有關，但演出之故事，並非伍子胥本人的故事，也不是由伍子胥直接造成者，棄而不錄。五、以「◎」表示該劇有該項情節。

以下，再對戲曲中所見的伍子胥故事，配合圖表，來詳細說明：

一、老君賜丹，並授槍法。此事僅見於邱濬《舉鼎記》戲文。謂伍員爲左喪門下凡，將保天下諸侯臨潼赴會，因此老君乃賜金丹一粒，使伍員能力舉千斤；又授之槍法、並賜之盔甲。

二、擒來皮豹，鞭伏盜跖。此事見於元明間無名氏作品《十八國臨潼鬥寶》雜劇、《伍子胥鞭伏柳盜跖》雜劇、《舉鼎記》戲文、《倒浣紗》傳奇。《十八國臨潼鬥寶》謂來皮豹爲展雄手下；《伍子胥鞭伏柳盜跖》謂來皮豹與部下安審傑在塗山爲寇，與展雄不相連屬；《舉鼎記》則謂來皮豹與其妹賽飛花、部下安仁傑在塗山爲寇。但現存《舉鼎記》版本並非全本，其所演劇情，伍子胥與展雄尚未對打，惟視其〈始白〉（第一折）可知有子胥收伏展雄之事。《倒浣紗》則透過鮑牧之口說出此事，但並無擒來皮豹一節，惟有鞭伏盜跖事。

三、文過百里奚，武勝秦姬輦。《楚昭公疏者下船》雜劇、《說鱄諸伍員吹簫》雜劇、《十八國臨潼鬥寶》雜劇、《伍子胥鞭伏柳盜跖》雜劇、《舉鼎記》戲文、《蘆中人》傳奇、《倒浣紗》傳奇都曾透過劇中人物的說白和唱詞或以實場演出的方式，提及或演出此事。

四、拳打蒯聵，腳踢卞莊。《楚昭公疏者下船》雜劇、《說鱄諸伍員吹簫》雜劇、《十八國臨潼鬥寶》雜劇、《伍子胥鞭伏柳盜跖》雜劇都曾透過劇中人物的說白和唱詞提及此事，但都不見有實場的演出。《蘆中人》傳奇雖因有《曲海總目提要》的說明，可知確有此段情節，但劇本已亡佚不存，故不知有否

〔註 110〕我們只更動了無名氏作品的順序，因此，相信對莊一拂：《古典戲曲存目彙考》「依時代先後排列」的體例影響不大。

實場演出？所以子胥爲何「拳打蒯聵，腳踢卞莊」？又如何「拳打蒯聵，腳踢卞莊」？竟不得其詳。

五、舉千斤鼎，稱爲盟府。《楚昭公疏者下船》雜劇、《說鱄諸伍員吹簫》雜劇，都曾透過劇中人物的說白和唱詞提及此事。《十八國臨潼鬥寶》雜劇則有實場演出，劇演姬輦、卞莊、蒯聵與子胥以戲鼎爭爲「盟府」：卞莊戲鼎，推倒卻扶不起；蒯聵則扶起卻推不倒；姬輦則將鼎推倒又扶起三次，自以爲「盟府」之位可得，誰知子胥卻將鼎舉起，諸侯大驚，遂使子胥爲「盟府」。《舉鼎記》戲文則只於第一折〈始白〉謂子胥「舉金鼎懸牌挂劍」。《倒浣紗》傳奇則透過鮑牧之口述，言及此事，謂「眾諸侯隨來的武將，皆不能舉，有秦穆公之弟姬輦，他就挺身而出舉之，諸侯盡皆喝采……你爹爹便言……適纔將軍非舉鼎，乃是抱鼎也。」於是子胥「他輕舉鼎，繞三匝走殿廷」因而奪得盟主之位。

六、手劫穆公，吳楚結姻。《楚昭公疏者下船》雜劇、《說鱄諸伍員吹簫》雜劇都以劇人中物的說白和唱詞，提及此事。《十八國臨潼鬥寶》雜劇則演子胥一手杖劍，一手揪住穆公，逼穆公許將無祥公主嫁與楚太子建。《伍子胥鞭伏柳盜跖》雜劇則亦無實場演出。《舉鼎記》戲文則只於第一折〈始白〉謂：「割衫襟秦楚于飛」。《倒浣紗》傳奇，則由鮑牧述出此事。

七、走樊城。《伍子胥棄子走樊城》雜劇，已佚，但觀其劇名，知必有子胥走樊城之事。《說鱄諸伍員吹簫》雜劇曾由劇中人物提及此事。按：先是子胥手劫穆公，使吳楚結姻，又保十七國諸侯平安回還各國，乃受封爲樊城太守，後始有自樊城出奔之事。

八、養由基義縱子胥。按：子胥自樊城出奔時，有養由基奉命往捕，但養由基以無鏃之箭射子胥，縱之使去，此事見於《說鱄諸伍員吹簫》雜劇、《二胥記》傳奇、《蘆中人》傳奇。其中《二胥記》，養由基自稱：「小將楚國神射養由基是也」，但在《舉鼎記》戲文中，當伍奢推薦養由基保駕赴臨潼時，楚平王云：「養由基雖有英名，但已年近古稀……」按：據《左傳》，由基乃楚共王時人，與伍舉同輩，至平王時已無其人，不論謂其爲「小將」或「年近古稀」，都與史實不符。

九、計過昭關。此事見於《蘆中人》傳奇，謂子胥得過昭關，乃因「蓋公父子」使計誑關吏之故。又：《昭關記》傳奇雖已亡佚，但觀其劇名，很可能有此一情節。

十、一夜鬚髮盡白。《二胥記》傳奇第四齣〈久要〉，謂申包胥因上疏申救伍胥一家，觸犯奸黨而被貶歸鄉，一日欲打聽朝中消息，行過荒山，見子胥倦睡，遂喚醒子胥，二人各訴奸邪害國，子胥更激罵楚王，此時，申包胥忽道：「你鬚鬢登時白了。」子胥遂唱：「覷著俺短簫騷黑髮成霜鬢，都是一夜裡憂愁斷送人，奸臣便殺盡了怎雪俺胸頭恨……。」據此，則雖有子胥一夜白髮之事，但非在過昭關時。另外，《蘆中人》傳奇雖已亡佚，但因有《曲海總目提要》的說明，可知確有子胥過昭關，一夜鬚髮盡白的情節。

按：伍子胥過昭關，一夜白髮的故事是很有名的民間傳說，但其出現的時間並不很早，《二胥記》是現在已知最早述及此事的戲曲，其作者孟稱舜生平不詳，約明末前後在世。〔註 111〕然而，儘管如此，早在元雜劇《楚昭公疏者下船》中，已可見其發生的契機。《楚昭公疏者下船》頭折，楚昭公聞知子胥、孫武領吳兵將來伐楚，心下著慌，遂唱：

我爲甚早教賢士離楚國，則怕那猛將過昭關。

第四折，楚昭公復回郢都，讚許申包胥乞師復國時唱：

雖然他過昭關八面虎狼威，怎如你哭秦亭七日的英雄淚。

據此二段，則似乎這裡所謂「過昭關」不是指子胥自楚出奔吳國之過昭關，否則當時子胥怎有「八面虎狼威」？又怎可稱爲「猛將」？那麼，這裡所謂「過昭關」當是指子胥領著吳軍自吳攻入楚國時之過昭關，這時的子胥正是有著八面虎威的猛將。而頭折那句唱詞：「則怕那猛將過昭關」當是楚昭公害怕子胥領兵自吳過昭關而入楚的心理反映。又：本劇第二折，楚昭公率眾人觀看費無忌與子胥對陣時唱：

他與那父兄縈心，借吳兵應口，離楚國青春，過昭關皓首。……太宰嚭爲先鋒，孫武子爲帥首，一個個惡哏哏，雄赳赳，狀貌威嚴，精神抖擻。

唱詞中雖有「過昭關皓首」之語，但應與「離楚國青春」相對，意謂子胥離楚國之時年紀尚輕，今番入楚（過昭關）則已白頭，子胥白頭是此時楚昭公對子胥外貌的形容。總之，這首唱詞是楚昭公觀看了吳國幾位將領的氣勢之後所下的描述，因此，「過昭關皓首」不應看作子胥爲過昭關而心情憂慮焦躁

〔註 111〕小說資料中亦有伍子胥過昭關一夜白髮的傳說，如：馮夢龍所著《新列國志》，其刊行年代約在明崇禎元年（1628）至十七年（1644）之間，詳見本書第三章。馮夢龍生卒年大約與孟稱舜相近。

以致白頭。但是，雖然如此，我們從這句唱詞，卻看到了後來子胥「過昭關，一夜白髮」這個傳說產生（發生）的契機。

十一、漁父載渡，辭劍自盡。《采石渡漁父辭劍》雜劇，已佚，但觀其劇名，知有漁父辭劍之事，惟不知漁父自盡與否？《說鱄諸伍員吹簫》雜劇謂漁父辭劍，又自刎以明不洩子胥行蹤；漁父名字爲閭丘亮，有子曰村廝兒。《蘆中人》傳奇則謂漁父既渡子胥，遂自沈於江。此二劇皆謂漁父名爲閭丘亮。

十二、浣紗女賜食，抱石投江。《浣紗女抱石投江》雜劇，已佚，但觀其劇名，知其必有「浣紗女抱石投江」一節。《說鱄諸伍員吹簫》雜劇亦有此節；且以浣婆婆爲浣紗女之母、伴哥爲浣紗女之兄弟。《蘆中人》傳奇謂浣紗女爲「黃山里史氏女」。

十三、吹簫乞食，結交專諸。《說鱄諸伍員吹簫》雜劇謂子胥吹簫乞食，既知鱄諸孝義，遂與之結交，拜爲兄弟，鱄諸妻田氏自刎，使鱄諸放心與子胥同去復仇。鱄諸隨子胥伐楚，回吳受爵賞。

十四、擒費無忌，鞭平王屍。《說鱄諸伍員吹簫》雜劇謂鱄諸擒住費無忌，由吳王下令斬之於轅門。又謂子胥掘開平王墳墓，親鞭三百，以報父兄之仇。《二胥記》傳奇則謂子胥親自擒住費無忌，將之帶往平王墓前，掘出平王屍，平王面目如生，形顏不改，子胥細數平王之罪後，舉鐵鞭亂打其屍，鞭打之後，將之拋在亂山之中，欲使狐狸食其肉，野火燒其骨。又將費無忌斬首剜心，拿去祭獻父兄。《蘆中人》傳奇亦有子胥殺費無忌事，又有子胥僇屍之事，然本劇已佚，故不得其詳情。《倒浣紗》則由鮑牧道出其事：「將費無忌割腹剜心，把平王鞭屍毀墓。

十五、爲村廝兒退兵，接取浣婆婆。《說鱄諸伍員吹簫》雜劇謂子胥既報楚殺父兄之仇，欲行報恩之事，遂使人往取浣婆婆（浣紗女之母），願贍養其下半輩子；又使人往取村廝兒（漁父閭丘亮之子），適村廝兒受鄭國之託，前來討饒，子胥乃將軍兵收回。《蘆中人》傳奇則謂閭丘亮子村廝兒爲申包胥致血書於子胥，子胥乃退兵回吳。

十六、率吳軍大破越軍。《浣紗記》傳奇及《倒浣紗》傳奇皆有子胥率領吳軍大破越軍之情節。

十七、寄子鮑牧，解夢忤王。《浣紗記》傳奇及《倒浣紗》傳奇皆有子胥寄子於鮑牧及解夢忤王之事。

十八、受賜屬鏤。《浣紗記》傳奇謂子胥寄子鮑牧，使之改姓王孫，已使夫差心生芥蒂，又因解夢之言不中聽，觸怒夫差，遂受賜屬鏤之劍，子胥既自盡，夫差復取其屍，盛以鴟夷之革，投之江中。《倒浣紗》傳奇則謂子胥將子伍封寄託給異姓兄弟鮑牧，又因爲「內有西施狐媚，外有伯嚭諛佞」遂使夫差受惑，賜鐲鏤讓子胥自盡。

十九、死後爲神，揚靈殺嚭。《浣紗記》傳奇謂子胥死後，受玉帝封爲錢塘江之神，白馬素旌，雪袍銀甲，隨波上下，依潮往來。當越兵欲入吳時，子胥據胥門城上，目如熛火，頭若車輪，鬚髮四張，光射數里地阻越兵入胥門，並指示越兵自東門入城，不可犯其疆界。《浣紗記》又謂太子友、公孫聖、伍子胥三人顯聖擒殺伯嚭。《倒浣紗》傳奇則由專義（專諸子）及范蠡口中說出伯嚭受命行成於越，行至錢塘江口，被子胥英靈擊殺之事；又有子胥自言：「上帝因憐忠諫死，故封江漢海潮神」、「斃奸黨於錢塘，忠心以遂」之事。

二十、伍封展雄，伐越復仇。《倒浣紗》傳奇謂伍封借齊兵往伐越，以報父仇。途中遇柳跖（字展雄），展雄既知子胥受戮事，遂隨伍封同往伐越。

經由以上的綜述，再配合參閱附表，相信我們對元明清戲曲資料中之伍子胥故事，會有全面的認識。

# 附　表

| | 劇目／劇情 | 《伍子胥棄子走樊城》雜劇 | 《采石渡漁父辭劍》雜劇 | 《楚昭公疏者下船》雜劇 | 《浣紗女抱石投江》雜劇 | 《說鱄諸伍員吹簫》雜劇 | 《十八國臨潼鬥寶》雜劇 |
|---|---|---|---|---|---|---|---|
| 1 | 老君賜丹　並授槍法 | | | | | | |
| 2 | 擒來皮豹　鞭伏盜跖 | | | | | | ◎ |
| 3 | 文過百里奚　武勝秦姬輦 | | | ◎ | | ◎ | ◎ |
| 4 | 拳打蒯聵　腳踢卞莊 | | | ◎ | | ◎ | ◎ |
| 5 | 舉千斤鼎　稱爲盟府 | | | ◎ | | ◎ | ◎ |
| 6 | 手劫穆公　吳楚結姻 | | | ◎ | | ◎ | ◎ |
| 7 | 走樊城 | ◎ | | | | ◎ | |
| 8 | 養由基義縱子胥 | | | | | ◎ | |
| 9 | 計過昭關 | | | | | | |
| 10 | 一夜鬚髮盡白 | | | | | | |
| 11 | 漁父載渡　辭劍自盡 | | ◎ | | | ◎ | |
| 12 | 浣紗女賜食　抱石投江 | | | | ◎ | ◎ | |
| 13 | 吹簫乞食　結交專諸 | | | | | ◎ | |
| 14 | 擒費無忌　鞭平王屍 | | | | | ◎ | |
| 15 | 爲村廝兒退兵　接取浣婆婆 | | | | | ◎ | |
| 16 | 率吳軍大破越軍 | | | | | | |
| 17 | 寄子鮑牧　解夢忤王 | | | | | | |
| 18 | 受賜屬鏤 | | | | | | |
| 19 | 死後爲神　揚靈殺嚭 | | | | | | |
| 20 | 伍封展雄　伐越復仇 | | | | | | |

|  | 《伍子胥鞭伏柳盜跖》雜劇 | 《舉鼎記》戲文 | 《浣紗記》傳奇 | 《昭關記》傳奇 | 《二胥記》傳奇 | 《蘆中人》傳奇 | 《倒浣紗》傳奇 |
|---|---|---|---|---|---|---|---|
| 1 |  | ◎ |  |  |  |  |  |
| 2 | ◎ | ◎ |  |  |  |  | ◎ |
| 3 | ◎ | ◎ |  |  |  | ◎ | ◎ |
| 4 | ◎ |  |  |  |  | ◎ |  |
| 5 |  | ◎ |  |  |  |  | ◎ |
| 6 | ◎ | ◎ |  |  |  |  | ◎ |
| 7 |  |  |  |  |  |  |  |
| 8 |  |  |  |  | ◎ | ◎ |  |
| 9 |  |  |  | ◎ |  | ◎ |  |
| 10 |  |  |  |  | ◎ | ◎ |  |
| 11 |  |  |  |  |  | ◎ |  |
| 12 |  |  |  |  |  | ◎ |  |
| 13 |  |  |  |  |  |  |  |
| 14 |  |  |  |  | ◎ | ◎ | ◎ |
| 15 |  |  |  |  |  | ◎ |  |
| 16 |  |  | ◎ |  |  |  | ◎ |
| 17 |  |  | ◎ |  |  |  | ◎ |
| 18 |  |  | ◎ |  |  |  | ◎ |
| 19 |  |  | ◎ |  |  |  | ◎ |
| 20 |  |  |  |  |  |  | ◎ |

# 第三章　小說資料中之伍子胥故事

唐代的〈伍子胥變文〉綜合了史傳及民間種種與伍子胥有關的故事，代表了唐以前關於伍子胥故事的總匯；其後，在廣大的民間，為人們所喜歡聽、看的戲曲、小說之中，仍然大量地搬演、記錄著伍子胥的故事。本章希望對於元、明、清三代之小說，如：《列國志傳》、《新列國傳》與《東周列國志》、《十八國臨潼鬥寶鼓詞》、《吳越春秋鼓詞》、《禪魚寺大鼓書》等資料中所見之伍子胥故事做些詳細而有系統的整理。

## 第一節　《列國志傳》中之伍子胥

### 一、《列國志傳》簡介

關於《列國志傳》，孫楷第《中國通俗小說書目》謂：

> 明余邵魚撰。書不分回，每節隨事立題。開端為武王伐紂事。邵魚字畏齋，福建建寧府建陽縣人。余象斗萬曆時重刻此書，呼為「先族叔翁」，蓋嘉、隆時人也。〔註1〕

據此，則孫氏以為《列國志傳》是余邵魚所撰。對此說法，柳存仁曾有修正：

> 雖然余邵魚或為嘉、隆時人，其職責為編集，其所事為書賈，益以此書材料之零碎單簡斷亂疊砌，其應有更早之素材根據，或有更早於嘉、隆時期之刻本而為吾人今日所未得見者，實大有可能。〔註2〕

---

〔註1〕語見孫楷第：《中國通俗小說書目（新訂本）》（台北：木鐸出版社，民國72年7月，初版），卷二，明清講史部，《列國志傳》條，頁28。

〔註2〕語見柳存仁：〈元至治本全相武王伐紂平話明刊本列國志傳卷一與封神演義之

> 余象斗於萬曆重刻《志傳》，每卷題「後學畏齋余邵魚編集」，「書林文臺余象斗評釋」，邵魚乃象斗呼爲先族叔翁者，故孫先生推測其爲嘉、隆時人。其實，若就《列國志傳》之材料本身言之，其內容亦頗凌雜堆疊，邵魚之所謂「編集」，此兩字之意在明代書林之想法，絕無吾人今日之嚴格認眞，只須內容大體無殊前製，略加訂正，已可將過去無名氏甚或他人舊刻擅加己名而梓行而露布，無虞他人之追究……由此觀之，《列國志傳》之較早刻本，雖爲吾人今日所不及見，在嘉、隆時或更早以前業已流行，爰爲《封神演義》作者所取資。〔註3〕

據此二語，柳存仁以爲余邵魚「編集」《列國志傳》，可能是將許多舊有之材料湊集剪裁而成；甚或只是將他人舊作略加訂正，而將自己冠上「編集」之名。

關於余邵魚「編集」《列國志傳》的態度，劉大杰謂：

> 在嘉靖、萬曆年間創作歷史小說的熱潮中，羽翼信史派的代表作就是《列國志》。《列國志》的最初歷史演義本是余邵魚的《列國志傳》。余邵魚，福建建安（今建甌）人。他在萬曆丙午（1606）年寫的〈題全像列國志傳引〉中說：「……故繼諸史而作《列國傳》，起自武王伐紂，迄於秦併六國，編年取法麟經，記事一據實錄。凡英君良將，七雄五霸，平生履歷，莫不謹按五經并《左傳》、十七史、《綱目》、《通鑑》、《戰國策》、《吳越春秋》等書，而逐類分沈。且又懼齊民不能悉達經傳微辭奧旨，復又改爲演義，以便人觀覽，庶幾後生小子開卷批閱，雖千百年往事，莫不炳若丹青，善則知勸，惡則知戒，其視徒鑿爲空言以炫人聽聞者，信天淵相隔矣。繼群史之遐縱者，舍茲傳其誰歸？」可見，《列國志傳》的編寫原則就是一據實錄，謹按群史，反對「爲空言以炫人聽聞」即進行虛構、想像的藝術加工。後來，余象斗重印《列國志傳》時寫的〈題列國序〉、陳繼儒爲此書作評寫序，都進一步申述了這種觀點……他們一致認爲，忠於史實的《列國志傳》甚至比諸史所載還要可靠翔實，條理分明。〔註4〕

---

關係〉，原載於《新亞學報》四卷一期。收入樂蘅軍主編：《中國古典文學論文精選叢刊．小說類》（台北：幼獅文化事業公司，無出版年月），頁42。

〔註3〕語見柳存仁：〈元至治本全相武王伐紂平話明刊本列國志傳卷一與封神演義之關係〉，原載於《新亞學報》四卷一期，收入樂蘅軍主編：《中國古典文學論文精選叢刊．小說類》，頁48。

〔註4〕語見劉大杰：《中國文學批評史》（台北：文滙堂出版社，民國74年11月，

據此，《列國志傳》的創作態度的確標榜著依據史實，反對「爲空言以炫人聽聞」。

然而，綜覽《列國志傳》全書，仍有許多與史實不符的民間傳說的記載，因此，劉大杰又說：

> 《列國志傳》雖然標榜依據實錄，摒棄了宋元講史話本《七國春秋平話》、《秦併六國平話》等嚴重違反史實的情節，但實際上仍然保存了一些民間傳說和前代講唱文學所鋪敘的故事，如「臨潼鬥寶」、「秋胡戲妻」等。明末馮夢龍就在《列國志傳》的基礎上進一步嚴格地刪除了一些不符史實的故事傳說，并根據《左傳》、《史記》諸書，增添了不少內容，改編成《新列國志》。〔註5〕

正因爲《列國志傳》雖已標榜史實而對某些民間傳說作了合理化、史實化的修改，甚至加以摒棄不錄，但與史實不符的記載仍然頗多，馮夢龍對此頗爲不滿，於是將它改編成《新列國志》。〔註6〕

至於《列國志傳》之版本，據孫楷第之說，有八卷本及十二卷本兩個系統：

（一）《新刊京本春秋五霸七雄全像列國志傳》八卷

有明內府鈔本、明萬曆丙午（34 年）三台館余象斗重刊本、古吳文英堂刊小字本、文錦堂刊小字本。

（二）《新鐫陳眉公先生評點春秋列國志傳》十二卷

有明萬曆間刊本、萬曆乙卯（43 年）本、坊刊十六卷本、十九卷本。〔註7〕

又據柳存仁之說，倫敦英國博物院亦藏有一部八卷本，似爲孫目所不載。〔註8〕又：國立政治大學圖書館藏有一部十六卷本，有雲間陳繼儒序，序後題「乾隆四十九年仲春月新鐫」。〔註9〕

---

初版）頁 407～408。又：劉大杰謂余邵魚〈題全像列國志傳引〉作於萬曆丙午（1606）年，有誤，依孫楷第、柳存仁前引文之說，余象斗於萬曆丙午年重刊《列國志傳》時，呼余邵魚爲「先族叔翁」，則余邵魚當是嘉靖、隆慶時人，因此，余邵魚該文不可能作於萬曆丙午年。

〔註 5〕語見劉大杰：《中國文學批評史》，頁 408。

〔註 6〕《新列國志》如何修改《列國志傳》？本章第二節中有詳細的討論，請參看。

〔註 7〕孫楷第述《列國志傳》八卷本及十二卷本兩系統之各種抄本、刊本頗詳，凡其版式、收藏處都有說明。詳見孫楷第：《中國通俗小說書目（新訂本）》，頁 29。

〔註 8〕語見柳存仁：〈元至治本全相武王伐紂平話明刊本列國志傳卷一與封神演義之關係〉，原載於《新亞學報》四卷一期。收入樂蘅軍主編：《中國古典文學論文精選叢刊．小說類》，頁 80。

〔註 9〕政大圖書館所藏的這部十六卷本，全書共八冊，首頁題「秣陵蔡元放批　繡像春秋列國　天寶樓藏板　新增西周演義」。雖然題作「新增西周演義」，彷按：明萬曆間刊十二卷本及萬曆乙卯刊十二卷本，據孫氏所說，原來分別藏於日本內閣文庫及北平圖書館，現在都有影印本行世。〔註 10〕本節行文所據之版本即爲明萬曆間刊十二卷本之影印本。

## 二、《列國志傳》中所見的伍子胥

《列國志傳》關於伍子胥故事的記載，散見於卷七、卷八、卷九。以下即述其中有關之各「則」〔註 11〕所載與伍子胥相關部分的內容大要：〔註 12〕

卷七「秦哀公設會圖霸」：秦哀公有圖霸之心，子鍼設計，假鬥寶之名，設會於驪邑（原注云：宋朝改名曰：臨潼縣，後世遂謂之臨潼鬥寶會也。）欲將諸侯一舉成擒。檄至楚國，靈王不知其意，伍奢爲析秦哀公之心，主張必得文武材全之士保駕赴會，方可無虞。但部班之中，多少豪傑老臣，無人

---

佛是在蔡元放的《東周列國志》上新加以《西周演義》，彷彿這《西周演義》乃是編者自己的新作一般，但其實並非如此。鄭振鐸對在巴黎國家圖書館所見之《繡像春秋列國新增西周演義》一書的說明，有一段話，正可以釐清這個問題，鄭振鐸說：「此書當是一部完整的書，因蔡本《東周列國志》之盛行而致湮沒不傳的。後來坊賈偶然得到此書，因見蔡本之盛行，便妄加上『蔡元放批』字樣，因見蔡本原來無『西周事實』，便將此書妄題上『新增西周演義』字樣，以爲號召之資。此正如《水滸傳》爲金聖嘆所腰斬；後人刊印金本所沒有的原本後半的《水滸》，乃反加上『續水滸』字樣一般」語見鄭振鐸：〈巴黎國家圖書館中之中國小說與戲曲〉，收入鄭振鐸：《中國文學研究》（台北：明倫出版社，無出版年月），頁 1292。只是鄭氏始終沒有點出這部混淆視聽的作品，其實就是《列國志傳》。

〔註 10〕這兩個版本都收入國立政治大學古典小說研究中心主編：《明清小說善本叢刊》初編第十二輯（台北：天一出版社，民國 74 年 10 月版）。

〔註 11〕《列國志傳》全書不分回，然有明顯的段落起訖，於每一段落之前，都有單句的標目；每一段落的故事終結時，通常以「不知後事如何？」、「畢竟後事如何？」之類的語句作結。柳存仁稱這種方式爲「分則」。柳存仁說：「最早的小說，因爲是由說書人的『話本』加上多少文士們的修潤演變而來的，往往祇有若干的『則』，而並沒有很整齊的作成聯句的回目……凡是刊刻時代稍早的……版本，分則的可能性一定比分回目的成分多。這裡所謂分則……實際上也寫成一句單句……小說的發展到了後來，不分則而改爲分較整齊的回目了，組成它的通則是『一回兩目』……。」語見柳存仁：《明清中國通俗小說版本研究》（香港九龍：中山圖書公司，無出版年月），頁 14。茲從其說。

〔註 12〕雖然正如孫楷第所說，此書每則「隨事立題」，但有時同一則之中，所敘非只一事，如：卷八「孔仲尼周遊列國」則，所敘雖以孔仲尼周遊列國爲主，但開頭部分，即承上一則「吳越檇李大交鋒」而來，敘闔廬因傷而薨。因此，在敘述關於子胥的各則內容大要時，我們將只敘其與伍子胥故事有關的部分，而不試圖遍述則中各事。

敢答。惟一少年將士，生得身長八尺，虎背熊腰，連聲承旨，不知此人是誰？

卷七「玄象岡卞莊打虎」：眾人視之，乃伍員字子胥也，子胥又謂不必帶寶赴會，靈王大喜。十七國諸侯會集潼關，吳國公子姬光兩眼交淚而來，謂於玄象山下被展雄劫去珊瑚睡枕，此時展雄又率眾阻路，靈王即取紅錦戰袍，將賞能擒展雄之人。齊國公子姜鐸出戰，被展雄生擒。鄭國卞莊願出戰，行至玄象岡，拳打兩虎。卞莊雖然勇猛異常，但仍非展雄對手，被展雄打落馬下。

卷七「柳盜蹠辱叱秋胡」：卞莊逃回。陳國大夫秋胡往說展雄退兵，被展雄叱退。諸侯各有逃歸之意。子胥願往擒展雄，子胥疼惜展雄狀貌非常又且武藝出眾，不忍陣前擒之，遂於山坡僻處敗之。展雄認輸，送還寶枕及姜鐸，抱頭而奔。

卷七「臨潼會子胥爭明輔」：諸侯既集會場，齊大夫晏平仲主立「明輔」，執金牌以定議列國是非。卞莊自言玄象岡下，一拳打死雙虎，遂取金牌。同時，衛國公子蒯聵自言曾于滏水之上，斬一蛟龍，欲取金牌，卞莊不與。二人相爭不下，晏平仲乃立舉鼎及答文題爲當「明輔」之條件。秦邦大將軍姬輦援筆對題，又雙手舉鼎，離地三尺，滿面輝紅。諸侯喝采，姬輦正欲就職，子胥不服，乃援筆對題，復以左手舉鼎，呈向諸侯座下，遍遊一匝，復鎭原所，了無變色。於是眾人歎服，遂立子胥爲「明輔」。

卷七「伍子胥鎭臨潼會」：秦哀公賜子胥寶劍，以斬諠譁不遵約束者。各國獻寶，陳、蔡以邦微土薄，無寶赴會，哀公欲罰二國，子胥爲之解脫。哀公又詰楚國地富民殷，何以無寶？子胥謂楚國「惟善以爲寶」，哀公被子胥理說一篇，啞口無言。於是諸侯定盟貢寶。姬光酒酣，打碎玉盞，秦將子蒲、子虎擒姬光，子胥又爲解說。接著，子胥挾子鍼，使送諸侯出關。楚靈王因子胥立功，封之爲棠邑大夫。

卷七「費無忌讒隱楚平王」：楚平王即位，立長子建爲太子，以伍奢爲太傅，費無忌爲少傅，奮揚爲東宮司馬。無忌爲太子建求婚於秦，秦許以無祥公主，無忌欲害太子建，遂嗾使平王妻之，而以齊女馬昭儀許太子建。

卷七「楚平王廢妻逐子」：無忌恐太子建諭知換妻事，使平王令太子建出鎭城父。無忌又讒伍奢助建謀反，平王遂廢王后，囚伍奢。又使奮揚往殺太子建，奮揚不忍，縱之去。

卷七「楚平王信讒滅伍氏」：平王使伍奢寫書招子胥、子尙，欲一併殺之。二人雖知有詐，但以爲不可不往以陷父死，子胥獨欲入朝，伍尙止之，勉其報仇。平王斬伍奢、伍尚，使無忌之弟費師明往捕子胥。伍員將走，慮妻遭戮，其妻賈氏遂觸土牆而死，以免子胥之累。子胥踰牆而走，費師明趕至，爲子胥射死。子胥復行，道遇申包胥，申包胥知子胥立意滅楚，乃謂之曰：「子能覆楚，吾能興楚；子能滅楚，吾能定楚。」二人遂別。

卷七「米建奔鄭被誅」：子胥往宋尋米建（太子建），以宋有亂，二人復投鄭，鄭子產、子皮欲假晉國之手殺米建，再助員破楚，遂使米建借糧於晉，伍員追止米建，米建不顧，至晉，頃公果將殺之，上卿荀吳道破鄭國之計，反使米建爲內應以謀鄭。鄭定公得夢不祥，子產占之，知有刺客，遂殺米建，子皮、子羽殺至，伍員急促馬氏（馬昭儀）逃走，馬氏不行，遂觸牆而死，子胥乃抱米勝（太子建之子）殺出。被圍數重，不能突出，忽有壯士八十餘人來助，遂得走脫。

卷七「伍子胥投陳辭婚」：原來是伍奢義子溫龍率眾來救。子胥投陳，因故人姚素見陳惠公，惠公寵賜甚厚，復欲以長女德禎公主妻之。因公主縱放侍妾，妄呼子胥之名，子胥不悅，辭婚，陳侯大怒，欲誅之，子胥遂奔。

卷七「子胥脫難過昭關」：子胥與米勝扮作行商而走，行數日至昭關下，米勝染寒疾，不能前進。子胥爲治其疾，往尋東皋公，東皋公又使友人皇甫訥改扮裝束，爲昭關守將囊瓦所獲，子胥趁亂混出昭關。

卷七「閭丘亮泛舟救子胥」：子胥與米勝既度昭關，行至吳江口，不得渡，等至夕陽，不見渡舟，二人將投吳江死，忽聞漁歌，急喚漁夫。既渡，漁父爲二人取食，子胥疑其聚眾捉己，乃隱於蘆花深處。漁父來，乃知其無惡意。食畢，解佩劍將贈漁父，漁父不受。請其姓名，但云可呼其爲「漁丈人」。子胥將行，囑漁父勿渡追兵，漁父乃斷帆拋舵，連船自溺於江心。

卷七「浣紗女抱石投江」：子胥駕馬迷途，問路於浣紗女子馮氏，臨行，囑其勿洩，馮氏乃抱石投江。子胥攜米勝復行，投義兄溫龍宅，外人見之，聚眾來圍，子胥遂奔。至溧陽見一老嫗饋餉于道，乞食，老嫗既知是子胥，跪而進食，子胥食之未足，荒忙而去，囑其勿洩，老嫗乃請子胥衣袍，置於東南路口，錯引追兵，復自縊於道傍之樹。子胥復行，從間道入吳邦棠邑。

卷七「子胥吹篪引王僚」：子胥既至吳邦，暫停棠邑，一日見一壯士與人廝打，眾勸不止，有一婦人出喚數句，其人即斂手而歸。子胥問於眾人，或謂乃鱄諸也，該婦人爲其母，非其婦也。子胥遂往，與之結交。一日，子胥感時傷景，乃取篪吹于店外，觀者甚眾，市中互相傳揚，報知王僚，乃封員爲上大夫，許爲復仇。時吳姬光方有內志，恐子胥爲王僚所用，乃陳不可爲其興兵之故於王僚，王僚遂疏子胥，賜之郭外良田百畝。

卷七「姬光請鱄諸行刺」：子胥薦鱄諸謀刺吳王僚。

卷八「太湖亭鱄諸刺吳王」：姬光、子胥請鱄諸往刺吳王僚，諸以母老，不許。其母聞知，自縊以絕其慮。鱄諸因進炙魚，藏短劍於魚腸中，以刺王僚，諸亦死於衛士劍下。姬光即位，是爲吳王闔廬。封鱄諸之子鱄毅爲下軍大夫。

卷八「楚囊瓦族滅費無忌」：囊瓦因費無忌使計殺郤宛，國中謗興，沈尹戌請囊瓦誅費無忌以止謗。伯嚭奔吳，因子胥之薦，受封大夫。

卷八「要離行詐刺慶忌」：子胥薦要離以刺慶忌，除闔廬之患。

卷八「孫武子吳宮操女兵」：子胥薦孫武，孫武宮中操演女兵。吳王封之爲上將軍，都督內外諸軍事。

卷八「孫武子發兵伐楚」：吳軍下楚舒城，昭王懼，使人發費無忌之塚，斬其首級，持以見子胥，求其退兵。子胥將無忌頭擲地，唾罵亂劍斫之。吳兵屯于夏口，操練水軍。楚令尹子常貪蔡、唐寶貨，蔡、唐乃相約朝吳。

卷八「孫武會兵伐楚」：唐、蔡助吳伐楚。

卷八「吳楚漢江大戰」：吳、楚接戰，楚人數北，退保柏舉。

卷八「吳兵五戰拔荊州」：囊瓦兵敗，入鄭。吳兵破郢都，昭王與季芊奔走。

卷八「楚昭王奔郥入隨」：楚昭王出奔，吳國君臣居處楚國宮室。

卷八「伍子胥鞭楚平王屍」：子胥因造墓石工之指引，得平王屍，鞭之三百，悉燬其衣衾棺木，棄于原野。

卷八「申包胥號哭求救」：申包胥入秦求救，哭於秦庭，七日不絕聲，水漿不入口，哀公憫之，使子蒲、子虎、姬輦帥兵救楚。伯嚭兵敗，孫武欲乘機誅之，子胥代爲求情。夫槩私歸吳國，欲奪王位。

卷八「伍子胥和楚班師」：吳王引兵回擊夫槩；留孫武、伍員率兵對抗秦、楚。夫槩戰敗奔楚；子胥敗姬輦，吳、楚議和，楚許以歲納貢稅。

卷八「伍子胥酬恩報德」：楚昭王回國，封賞群臣，申包胥逃爵。吳兵移師欲伐鄭，行至瀨水邊，子胥爲浣紗女立祠。至鄭，時定公、子產、子皮皆已死，獻公在位，但無大將可敵，漁丈人閭丘亮之子閭丘成往請子胥退兵，子胥許之，復取百金謝之。吳師既歸，復議伐齊爭霸。

卷八「孔仲尼相魯服齊」：吳師至齊，景公用晏子之議求和，吳王爲世子請婚，景公無奈，許以幼女伯姜。伍員、孫武班師回吳。

卷八「吳越檇李大交鋒」：孫武辭官隱居，居齊數年而亡。闔廬征越，伍員、夫差守國。闔廬兵敗，中箭，復損一足指，失卻一履。

卷八「孔仲尼周遊列國」：闔廬因傷，薨於陘城，臨死，勉夫差報仇。

卷八「吳王分道伐越」：吳軍伐越，越敗，勾踐退保會稽山。

卷八「勾踐窮棲會稽山」：勾踐被困會稽山，厚賄伯嚭，伯嚭遂數請夫差許越求和。子胥苦苦數諫，吳王不聽，遂許越成。

卷八「勾踐入吳待罪」：勾踐夫婦入吳爲奴僕，范蠡隨侍。

卷八「勾踐三年受吳辱」：勾踐夫婦君臣在吳受辱三年，夫差染疾，范蠡請越王爲夫差嚐糞探病，夫差遂許勾踐歸返越國。

卷九「吳王西子遊八景」：勾踐君臣歸返越國，獻良材、美女，使夫差荒淫政亂，子胥屢諫，不聽。

卷九「子貢說吳救魯」：齊將伐魯，子貢爲救魯，至齊言伐吳之利，又至吳請伐齊，復至越，請勾踐乘機伐吳。子胥以勾踐久欲謀吳，諫止夫差伐齊，不聽。子胥乃將其子伍封寄託齊國大夫鮑惟明，使伍封改姓王孫氏。

卷九「伍子胥抉目待吳」：吳王得夢，以爲不祥，而有不欲伐齊之意。伯嚭進諂諛，稱爲吉兆。左大夫展如薦公孫聖解夢，公孫聖解夢忤王被斬，子胥諫之，伯嚭因讒子胥通齊作亂，夫差怒，廢其官職。伯嚭又請賜死子胥，夫差乃賜屬鏤之劍令子胥自盡。臨死，子胥囑家人抉其目懸于東門，以觀越之入吳；種檟樹於其墓上，至檟樹成材，越兵必至。夫差聞子胥臨死之囑，大怒，乃令取鴟夷皮作成一囊，貯其首級，投于江中。國人哀其忠直被誅，收其屍，葬于胥山，爲之立廟，春秋設祭。

伍子胥故事至此告終，《列國志傳》接著再敘越兵入吳、夫差自刎、范蠡請斬伯嚭、范蠡沈西施、泛舟五湖、皋如讒文種、勾踐殺文種……諸事。

綜觀了《列國志傳》中之伍子胥故事，我們再來看看這部標榜著依據史實，反對「爲空言以炫人聽聞」的《列國志傳》，究竟對舊有傳說中的伍子胥故事作了些什麼修改？

因爲《列國志傳》成書以前的關於伍子胥故事的小說，已不可得，所以我們將主要以《列國志傳》成書以前的戲曲來和《列國志傳》做比較，又因爲〈伍子胥變文〉代表「唐以前關於伍子胥故事的總匯」，〔註13〕因此，也將

〔註13〕語見劉修業：〈敦煌本伍子胥變文之研究〉，原載於《圖書副刊》第184期、1937年6月3日《大公報》，收入王重民：《敦煌古籍敘錄》，《書目類編》第

它列入比較的範圍。以下即加以分項敘述，以明《列國志傳》修改舊說之大略情形：

（一）舊說，如：《十八國臨潼鬥寶》雜劇、《伍子胥鞭伏柳盜跖》雜劇、《舉鼎記》戲文皆謂秦穆公圖霸，於是使百里奚設臨潼會以謀諸侯；《列國志傳》（以下簡稱爲《志傳》）則將人物改爲秦哀公、子鍼。按：經由《志傳》的這些修改，使得舊說中人物時代的混亂，轉爲合理。

（二）舊說，如：《十八國臨潼鬥寶》雜劇、《伍子胥鞭伏柳盜跖》雜劇、《舉鼎記》戲文皆謂子胥保楚平王赴會；《志傳》則將楚平王改爲楚靈王。按：經由《志傳》的這些修改，使得舊說中人物時代的混亂，轉爲合理。

（三）舊說，如：《十八國臨潼鬥寶》雜劇、《伍子胥鞭伏柳盜跖》雜劇、《舉鼎記》戲文皆謂來皮豹劫走姬光所攜之寶；《志傳》則無來皮豹其人，而由展雄劫奪姬光之寶。

（四）舊說，如：《十八國臨潼鬥寶》雜劇、《伍子胥鞭伏柳盜跖》雜劇、《舉鼎記》戲文皆謂秦國君臣定舉鼎與論文爲當明輔之條件；《志傳》則謂出於齊國晏平仲所議。

（五）舊說，如：《十八國臨潼鬥寶》雜劇、《伍子胥鞭伏柳盜跖》雜劇、《舉鼎記》戲文皆謂子胥挾秦穆公，逼之使無祥公主與楚國太子建訂親，又使之護送諸侯出關；《志傳》則謂子胥挾子鍼，使諸侯平安出關，但當時無許婚之事。

（六）《說鱄諸伍員吹簫》雜劇謂子胥爲樊城太守，並自此出奔；〈伍子胥變文〉則謂子胥在梁；《志傳》則謂子胥爲棠邑大夫，並自棠邑出奔。按：史傳並無子胥爲樊城太守之說，余邵魚在從事修改舊說，使之更合史實的工作時，可能是見到《左傳》中，有伍尙爲棠君的記載，乃將子胥出奔的地點由樊城改爲棠邑。

（七）《說鱄諸伍員吹簫》雜劇謂公子建到樊城通知子胥以父兄被殺；《志傳》則從《左傳》，謂楚王使人持伍奢書信以召尙、員，欲一併殺之。

（八）《說鱄諸伍員吹簫》雜劇謂費無忌使養由基追殺伍員，養由基知伍員忠良，故意縱之使去；《志傳》則謂費師明往追子胥，被子胥射死。按：修改的理由可能是子胥與養由基的時代差距太大，惟改爲費師明，則不知自何典故而來？

---

82 冊（台北：成文出版社，據民國 45 年排印本影印）。

（九）《說鱄諸伍員吹簫》雜劇謂浣紗女饋食子胥，抱石投江；〈伍子胥變文〉亦同；《志傳》則謂子胥請浣紗女指引路途，稍後浣紗女抱石投江。饋食子胥之事，則由溧陽老嫗爲之。按：溧陽老嫗饋食子胥，稍後自縊而死之事，史傳並無。

（十）《說鱄諸伍員吹簫》雜劇謂鱄諸擒住費無忌，吳王斬之，爲子胥報仇；《志傳》則據《左傳》，謂沈尹戍請囊瓦誅費無忌。

以上即是《志傳》修改舊說的情形大要，從中我們可以看出《志傳》修改舊說，其修改的根據雖有時依據史傳而修改；但有時也以不符史實的說法去修改舊說。

另外，《志傳》增添了許多舊說未見的情節，其中有的依據史傳而來，如：鱄諸刺吳王僚之事（《說鱄諸伍員吹簫》雜劇謂鱄諸隨伍員破楚，回吳受賞，並無刺吳王僚之事）；有的則與史實不符，如：子胥投陳辭婚、馬昭儀托孤觸牆、溧陽老嫗饋食子胥之事。

還有，《志傳》也曾刪去了許多舊說，如：老君賜丹，並授槍法事（見《舉鼎記》戲文）、子胥死後爲神、揚靈殺嚭事（見《浣紗記》傳奇與《倒浣紗》傳奇）。

根據以上的分析，我們可以很清楚地看出，《列國志傳》的確曾經依據史傳來修改、增添、刪除舊有的說法。但同時，卻也採用了許多舊說中與史實不符的情節；甚至還增衍了許了舊說未見，且不符史實的情節。

正因爲《列國志傳》仍有許多不符史實的記載，於是招致馮夢龍的不滿，而將它改編成《新列國志》。

## 第二節　《新列國志》與《東周列國志》中之伍子胥

### 一、《新列國志》與《東周列國志》簡介

《新列國志》作者馮夢龍爲蘇州府長洲縣人，約生於明萬曆二年（1576），卒於清順治三年（1646）。他對於余邵魚編纂的《列國志傳》相當不滿意，於是沿襲了《列國志傳》的故事架構，參酌了各類史籍，來從事改寫的工作，爲了與原來的這部《列國志傳》有別，才將書名定爲《新列國志》。

馮夢龍對《列國志傳》有什麼不滿意？又如何改寫呢？由其託名「吳門可

觀道人小雅氏」的〈新列國志敘〉和該書的〈凡例〉，我們可以得到清楚的概念。

《新列國志》的〈凡例〉共有七條，其中竟有五條，說出了馮夢龍對《列國志傳》的不滿：

> 一、舊志事多疏漏，全不貫串，兼以率意杜撰，不顧是非，如臨潼鬥寶等事，尤可噴飯……。
>
> 一、舊志姓名，率多自造，即偶入古人，而不考其世，如尉繚子爲始皇謀臣，去孫臏百有餘年，而謂繚爲鬼谷子弟子，載臏入齊，何不稽之甚也……。
>
> 一、舊志敘事，或前後顛倒，或詳略失宜……。
>
> 一、古用車戰，至晉荀吳敗狄於大鹵，始廢車崇卒。趙武靈王胡服騎射，始用騎戰。舊志但蹈襲《三國志》活套，一槩用騎，失其實矣。又都督、經略及公主等號，皆後世所設，列國時未有也，豈得任意撰入……。
>
> 一、小說詩詞，雖不求工，亦嫌過俚……。

在這些〈凡例〉中，馮夢龍既說出舊志（《列國志傳》）的缺點以後，緊接著上文，即說明自己改寫的情形：

> 茲編以《左》、《國》、《史記》爲主，參以《孔子家語》、《公羊》、《穀梁》、《晉乘》、《楚檮杌》、《管子》、《晏子》、《韓非子》、《孫武子》、《燕丹子》、《越絕書》、《吳越春秋》、《呂氏春秋》、《韓詩外傳》、劉向《說苑》、賈太傅《新書》等書，凡列國大故，一一備載，令始終成敗，頭緒井如，聯絡成章，觀者無憾。
>
> 茲編凡有名史冊者，俱考訂詳愼，不敢以張冒李。
>
> 茲編一案史傳，次第敷演，事取其詳，文撮其略，其描寫摹神處，能令人擊節起舞，即平鋪直敘中，總屬血脉筋節，不致有嚼蠟之誚。
>
> 茲編悉按古制，一洗舊套。
>
> 茲編盡出新裁，舊志胡說，一筆抹盡。

這就是馮夢龍針對《列國志傳》的缺點所做的改寫。

又：在〈新列國志敘〉中，馮夢龍對《列國志傳》的缺點、自己加以改寫的情形、改寫以後達到的成就，也都有概略說明：

> 自羅貫中氏《三國志》一書，以國史演爲通俗，汪洋百餘回，爲世所尚，嗣是效顰日眾……然悉出村學究杜撰，傴儸磂磲，識者欲嘔，姑舉《列國志》言之，如秦哀公臨潼鬥寶一事，久已爲閭閻恒譚，而其紕繆乃更甚……此等囈語，但可坐三家村田塍上，指手畫腳，醒鋤犁瞌睡，未可爲稍通文理者道也。顧此猶摘其一席話成片段者言之。其他鋪敘之疏漏、人物之顛倒、制度之失考、詞句之惡劣，有不可勝言者矣。墨憨氏重加輯演，爲一百八回，始乎東遷，迄於秦帝……本諸《左》、《史》，旁及諸書，考核甚詳，搜羅極富，雖敷演不無增添，形容不無潤色，而大要不敢盡違其實，凡國家之廢興存亡，行事之是非成毀，人品之好醜貞淫，一一臚列，如指諸掌……往蹟種種，開卷瞭然，披而覽之，能令村夫俗子，與縉紳學問相參，若引爲法誡，其利益亦與六經諸史相埒，寧惟區區稗官野史，資人口吻而已哉。

同時，由這篇敘和前面所引的〈凡例〉，我們可以探知馮夢龍對歷史小說的看法：歷史小說可以在細節上略加渲染，在文字方面亦可稍加潤色，以使作品有一定的趣味和感染力。但於基本的故事情節、人物的好壞臧否、制度的設施廢置等大的方面，仍須廣泛搜集材料，詳加考核，不違其實。又：歷史小說應發揮其通俗的特性，使村夫俗子亦能了然歷史大事，將國家之興廢存亡、人物之好醜貞淫，引爲法戒。若能如此，則歷史小說不僅資人口吻而已，簡直可以和六經、諸史相當，「即與二十一史並列鄴架，亦復何媿」。

馮夢龍既然主張歷史小說必須忠於史實，以作爲村夫俗子的歷史讀物，因此他嚴格地將《列國志傳》中，一些不符史實的故事傳說刪除或改訂。那麼，對於《列國志傳》中，關於伍子胥的故事，馮夢龍接受了多少？又刪除、改訂了多少呢？

要探討這個問題之前，我們還有必要談談《東周列國志》，並且交代一下《新列國志》與《東周列國志》的版本問題。

《新列國志》刊行以後，〔註 14〕到了清雍正、乾隆年間，引起蔡奡（字

〔註 14〕關於《新列國志》刊行的年代，胡師萬川曾有考訂，約在明崇禎元年（1628）

元放）的興趣，胡師萬川說：

蔡元放先生看了明朝末年馮夢龍所寫的《新列國志》一書，覺得不錯，有益教化，就拿了來，將書名改爲《東周列國志》，稍微刪改了一些內容，然後加上他的導讀、評注，於是就成了後來我們所見的這部《東周列國志》了。〔註 15〕

這就是《東周列國志》的由來。至於《東周列國志》與《新列國志》在內容上有什麼不同？也就是說：蔡元放在《新列國志》書上作了什麼更動？胡師萬川對此也有詳細的說明：

蔡元放在將《新列國志》改爲《東周列國志》時，評評點點不必說，最重要的是，他將原《新列國志》的開場詩改了，並刪去了正文中其他八十幾首詩詞，另外又更動了一些字句，刪改了幾個回目，幾處人名。至於情節內容，倒是一仍其舊。〔註 16〕

既然如胡師萬川所說，蔡元放對《新列國志》只有字句、回目、詩詞及人名的少數更動，而其情節內容，則一仍其舊，那麼，在這一節中，我們欲探討伍子胥的故事，可以僅就《新列國志》來探討，而當《東周列國志》有不同的說法時，才加以標示。

《新列國志》和《東周列國志》的版本，據孫楷第之說，《新列國志》有：明金閶葉敬池刊本、清初覆本、古吳德聚堂坊刻本（書名作：《新刻出相玉鼎列國志》，係重刻馮書，但據舊本增臨潼鬥寶事）；《東周列國志》則有：原本、星聚堂本、義合齋本、咸豐四年漢口森寶齋硃墨本。〔註 17〕

---

至十七年（1644）之間：「〈新列國志敘〉不署年月，唯葉敬池本封面識語有云：『墨憨齋向纂《新平妖傳》及《明言》、《通言》、《恒言》諸刻，膾炙人口。』《恒言》刊於天啓七年（西元 1627 年），葉敬池之刊行《新列國志》既已提及《恒言》，則其書之刊行，自當在天啓之後，入於崇禎時期矣（天啓七年之次年即崇禎元年）。而祁彪佳《甲乙日曆》記甲申年（即崇禎十七年）見馮夢龍，曾提及馮新編《列國傳》，當即指《新列國志》而言。則《新列國志》至少在崇禎十七年以前即已刊行。」語見〔明〕馮夢龍新編，胡萬川校注：《新列國志》（台北：聯經出版事業公司，據日本內閣文庫所藏，明金閶葉敬池刊本排印，民國 70 年 8 月，初版）書前之〈出版說明〉。

〔註 15〕語見胡師萬川：〈新列國志的介紹〉，收於「聯經版」《新列國志》書前。

〔註 16〕語見胡師萬川：〈新列國志的介紹〉，收於「聯經版」《新列國志》書前。

〔註 17〕孫楷第：《中國通俗小說書目（新訂本）》卷二，明清講史部，《新列國志》條、《東周列國志》條，於二書之各種刊本介紹頗詳，凡其版式、收藏處都有說明。詳見孫楷第：《中國通俗小說書目（新訂本）》，頁 29～30。

《新列國志》有葉敬池刋本之影印本〔註 18〕與台北聯經出版事業公司所印行之排印本〔註 19〕行世。本節行文論事即以排印本爲據。又：《東周列國志》於書肆中頗爲常見，然各書局所印，多已刪去蔡元放所寫之〈序文〉、〈讀法〉、〈批語〉，惟台北文政出版社所印行者仍保留這些〈序文〉、〈讀法〉、〈批語〉，〔註 20〕本節用以參考者即爲此一版本。

## 二、《新列國志》與《東周列國志》中所見的伍子胥

說明了《東周列國志》與《新列國志》的關係，以及這兩部書的版本之後，我們就可以正式地探討這兩部書中的伍子胥故事，以下將由探討馮夢龍的《新列國志》〔註 21〕對《列國志傳》中伍子胥故事「有何增刪改易？」這個問題入手。先以表格之形式呈現，配合「備註」說明，以清眉目：

| | 《列國志傳》 | 《新列國志》 | 備　　註 |
|---|---|---|---|
| （一） | 臨潼鬥寶及由此衍生出的故事情節。 | 盡刪。 | 史傳未見，故刪之。 |
| （二） | 伍尙、伍員俱在棠邑。 | 伍尙與伍員俱隨其父在城父。 | 不知據何而改？ |
| （三） | 費師明奉命往捕子胥，被子胥射死。 | 武城黑、沈尹戌奉命往捕子胥，俱爲子胥所逃脫。 | 不知據何而改？ |
| （四） | 伍員妻賈氏觸土牆而死。 | 賈氏自縊而死。 | 不知據何而改？ |
| （五） | 鄭子產、子皮欲假手晉國，殺太子建，故使其入晉借糧。 | 公孫僑（子產）新卒。太子建自往晉借兵。 | 據《左傳》記載，伍子胥之父兄被殺，事在魯昭公二十年；子產亦死於此年，故謂其「新卒」。 |
| （六） | 伍員促馬昭儀速走，馬昭儀觸牆而死，伍員護米勝走奔。 | 無馬昭儀事。子胥攜勝走奔。 | 史傳無馬昭儀事，故刪。 |

〔註 18〕葉敬池刋本《新列國志》之影印本收入國立政治大學古典小說研究中心主編：《明清善本小說叢刊》，初編第十二輯（台北：天一出版社，民國 74 年 10 月）。

〔註 19〕〔明〕馮夢龍新編，胡萬川校注：《新列國志》（台北：聯經出版事業公司，據日本內閣文庫所藏，明金閶葉敬池刋本排印，民國 70 年 8 月，初版）

〔註 20〕〔清〕蔡元放評點：《東周列國志》（台北：文政出版社，民國 61 年 5 月，初版）。

〔註 21〕〔清〕蔡元放評點：《東周列國志》對《新列國志》只有字句、回目、詩詞及人名的少數更動，而其情節內容，則一仍其舊，所以，在這一節中，我們欲探討伍子胥的故事，可以僅就《新列國志》來探討，而當《東周列國志》有不同的說法時，才加以另外標示。

| | 《列國志傳》 | 《新列國志》 | 備　　註 |
|---|---|---|---|
| （七） | 溫龍來救，子胥投陳，辭婚，復自陳奔逃。 | 行過陳國，知陳非可駐足之處。 | 史傳無溫龍其人，亦無辭婚事，故刪。 |
| （八） | 東皋公、皇甫訥用計，誑昭關守將囊瓦，使子胥混出昭關。 | 增子胥一夜鬚髮盡白事，昭關守將爲薳越。 | 一夜鬚髮盡白事，據民間傳說增入。 |
| （九） | 漁父既渡子胥，復賜食，子胥以臨潼會上秦王所賜寶劍贈之，漁父不受。因子胥勿洩之囑，覆舟自沈。 | 子胥以先王所賜之劍贈之，不受，自沈。 | 既刪臨潼鬥寶事，劍不得爲其時之秦王所贈，故修改其來歷。 |
| （十） | 子胥迷途，問於浣紗女子馮氏，臨行，囑其勿洩，馮氏乃抱石投江。 | 乞食於浣紗女，女跪而進之，胥與勝一餐而止，女復請，二人乃再餐，盡其器，浣紗女抱石投江。 | 據《吳越春秋》改。 |
| （十一） | 子胥、米勝投溫龍宅，被圍，復奔。至溧陽，乞食於老嫗，嫗跪而進之，子胥食之不盡，慌忙而走，囑其勿洩，老嫗使計，錯引追兵，自縊。 | 無此二事。 | 史傳並無此二事，故刪。 |
| （十二） | 子胥感時傷景，吹篪於店外，觀者甚眾，吳王僚聞之，封員爲上大夫。 | 子胥被髮佯狂，跣足塗面，吹簫乞食。被離善相，知是子胥，報知姬光，惟王僚亦已聞知，子胥遂先謁王僚，拜爲大夫。 | 據《吳越春秋》增、改。 |
| （十三） | 鱄諸因進炙魚刺殺王僚，母先自縊以絕其慮。 | 增專諸往太湖學習炙魚三月事。 | 據《吳越春秋》增。 |
| （十四） | 子胥薦要離刺慶忌。 | 此事同。但前此增子胥築城、教士卒戰陣射御之事。 | 據《吳越春秋》增。 |
| （十五） | 子胥薦孫武，武爲齊國人。 | 孫武爲吳國人。 | 據《吳越春秋》改。 |
| （十六） | 吳王伐楚，下舒城，昭王懼，乃發費無忌塚，命人持其首級往見子胥，子胥將無忌頭擲地，唾罵亂劍斬之。吳軍因此不渡。 | 無子胥擲費無忌頭又以亂劍砍之事。增湛盧寶劍飛入楚國，吳國即因此出兵伐楚。 | 子胥擲、砍費無忌頭事，史傳並無，故刪。湛盧寶劍飛入楚國事，據《吳越春秋》增。 |
| （十七） | 子胥因造墓石工指引，得平王屍，乃「手執九節銅鞭，履于尸上，以左足踐其腹，右手抉其目，即令左右重鞭三百，盡燬其衣衿棺槨，棄于山川曠野之外」 | 子胥因造墓石工指引，得平王屍，乃「手執九節銅鞭，鞭之三百，肉爛骨折。於是左足踐其腹，右手抉其目」、「遂斷平王之頭，毀其衣衿棺木，同骸骨棄于原野」 | 情節大致相同，惟文字稍有不同。 |

| | 《列國志傳》 | 《新列國志》 | 備　　註 |
| --- | --- | --- | --- |
| （十八） | 吳師伐鄭，過瀨水，子胥爲浣紗女立祀。又因漁丈人之子閭丘成而釋鄭。 | 子胥伐鄭，因漁丈人之子釋鄭。子胥過歷陽山，求東皐公、皇甫訥不得。至昭關，毀之。復過溧陽瀨水，投千金於水，以報浣紗女之恩，浣紗女之母取之而去。 | 子胥投千金於水，浣紗女之母取之而去事，據《吳越春秋》增。 |
| （十九） | 子胥受賜屬鏤之劍，臨死，囑家人抉其目懸於東門之上，以觀越軍之入。又囑家人種櫝樹於其墓上，謂至櫝樹成材，越軍必至。夫差令取其首級，盛以鴟夷之革囊，投之江中。國人收葬其屍於胥山，爲之立廟，春秋設祭。 | 刪去子胥囑家人樹櫝之事。夫差自斷子胥頭，置於盤門城樓之上，又取其屍，盛以鴟夷之器，投之於江。屍入江中，隨流揚波，依潮來往，蕩激崩岸，土人懼，乃私撈取，埋之吳山。 | 子胥囑家人種櫝樹之事，史傳並無，故刪。子胥屍入江中，「隨流揚波，依潮來往，蕩激崩岸」則據《吳越春秋》增。 |
| （二十） | 無 | 文種、范蠡率越軍攻打吳國時，其夜望見吳南城上有伍子胥頭，巨若車輪，目若耀電，鬚髮四張，光射十里。……至夜半，暴風從南門而起，疾雨如注，雷轟電掣，飛石揚沙，疾于弓弩。越兵遭者，不死即傷。范蠡、文種乃肉袒冒雨，遙望南門，稽顙謝罪。良久，風息雨止。又有子胥爲越軍開道，越軍遂驅兵入城之事；又有文種受誅之後，某日，海水大發，穿山脅，冢忽崩裂，有人見子胥同文種前後逐浪而去之事。 | 據《吳越春秋》增。 |

由以上的比較，我們可以知道馮夢龍有心以嚴格的標準，對《列國志傳》中，不符史實的記載大舉刪改。但是，馮夢龍所據的「史實」，正如前文曾經引用的、他自己在《新列國志》的〈凡例〉中所說，範圍甚廣，除了《左傳》、《國語》、《史記》等正式、可信的史書之外，他還參詳了許多書籍來修訂《列國志傳》。而這其中，如：《越絕書》、《吳越春秋》等書，當是稗官野史之類，較諸《左傳》、《國語》、《史記》等正史，已多有增衍。因此，他在〈新列國志敘〉中承認「敷演不無增添，形容不無潤色」。然而，也因爲在改寫《列國志傳》時，畢竟是「本諸《左》、《史》」、「以《左》、《國》、《史記》爲主」，並且「旁及諸書」多方考核，故對於歷史事件的敘述，能夠合乎其「大要不

敢盡違其實」的理想。

儘管馮夢龍強調自己在修改《列國志傳》時，曾參詳了許多書籍，刪除了許多與史傳不符的故事，例如：臨潼鬥寶及由此衍生出的許多故事情節，就被全數刪除。但在《新列國志》中，關於伍子胥的故事，出人意料之外地，卻採錄了一項爲諸典籍所未載的民間傳說，而且這個民間傳說也不見於《列國志傳》，那就是伍子胥過昭關，一夜鬚髮盡白的傳說。〔註 22〕

在《新列國志》第七十二回中，當東皋公看見了子胥的鬚髮改色時，大驚地說：「足下鬚鬢，何以忽然改色？得無愁思所致耶？」子胥不信，取鏡照之，「已蒼然頒白矣！」敘述至此，馮夢龍接著說：

世傳伍子胥過昭關，一夜愁白了頭，非浪言也。

據此，則馮夢龍的確知道這事乃是流傳民間的傳說故事，並非出自史實。

按：余邵魚「編集」《列國志傳》的態度是標榜依據史實，反對「爲空言以炫人聽聞」。因此，對某些民間傳說作了合理化、史實化的修改，甚至加以摒棄不錄。也許這個伍子胥過昭關，一夜鬚髮盡白的民間傳說正是基於這樣的「編集」態度而被余邵魚摒棄不錄的？若果眞如此，則自許參詳史傳而以嚴格態度爲《列國志傳》做了大幅修訂的馮夢龍卻採錄了這個民間傳說，所爲何來？那就是一個有趣的問題了。也許馮夢龍是爲了加強子胥受難，因而愁思鬱結的形象？

# 第三節　《十八國臨潼鬥寶鼓詞》中之伍子胥

## 一、《十八國臨潼鬥寶鼓詞》簡介

鼓詞是流行於北方的一種韻白相間的民間講唱文學，〔註 23〕相當於南方

〔註 22〕伍子胥過昭關，一夜鬚髮盡白之事，在《楚昭公疏者下船》雜劇中已出現發生的契機，本書第二章第四節「綜述」有詳細的論述，請參看。又：孫柚（依莊一拂之說，約萬曆十一年前後在世）著有傳奇《昭關記》，觀其劇名，當是演子胥過昭關之事，但不知是否有「一夜愁白了頭」的情節？因其已佚，遂不得而知。直到馮夢龍《新列國志》，我們才看到了此事的正式記錄；而大約與馮夢龍生卒年相近的孟稱舜，作有《二胥記》傳奇，則是目前所知最早記錄這段傳說的戲曲。在此之後，則有清初薛旦《蘆中人》傳奇、皮黃《文昭關》等戲曲有這個傳說的記錄或演出。

〔註 23〕講唱文學就是一種用來演述故事，既說且唱的文學。說的部分用散文，唱的

的彈詞，葉德均《宋元明講唱文學》謂：

> 明代詩讚系講唱文學主要的是南北通行的詞話和流行於南方的陶眞，但兩者的差別很微。陶眞一系到嘉靖時改名爲彈詞；詞話一系在明清之際的北方改稱鼓詞，又產生了小型的有唱無說的「段兒書」。〔註24〕

這段話說明了彈詞源自「陶眞」，而鼓詞則源自「詞話」，「鼓詞」的稱謂見諸書面的時代大約是在明清之際。

關於民間講唱文學在各個朝代的發展，葉德均說：

> 唐以後的各種講唱文學相互間雖有差異，但都遵守著韻散夾用、且說且唱的基本規律，而且一定是敘事的。俗講以後的講唱文學，宋代有陶眞、涯詞、鼓子詞、諸宮調、覆賺；元代有詞話、馭說、貨郎兒；明清有彈詞、鼓詞、寶卷等，它們都是俗講的嫡系苗裔。這類大多數是用第三人稱的敘述體；只有少數由於自身的發展或受其他文學、技藝的影響，而改用代言體的（如部分的吳音系彈詞），但它們本身仍然是講唱而非演唱。至於從講唱文學進一步發展爲戲曲的（如詞話和諸宮調發展成爲元雜劇），卻溢出這範圍以外了。〔註25〕

這裡除了說明各朝代有哪些講唱文學外，還提出了一個講唱文學很重要的特性：講唱文學大多數是用「第三人稱的敘述體」，只有少數改用「代言體」，但即使是「代言體」也仍然是講唱而非演唱。

至於鼓詞和彈詞的異同，楊蔭深說：

> 鼓詞也像彈詞，是唱詞之一，不過牠除彈絃子以外，兼打小鼓及鐵片，這與彈詞僅彈絃子的不同。同時彈詞有敘事、代言兩體，鼓詞卻只有敘事一體；彈詞流行於南方，而鼓詞流行於北方；彈詞所唱的多爲才子佳人的離合故事，鼓詞多爲激昂慷慨的歷史故事：這些也都是不同的。但是兩者都有說有唱，由散文與韻文合組，都可說

---

部分用韻文；而就韻文的文辭和實際歌唱來考察，可以區別爲「樂曲系」和「詩讚系」兩大類。簡單的說，所謂「樂曲系」是它的唱詞部分由詞牌或曲牌的長短句所構成；而「詩讚系」則是由七言詩或「讚（攢）十字」所構成。

〔註24〕語見葉德均：《宋元明講唱文學》（台北：河洛圖書出版社，民國67年5月，台景印初版），頁51。

〔註25〕語見葉德均：《宋元明講唱文學》，頁1。

是由變文演變而來，那又是相同的。〔註26〕

這裡，由體製、使用的樂器、說唱的內容、流行的區域等多方面比較了鼓詞和彈詞的異同。但我們要特別將注意力放在「鼓詞卻只有敘事一體」這句話上。

綜合葉德均、楊蔭深二人的說法，講唱文學大多數是「第三人稱的敘述體」，而做爲講唱文學之一環的鼓詞只有「敘事一體」。

鼓詞純爲敘述體（敘事體），就這一點來說，和戲曲的「代言體」不同，而與通俗小說純爲第三人稱的敘述體相同。〔註27〕因此，本書在以元明清戲曲小說爲中心來探討伍子胥故事時，不得將鼓詞作品入於戲曲一章，姑錄之於小說部分。

《十八國臨潼鬥寶鼓詞》，中央研究院傅斯年圖書館之俗曲特藏資料「鼓詞」部分，有一鉛印本，在「鉛印鼓詞」第23函，書號089（茲以23－089表示，以下凡本特藏之資料，皆仿此。以第一個數字表示其所在函別；第二個數字表示其書號），乃上海大新書局於民國23年4月印行，全書26回，不分卷。

另外，胡師萬川藏有一本石印本，由其內頁的新書廣告來看，大概是由新中國圖書局印行，無出版年月，全書分爲4卷、26回，目錄之後（即卷一之前）有圖6幅；卷二、卷三、卷四之卷前，則都各有圖2幅。

關於鼓詞的流傳情形，《新編中國文學史》謂：

鼓詞的流傳時間不如彈詞長久，到了清中葉便開始漸漸衰落下去了。但是，作爲書面文學的鼓詞，生命力卻相當強。新的鼓詞作品在其後還不斷產生，並且大量出版，廣泛流傳。〔註28〕

意思是說在清中葉以後，仍有大量的鼓詞作品出版，並且廣泛流傳。這本《十八國臨潼鬥寶鼓詞》，胡師萬川所藏的本子，沒有出版年月的記載；中央研究院傅斯年圖書館所藏的本子則印行於民國23年，雖然如此，但它成書的年代

---

〔註26〕語見楊蔭深：《中國俗文學概論》（台北：世界書局，民間74年11月，六版），第十六章，頁115。

〔註27〕清季以前（不含清季）之中國通俗小說，絕大多數以第三人稱敘述故事情節，唐人小說〈周秦行紀〉、〈遊仙窟〉則是極少數以第一人稱（即自述）敘述的作品；而有趣的是，〈周秦行紀〉卻出於他人之假託。文中雖自表其姓名爲牛僧孺，但出於韋瓘之挾仇誣陷而僞託。關於韋瓘僞託之證據及其僞託的動機，詳見王夢鷗先生：〈牛羊日曆及其相關的作品與作家辨〉，收於所著：《唐人小說校釋》（台北：正中書局，民國74年1月，台初版）下集，頁249～283。

〔註28〕語見中國文學史研究委員會：《新編中國文學史（試印本）》（台北：文復書店，無出版年月）第四冊，頁34。

也可能更早，可能正是清中葉以後，大量的書面鼓詞作品之一，所以，我們仍須對它所記錄的伍子胥故事有所探討，以免有所疏漏。〔註29〕

今天我們可以看到的《十八國臨潼鬥寶鼓詞》的兩個版本，惟字句稍有差異，並無內容情節的不同，本文所據以爲論的版本，即出於胡師萬川手授。

## 二、《十八國臨潼鬥寶鼓詞》中所見的伍子胥

《十八國臨潼鬥寶鼓詞》的情節大要如下：

第一回「秦穆公設臨潼大會　吳世子欲玩景觀山」：秦穆公有吞併諸侯之心，百里奚乃議設臨潼鬥寶會，令諸侯各帶一件寶貝，只用一文一武相隨，於三月初三日都到臨潼赴會，欲假鬥寶之名，盡擒諸侯。吳世子姬光帶寶赴會途中，欲上土山玩景，不顧丞相屈蒙之勸阻，果然爲賴皮豹攔住。

第二回「賴皮豹路截吳國寶　吳世子落難遇子胥」：賴皮豹鞭打吳將連貞，刀劈吳將姜馳，截去吳國寶貝。姬光無策，欲自刎，屈蒙勸止之。

第三回「伍子胥力擒賴皮豹　鄭卞莊打虎見周王」：伍子胥年方十八歲，爲楚國前部先行，經由玉兔引路，遇姬光，代之擒賴皮豹，奪回寶貝。周景王領著一十五國人馬，行至玄相山，鄭將卞莊鞭打二虎。

第四回「周景王聚會眾諸侯　柳展雄劫路殺眾將」、第五回「眾王侯在潼關被困　衛世子帶戰傷回營」：柳展雄受秦穆公之請，把住潼關，欲劫列國寶物，使諸侯誤了赴會日期。展雄夾死華茂，並生吃其心，刀劈四齊將，擒姜鐸，傷蒯聵、卞莊，刀劈鄒千，摔死鄒萬。於是陳國宰相狄胡願往說展雄，使其退兵。

第六回「陳狄胡說退柳展雄　吳楚君會合周景帝」：狄胡往說展雄，不遂。吳、楚兵至。

第七回「周景王被困要獻寶　伍子胥立意要出兵」：伍子胥往說展雄，許以鬥寶回來，再獻寶給展雄，展雄不允。

第八回「伍子胥大戰柳展雄　周景王鳴金停夜戰」、第九回「伍子胥山谷敗展雄　盟誓願結拜金蘭好」：子胥與展雄相鬥，相持不下；隔夜再戰，子胥誘展雄入山，鞭之落馬，展雄欲自刎，子胥勸止之，二人結拜爲兄弟。

第十回「柳展雄細述秦國計　伍子胥回營見諸王」、第十一回「姜鐸回營

〔註29〕本章第四節及第五節，分別探討《吳越春秋鼓詞》與《禪魚寺大鼓書》之中的伍子胥故事，也是基於同樣的理由。

拜謝子胥　諸侯盤問大戰軍情」：子胥與展雄既結金蘭，展雄遂細述秦國計謀，使子胥提防。子胥回營，因諸侯盤問，乃說明與展雄相鬥之經過。

第十二回「百里奚思設埋伏計　周景王依奏整軍規」、第十三回「雙陽口四諸侯損將　探山路鄭宋君領兵」、第十四回「秦秦章箭傷鄭高顯　眾王侯議計過雙陽」：百里奚使秦兵埋伏於雙陽溝上，以滾木擂石打諸侯人馬，諸侯損兵折將。

第十五回「伍子胥爬山誅秦將　眾王侯齊過雙陽口」：伍子胥與卞莊、姬光、姜鐸、秦強（後文作蒯聵）五人爬上山嶺，殺敗秦兵，使眾諸侯得以通過雙陽口。

第十六回「百里奚請僧安巧計　石佛寺普淨初用兵」、第十七回「周景王被困石佛寺　伍子胥識破毒藥計」、第十八回「眾和尚大戰眾好漢　四女人指引土洞門」、第十九回「眾王侯出土洞逃生　黃家庄眾奸僧大戰」、第二十回「卞莊呂城力擒熊虎　景王發兵圍困寺院」、第二十一回「眾奸僧由土洞奔逃　秦穆公與丞相設計」：百里奚以黃金、白米請石佛寺僧人普淨設計害諸侯。幸子胥識破毒藥計，諸侯乃得無恙。諸侯被困，因黃家四姊妹指引，自土洞逃生，諸侯復攻入寺中，將奸僧、秦兵消滅，獨普淨與幾個僧人遁去。秦國君臣知普淨敗走，百里奚乃設計在諸侯座位下都設有紅衣炮，欲在鬥寶會上，將諸侯炸死。

第二十二回「百里奚設坐安大炮　周景王做夢見尚父」、第二十三回「秦君臣迎接周景王　臨潼會各國賽奇寶」：百里奚安排大炮於座下，欲炸諸侯。諸侯入臨潼，鬥寶開始。

第二十四回「伍子胥舌辯百里奚　眾諸侯爭掛明甫印」：諸侯各出寶物，楚國無寶，子胥自稱自己即是至寶，並道破秦國之計謀，百里奚與之舌辯天高地厚幾何？百里奚不勝。秦穆公乃謂將以明甫大印授能舉千斤之鼎者。蒯聵抱鼎至胸，神色俱變；卞莊使盡平生之力，舉鼎過頂。子胥笑曰：「二位好似母雞」、「僅能拿出，何足稱奇」，卞、蒯二人大怒，齊攻子胥，子胥拳打卞莊、腳踢蒯聵。秦姬輦舉鼎「左舞右舞，走了三蹚，將鼎舉在頂上」，子胥上前試舉。

第二十五回「伍子胥笑舉千斤鼎　秦姬輦當場欲爭功」：子胥單手舉鼎，在殿前走了幾蹚，神色不改，又連敗秦將姬輦、甘英，遂掛明甫印。

第二十六回「百里奚用絕戶毒計　伍明甫保眾侯出關」：百里奚在龍棚設

座位，座位之下俱安大砲，梧桐樹內埋引信，欲炸死諸侯。穆公藉口小解，先行離坐，諸侯趕緊隨之出龍棚，諸侯既出，那砲才響，所以諸侯無恙。子胥挾穆公，逼之使吳詳公主與米建訂親，並割衫衿為誓。復使穆公護諸侯出界，才釋之歸國，百里奚見事不成，無顏立於此間，遂暗自逃去。

全書的最後又有數句「廣告詞」，請人觀看下集：「要看端的，再看下部《飛吳記》，西秦娶親、楚平失政、弒妻戮子、馬昭儀血至樊城、子胥保娘娘，俱在下部。」可惜這本《飛吳記》未能獲見。

按：這本《十八國臨潼鬥寶鼓詞》是專門講唱臨潼鬥寶一事者，在所看到的資料中，它比其他的戲曲、小說對臨潼鬥寶一事的演出或記載都要繁複許多。在情節的增衍上，主要有兩個方向：（一）展雄攔路劫寶時，與諸侯的交戰情節增多了；（二）百里奚欲謀擒諸侯所安排的陰謀增多了。

首先，關於展雄劫寶事，《十八國臨潼鬥寶》雜劇中，有展雄斬華茂及叱退魯秋胡之事，並透過鄭成公之語，謂展雄「日不移影，殺敗各國諸侯數十員大將」；《伍子胥鞭伏柳盜跖》雜劇亦只有展雄斬華茂、喝退秋胡之事；明初戲文《舉鼎記》中則除斬華茂、喝退秋胡之外，還有擒姜鐸、誅王雲與王鳳，敗蒯瞶與卞莊等節；《列國志傳》中，則有擒姜鐸、敗卞莊、喝退秋胡事；而這本《十八國臨潼鬥寶鼓詞》增衍了更多展雄神勇打退諸侯大將的情節：斬華茂、擒姜鐸、刀劈齊國四將（上官章、上官讓、上官俊、上官虎）、傷蒯瞶與卞莊、斬鄒千、摔死鄒萬、喝退狄胡等事。

子胥戰展雄事，戲曲中都演子胥詐敗三次，將展雄引入山中，再鞭伏之；《列國志傳》則謂二人鬥上三十餘合，不分勝負，又鬥數合，展雄鞭法略慌，子胥詐敗，於山中敗之；而這本《十八國臨潼鬥寶鼓詞》則除了子胥詐敗，於山谷鞭伏展雄之外，描寫二人相鬥的場面，頗為精采，甚至鬥到凶處，二人之「眞神」亦現出，互相對敵，以至於形成了：「半空中喪門敵住左吊客，平地下子胥戰住柳展雄」的情況。

由展雄敗打列國許多大將，與子胥相鬥時，現出左吊客的「眞神」看來，這本《十八國臨潼鬥寶鼓詞》有意誇大展雄之勇猛。而誇大展雄的勇猛，則用意在於呈現、突顯子胥之勇猛的形象，蓋展雄再勇，最終仍敗於子胥鞭下；展雄為左吊客，並非凡人，故而神勇過人，而子胥則為喪門，亦非凡人，正好足以匹敵。將展雄寫得越神勇，越能反襯子胥之神勇。

再看看百里奚設計謀霸事之增衍情形：《十八國臨潼鬥寶》雜劇謂姬輦、

百里奚共同設計欲以戲鼎、論文奪盟府劍，於筵上劍懾諸侯，使列國盡皆歸降秦國。又安排甲士藏於壁衣後，欲擒拿諸侯；明初戲文《舉鼎記》中則謂秦國買囑展雄，使之劫寶，令諸侯耽誤鬥寶期限；《列國志傳》則謂將伏大兵於金斧山下，擒殺諸侯；而這本《十八國臨潼鬥寶鼓詞》所演，較之其他戲曲、小說所載，增衍甚多：百里奚所設計的陰謀有（一）買囑展雄，使劫列國寶；（二）雙陽口設伏兵；（三）請僧安巧計；（四）設座安大砲。並由這幾個陰謀引出眾多情節。在此，我們看到了民間文學在其流傳過程中，情節不斷擴張、增衍的情形。

又：關於伍子胥在臨潼會上「拳打蒯瞶，腳踢卞莊」之事，在戲曲中多有提及者，但皆未見有實場演出者，只由劇中人物說出；《列國志傳》則根本未曾提及此事；所以，子胥爲何「拳打蒯瞶，腳踢卞莊」？又如何「拳打蒯瞶，腳踢卞莊」？不知其詳。所幸這本《十八國臨潼鬥寶鼓詞》對此事敘述甚詳，見於其第二十四回，但將蒯瞶與卞莊互換，成了「拳打卞莊，腳踢蒯瞶」的局面。加入此一情節的實寫，使得鬥寶會更加熱鬧了，子胥少年英雄勇猛的形象也更加鮮明了。

## 第四節　《吳越春秋鼓詞》中之伍子胥

### 一、《吳越春秋鼓詞》簡介

中央研究院傅斯年圖書館之俗曲特藏資料「鼓詞」部分，有編號 18－073 之鉛印鼓詞《吳越春秋》一本，乃上海大新書局於民國 23 年 3 月印行，全本共分 4 卷，每卷 12 回，全本共 48 回。所敘述的是吳國既滅越國，伯嚭受賄，私縱句踐，句踐進西施，吳王貪戀美色，不理朝政，及其以後的傳說。

按：劉復、李家瑞等編《中國俗曲總目稿》書中之〈中國俗曲總目補遺〉部分，曾提及北平茂記書局有石印本說唱鼓詞《吳越春秋・初集》、《吳越春秋・二集》、《吳越春秋・三集》，並錄有其各集開頭部分的字句，如下：

《吳越春秋・初集》：天上烏飛兔走，人間古往今來，強弱算來幾千載，是非得失安在？看來時乖運敗，富貴功名塵埃。右調西江月詞。自從那盤古力闢分天地，就有那三皇五帝治乾坤，其先時推……。

《吳越春秋・二集》：話說這部書前集說的是春秋時吳王夫差，得了

> 越國西施，寵任無比，害死伍相國。伍辛興兵報仇，在藍石關與秀英小姐婚配在山神廟內，因觸神怒，罰受百日水災，藍小姐又……。

> 《吳越春秋・三集》：話說前集書說的是何良奉了壁令千歲，元帥鄧能之令，去到藍石關，搬取救兵，這何良在路上夜宿曉行，飢餐渴飲，馬不停蹄，一連五日。這天來到淮安營門，何良下了馬說道……。〔註 30〕

以編號 18－073 之鉛印鼓詞《吳越春秋》與以上對《吳越春秋・初集》開頭部分的詞句摘錄相比較，可以發現兩者僅有一字之差：《吳越春秋・初集》作「富貴功名塵埃」；而編號 18－073 之鉛印鼓詞《吳越春秋》作「富貴功名塵埋」。再拿對《吳越春秋・二集》的詞句摘錄中有關於《吳越春秋・初集》的內容提示與編號 18－073 之鉛印鼓詞《吳越春秋》的內容相對照，又可以發現其情節幾乎沒有任何差異。

由以上兩點看來，似乎可以肯定編號 18－073 的這本《吳越春秋鼓詞》與北平茂記書局的《吳越春秋・初集》是同本而不同版。

本節將以中央研究院傅斯年圖書館所藏的這本《吳越春秋鼓詞》爲對象，來探討其中的伍子胥故事。

## 二、《吳越春秋鼓詞》中所見的伍子胥

《吳越春秋鼓詞》主要的情節是說：吳王夫差得了句踐所獻的美女西施，寵幸無比，從此全然不理朝政。孫武子以爲此乃亡國之兆，遂歸隱於竹查山，子胥往訪，得知西施乃「桃源洞內，一個牝雞精臨凡」，因受句踐密囑，迷惑吳王。於是勸諫吳王，並教吳王以酒灌醉西施，使其現出原形。但吳王禁不住西施巧言掩飾，赦免西施。西施既知是子胥所告，遂立意殺子胥。乃與太監丕順共同設計，誣子胥企圖非禮西施，吳王不察，誅殺子胥，子胥雖死，但尸殼不倒，經吳王正宮劉娘娘叩拜後，尸身乃倒。劉娘娘被廢，自盡，太監何良護太子、公主逃命。

子胥靈魂托夢其子伍辛，訴說冤情；焦焉又來證實噩耗，伍辛遂與焦焉、柳展蓋（柳展雄之子）領兵前去報仇。兵馬被困南昌府，幸伍辛妻李月英往

〔註 30〕語見劉復、李家瑞等編：《中國俗曲總目稿》（台北：中央研究院歷史語言研究所，民國 21 年），頁 1264。

救，方得脫困。月英回淮南，伍辛兵馬繼續前行，至藍石關，敗守將藍玉，其女秀英代父出馬，敵住伍辛，對伍辛一見鍾情，幸其師浦來聖母有書謂二人姻緣早定。秀英以法術定住伍辛，訴聖母之言，欲求婚配，伍辛假允，法術既解，二人復戰，至山神廟，秀英使計捉住伍辛，復言二人姻緣早定之事，於是二人在山神廟裡行誓，成就姻緣。二人別後，伍辛因山神廟內辱神，爲小蒙山寒冰洞蟒精捉去。秀英往救，與化爲女子之蟒精爭風吃醋，鬥將起來，秀英被斬，幸爲白鶴聖母所救，聖母遣道童問起緣由，秀英正欲訴說……，全書至此，突然結束。

總之，這本《吳越春秋鼓詞》中，主要人物是伍子胥之子伍辛，以及李月英、藍秀英等人，而伍子胥並非主要人物。但全本鼓詞仍然透露出關於子胥本身的傳說。

首先，關於子胥之死，這裡的說法是子胥向吳王揭露西施的原形——牝雞精，遭西施懷恨，西施遂與太監丕順設計欲害子胥。一日，西施與吳王設宴玩鳳樓，令子胥舞劍助興，賜宴於西首碧玉亭內款待子胥。稍後，吳王不勝酒力，睡著了，丕順與西施假傳聖旨，令子胥上樓舞劍，子胥不疑有他，上樓卻見西施正「赤條條沐浴在金盆」，西施叫嚷起來，驚醒吳王。西施因誣子胥企圖非禮，於是，吳王怒殺子胥。按：這個對子胥何以被誅的解釋，是在此之前的所有史傳、戲曲、小說中都不曾看到的。

又：子胥死時「尸殼不倒」，以及死後受上天封爲「捲廉大帥」亦都是前所未見的傳說。子胥死時尸殼不倒的情節，很容易就讓我們聯想到《搜神記》中，干將莫邪之子赤比（眉間尺）的尸身立僵不仆的情節，透過這個情節，《搜神記》很具體地描繪出赤比復仇的堅強毅力及反抗精神；而子胥的「尸殼不倒」則似乎是因爲子胥冤氣鬱積所致，這個情節反映了民間傳說對他受冤而死的同情。

子胥死後之事，不論是戲曲或小說所寫，前此的說法，都謂子胥死後爲江神、潮神、濤神、海潮神，此處獨謂其爲「捲廉大帥」。按：吳承恩《西遊記》中的人物，沙悟淨在未被貶入流沙河爲妖之前，乃是天界的一位捲簾將軍。沙悟淨既是水神又是捲簾將軍；伍子胥既是水神，若讓他也是「捲廉大帥」似乎亦無不可，不知這本《吳越春秋鼓詞》是否受此影響而謂子胥爲「捲廉大帥」？子胥死後，上天哀其被害身死，封之爲「捲廉大帥」，在這本《吳越春秋鼓詞》的第十一回與第十六回中，還曾經顯靈，吹起了一陣神風，將

何良和公主二人吹至荒郊，使二人逃過太監丕順的追殺。

另外，在這本《吳越春秋鼓詞》中，也有多處提到子胥以前的事跡，如：

> 他也曾筵前獻寶救吳主，他也曾苦爭血戰定江山，他也曾平踏越王雙龍會，他也曾統帥雄兵下淮南。（第一回，正文中對子胥的描述）

> 俺自幼年，不幸遭楚變亂，禪魚寺大戰了一場，我還懷抱幼主，生死不顧，闖出重圍，夜過昭關，借兵復仇，將幼主送上淮南，才回了江東，今經二十餘年，俱是爲國爲民，赤心無二。（第四回，子胥自述語）

> 當初西秦赴筵一事，他在寡人身上，就是活命之恩，二來越王用范蠡之計，將俺君臣誆進杭州赴會，那一時若非伍員，寡人也就難回江東了。（第四回，夫差沈吟語）

> 想必是臨潼會上陰隲損，想必是殿前舉鼎結寃仇，想必是劍剉梧桐傷天理，想必是平王地府將魂勾。（第十回，更夫二人之私語）

> 老明甫枯樹臨涯遭水創，同不的西秦文雅百里奚，再休說劍削梧桐諸王怕，從今後舉鼎那話再休提。（第十回，正文中對子胥的描述）

> 想當日兵困禪于命幾傾，那一時若非老伯塌了天，咱君臣東奔西逃身無依，你抱我捨命忘生出昭關。追的咱馬不停蹄沒了路，又搭上漢江阻隔在眼前。（第三十四回，楚莊王語）

根據以上諸條記載，可以得到最主要的伍子胥事跡傳說有四項：（一）臨潼鬥寶會上，曾在殿前舉鼎，又曾劍剉（削）梧桐；（二）禪魚寺中保幼主出重圍；（三）抱幼主夜過昭關；（四）平踏越王雙龍會。

按：子胥臨潼會上舉鼎事，於本書第二章論戲曲資料中之伍子胥故事，以及本章第一節論《列國志傳》、第三節論《十八國臨潼鬥寶鼓詞》中之伍子胥故事時，都已有詳細說明，於此不復贅言。

至於「劍剉梧桐傷天理」、「劍削梧桐諸王怕」所指何事？將於本章第五節論《禪魚寺大鼓書》中之伍子胥故事時，加以討論，請參看。

禪魚寺中保幼主出重圍事，將於本章第五節論《禪魚寺大鼓書》中之伍子胥故事時，有所論說，亦請參看。

抱幼主夜過昭關事，於第二章第三節論《蘆中人》傳奇、第四節「綜述」以及本章第一節論《列國志傳》、第二節論《新列國志》中之伍子胥故事，都已有論說，不復贅言。

而所謂「平踏越王雙龍會」、「越王用范蠡之計，將俺君臣誆進杭州赴會」又是怎麼回事呢？要說明此事，我們必須再看看另外一本《吳越春秋》鼓詞。張瑞芬《伍子胥變文及其故事之研究》謂：

> 今所得見鼓詞中唱伍子胥故事者，有《吳越春秋》一本。藏於中央研究院，其編號爲 21－88。手抄本。全文爲《吳越春秋》第六輯至第十一輯。封面題永隆齋，下書小字：「本齋出貸四大奇書，古調野史，一日一換，如半月不到，押賬變價爲本，親友莫怪。撕書者，男盜女娼。本舖在交道口南邊路東便是。」(見附圖)。其文起首爲：「營門响了三聲炮，迎接淮南伍總兵，紫撥一轡來的快，來至東北看假眞，但只見，迎頭來了三匹馬，看見子胥與英展，盔歪甲邪(斜)渾身血，血染征袍馬代泥，柳展雄，看罷心內如刀攪，棄鐙離鞍及淚滴，抬步撩衣雙夕(膝)跪，叫了聲，小弟仁兄細聽知，昨日去赴松朋會，小弟嶺內把兵提，聽說號炮連聲響，就知反目双相爭，我在那，葡萄嶺上一場戰，一千軍兵喪溝渠，好容易，殺出這座東山口……」疑前文有第一輯至第四輯，所演說之事未詳。此本中研究院所藏之《吳越春秋》鼓詞，字句俚俗，抄寫譌劣，篇幅甚巨，所唱內容情節爲越王於杭州設立松朋會捉拿伍云(按：應作員)，幸賴伍員之子伍辛、柳展雄之子柳蓋救之，乃得脫逃，而後展雄率兵攻伐越王，越王焚香請神相助。神仙上界青揚祖師原爲丕救丞相之師，故下凡相救，伍員一方不敵其法力，伍辛、展雄、柳蓋、石番、石英連番出馬皆敗亡不敵，員一籌莫展，此下闕。〔註31〕

敘述這本鼓詞的式樣與情節頗爲明白，惜未能獲見。〔註32〕依張瑞芬此說，越

〔註31〕語見張瑞芬：《伍子胥變文及其故事之研究》(台北：文化大學中文研究所碩士論文，民國74年)，頁248～249。

〔註32〕張瑞芬謂這本《吳越春秋鼓詞》編號爲21－88，但筆者至傅斯年圖書館，依該號碼求書，不得。又：張瑞芬謂這本鼓詞爲手抄本，於是筆者央求該館圖書出納小姐代爲逐一翻檢館藏手抄本鼓詞(該館之俗曲特藏資料非屬開架資料，無法親自翻檢)，企能獲之，對方慷慨應允。然數日後，再至該館，該圖書出納小姐謂筆者曰：「確已逐一翻檢手抄本鼓詞，然未見《吳越春秋》，不知何故？」故終未能獲見該本鼓詞，惜哉。

王於杭州設松朋會，爲這本《吳越春秋》鼓詞的情節之一。然所謂「杭州設松朋會」不知是否與編號 18－073 之鉛印鼓詞《吳越春秋》中所謂的「平踏越王雙龍會」、「越王用范蠡之計，將俺君臣誆進杭州赴會」所指爲同一事件？

觀張瑞芬所言「幸賴伍員之子伍辛、柳展雄之子柳蓋救之，乃得脫逃」、「員一籌莫展」，再觀其文之起首部分，有子胥「盔歪甲邪（斜）渾身血，血染征袍馬代泥」的句子，肯定此時之子胥絕非如「平踏越王雙龍會」、「那一時若非伍員，寡人也就難回江東了」所述般地以勝利者的面貌出現。然則，「杭州松朋會」與「雙龍會」、「杭州赴會」並非一事歟？惟張瑞芬提及的這本手抄本《吳越春秋》鼓詞既然故事未完，所以，若故事再繼續進展，伍員一方未始沒有反敗爲勝的可能。惜於他處未再見相關之記載，乃不得其確解。

## 第五節　《禪魚寺大鼓書》中之伍子胥

### 一、《禪魚寺大鼓書》簡介

關於大鼓書，葉德均《宋元明講唱文學》謂：

> 鼓詞中有一類小型的以唱（韻文）爲主的「段兒書」，是起源於明末時的山東民間，……他們模倣的根據必是當時山東民間流行的小型鼓詞……這類小型段兒書，後來發展成爲北京和河北及東北各地的大鼓書，乾隆時又被貴族的八旗子弟改造爲子弟書。〔註 33〕

主張大鼓書是由小型鼓詞、段兒書發展而來。所謂小型鼓詞或稱「短篇鼓詞」，它起源於長篇鼓詞的「摘唱」，《新編中國文學史》謂：

> 與鼓詞這種文藝形式衰落的同時，「摘唱」之風興盛起來。起初是由長篇作品中選唱一段，以後小段的鼓詞風行，產生了短篇鼓詞的形式。有人利用這樣的形式創作一些具有新內容的作品，使題材更加廣泛起來，這便是以後的「子弟書」和「大鼓書」。〔註 34〕

這段話說明了鼓詞與子弟書、大鼓書的密切關係，同時支持了葉德均的看法。

正如前引《新編中國文學史》的說法，大鼓書可說是鼓詞的「摘唱」，因此，大鼓書的表演全部是用唱的方式，所以，由其留存的書面資料看來，只

---

〔註 33〕語見葉德均：《宋元明講唱文學》，頁 66～67。

〔註 34〕語見中國文學史研究委員會：《新編中國文學史（試印本）》，第四冊，頁 34。

有韻文而沒有散文。〔註 35〕

中央研究院傅斯年圖書館之俗曲特藏資料「大鼓書」部分，有編號 12－238 之鉛印大鼓書《禪魚寺》一本。乃《文明大鼓書詞》第七冊中的一部，該書爲「中華印刷局」於民國 10 年 4 月出版、發行。

《文明大鼓書詞》第七冊於民國 15 年 2 月三版之時，仍收有《禪魚寺》一本，其情節內容不改原來，惟字句稍有差異，其於中央研究院傅斯年圖書館之俗曲特藏資料中之編號爲 12－239。

## 二、《禪魚寺大鼓書》中所見的伍子胥

《禪魚寺大鼓書》主要的情節是：楚平王無道，將子胥貶在外邦，又將太子「金瓜擊了頂」，致使「國母痛兒井內亡」，馬昭儀與小殿下不知去向，子胥到處尋找他們，尋到禪魚寺乃得與二人相遇。馬昭儀令子胥保他們母子二人闖出重圍，但子胥以馬只有一匹爲由，只願保幼主，不願保馬昭儀。馬昭儀責子胥沒有善盡保護太子一家之責，致使「一家四口死兩口」。子胥聞言，亦述自家的冤屈：「我父死在油鍋裡，我長兄伍尚困城裡，三歲孩兒今何在？大堂逼死賈氏妻。」並請馬昭儀將幼主交出。馬昭儀聞子胥訴冤，乃願許身子胥，配爲夫妻：「幼主比作伍辛子，哀家比作賈氏妻」，子胥聞言大怒，促馬昭儀行方便，好保幼主出重圍。馬昭儀無奈，只得託孤子胥，投井自盡。於是，子胥保幼主，出禪魚寺，擊退卞莊。子胥既闖出重圍，卻瞧見大江橫亙在前，不得渡。

按：這段禪魚寺中保幼主出重圍的故事，在此之前的史傳、戲曲資料之中皆不見記錄；惟前節所論之《吳越春秋鼓詞》曾透過劇中人之口，說出子胥這一事跡；而皮黃戲《武昭關》（一名：《禪宇寺》）則與之情節相似，謂：子胥保馬昭儀母子自鄭逃出，鄭將卞莊兵困禪宇寺，馬昭儀托孤於子胥，投井自殺，子胥保幼主突圍而去。〔註 36〕但事件發生的時間點有些差異：皮黃

〔註 35〕像大鼓書這樣，只有歌唱而沒有說白的表演方式，是否已經脫出「講唱文學」的範疇？葉德均主張還是應該把它置於講唱文學範圍之內，他說：「特殊的是只有韻文沒有散文的一類，如清代的子弟書、大鼓、彈詞的開篇和各種敘事唱本等。它們在歌唱之前或附有散說的繳代話，然而那散說卻非敘述故事的。這類雖然和韻散夾雜的一般講唱文學有分別，但也應該附屬於這一範圍以內，因爲它是自有來源的——在最早的講唱文學的俗講中，就有純韻文的〈董永變〉、〈季布罵陣詞文〉等變文。」語見葉德均：《宋元明講唱文學》，頁 4。

〔註 36〕皮黃戲《武昭關》的戲情依據陶君起的說法，參見陶君起：《平劇劇目初探》（台北：明文書局，民國 71 年 7 月，初版），頁 29～30。

戲《武昭關》謂發生於子胥保二人逃出鄭國之時；《禪魚寺大鼓書》則謂發生於楚平王無道，殺太子，國母因而自殺以後。

又：《禪魚寺大鼓書》中提到伍奢「死在油鍋裡」，這在前此的史傳、戲曲、小說資料之中皆不見記錄。又提到「三歲孩兒今何在？大堂逼死賈氏妻。」、「幼主比作伍辛子，哀家比作賈氏妻」據此兩段話詞，可知：子胥有子名伍辛，時年僅三歲，而下落不明；子胥妻爲賈氏，被平王派人逼死。而皮黃戲《出棠邑》則有子胥妻將兒子伍辛托於武城黑，然後自盡之事。〔註 37〕

按：《列國志傳》有平王使費師明追捕子胥，子胥妻賈氏因觸土牆而死之事，惟不曾提及子胥之子伍辛其人。《新列國志》亦無伍辛其人。《倒浣紗》傳奇則謂子胥之子名爲伍封，曾借齊兵往伐越，以報父仇。途中遇柳跖（字展雄），展雄既知子胥受戮事，遂隨伍封同往伐越。

由以上分析，可知：《禪魚寺大鼓書》與皮黃戲《武昭關》、《出棠邑》當是同一系統的傳說；〔註 38〕而與《列國志傳》、《新列國志》、《倒浣紗》傳奇則屬不同系統的傳說。

再者，《禪魚寺大鼓書》中，曾以馬昭儀的口吻，道出子胥在臨潼鬥寶時，英勇的事跡：

> 你把那臨潼會上威風抖，保我母子闖禪魚。你也曾臨潼會上鬥過寶，正與國王來赴宴齊，你要先吃假粧醉，大喝三聲散了席，單手舉起千斤鼎，十八國王子屬你奇，白袍底下亮出劍，劍插梧桐把秦欺，楚家男來秦家女，立逼兩家結親戚。

據此，最主要的子胥在臨潼鬥寶會上的英勇事跡有二：（一）單手舉起千斤鼎；（二）劍插梧桐把秦欺，立逼秦楚結親戚。

關於戲曲中子胥舉千斤鼎事，第二章第四節曾有綜合的敘述，請參看。而《列國志傳》謂子胥以左手舉鼎，更誇張了他的勇力；《禪魚寺大鼓書》則謂子胥單手舉鼎，同樣地亦有誇張的效果。

〔註 37〕皮黃戲《出棠邑》的戲情依據陶君起的說法，參見陶君起：《平劇劇目初探》，頁 29。

〔註 38〕《禪魚寺大鼓書》與皮黃戲《出棠邑》都有子胥自楚逃奔時，妻賈氏被逼自殺而死，臨死之時，將兒子伍辛托於武城黑，以至子胥不知伍辛下落的情節。這讓我們聯想到元雜劇《伍子胥棄子走樊城》，這本雜劇今已不存，但觀其劇名，知有子胥「走樊城」及「棄子」之事，這所謂的「棄子」可能即是子胥爲了倉促逃難而無暇顧及妻、子之事。參見本書第二章第二節「雜劇中所見的伍子胥」內容所述。

至於所謂「白袍底下亮出劍，劍插梧桐把秦欺，楚家男來秦家女，立逼兩家結親戚。」似乎意謂說：子胥經由「劍插梧桐」逼使秦楚兩家結親。本章第四節在論《吳越春秋鼓詞》時，曾提及鉛印本，編號 18－073 的《吳越春秋鼓詞》有這樣的詞句：「劍剉梧桐傷天理」、「劍削梧桐諸王怕」，看來，這兩句所指之事，當與這本《禪魚寺大鼓書》所述者爲同一件事，因爲它們的字句只是「插」與「挫」、「削」的不同而已。

而《十八國臨潼鬥寶鼓詞》第二十六回「百里奚用絕戶毒計　伍明甫保眾侯出關」記載：百里奚在龍棚設座位，座位之下俱安大砲，梧桐樹內埋設引信，欲炸死諸侯。穆公藉口小解，先行離坐，子胥因事先已得展雄說破陰謀，警示諸侯趕緊隨著秦穆公走出龍棚，諸侯既出，那砲才響，所以諸侯無恙。子胥挾穆公，逼之使吳詳公主與米建訂親，並割衫衿爲誓。復使穆公護諸侯出界，才釋之歸國，百里奚見事不成，無顏立於此間，遂暗自逃去。此一事件中，雖有梧桐樹內埋設大砲引信之事，卻無子胥「劍插梧桐」或「劍挫梧桐」、「劍削梧桐」之事；其他史傳、戲曲、小說資料之中則亦不見相關記錄，故其細節竟不能明。

## 第六節　綜　述

在本章的第一節至第五節中，我們探討了《列國志傳》、《新列國志》與《東周列國志》、《十八國臨潼鬥寶鼓詞》、《吳越春秋鼓詞》、《禪魚寺大鼓書》等小說資料中關於伍子胥的故事。

以下特別再把其中較重要的、與戲曲資料中所見的情節有所改易或戲曲資料中未見的情節提示出來，以便獲致較清晰的概念：

一、《列國志傳》部分：（一）子胥保護楚靈王赴秦哀公所設之臨潼鬥寶會：修改臨潼鬥寶會相關人物，目的在使人物時代的混亂，轉爲合理；（二）子胥挾子鍼，使之護送諸侯出秦國：修改原因不明；（三）費師明奉命追子胥，被子胥射死：改養由基爲費師明，修改的理由可能是子胥與養由基的時代差距太大；（四）溧陽老嫗饋食子胥，自縊而亡；（五）子胥投陳辭婚。

二、《新列國志》與《東周列國志》部分：（一）漁父夜夢將星墜其舟中，故蕩舟出來，果遇子胥；（二）子胥築城，教士卒戰陣射御。

三、《十八國臨潼鬥寶鼓詞》部分：（一）展雄眞形「左吊客」鬥子胥眞形「喪門星」；（二）子胥爬山誅秦將；（三）子胥識破毒藥計、說破秦穆公企圖以火砲炸諸侯的陰謀。

四、《吳越春秋鼓詞》部分：（一）西施原來是牝雞精化身，與太監丕順共同設計、誣陷子胥欲對西施非禮，於是，吳王怒殺子胥；（二）子胥死時，尸殼不倒。死後受上天封爲「捲廉大帥」；（三）子胥平踏越王雙龍會（松朋會）；（四）劍挫（削）梧桐。

五、《禪魚寺大鼓書》部分：（一）馬昭儀聞子胥訴寃：「三歲孩兒今何在？大堂逼死賈氏妻」，乃願許身子胥，配爲夫妻；（二）劍插梧桐把秦欺，立逼秦楚結親戚。

經由以上的提示，我們知道了小說資料中的伍子胥故事與戲曲資料中所見者有所不同之處。同時，當我們將這一部分與第二章所論的戲曲資料中的伍子胥故事相參看，可以對戲曲、小說中的伍子胥故事有全面的認識。

最後，必須附帶一提的是：關於伍子胥故事的小說資料，另有一部《左傳春秋鼓詞》，陶君起《平劇劇目初探》在敘說《臨潼鬥寶》、《武昭關》、《臥虎關》等劇目之本事時，都曾提及這部鼓詞，惜未能獲見。

另外，孫楷第《中國通俗小說書目》，卷一「宋元部」，錄有《吳越春秋連像評話》，云：「未見，見日本毛利家藏書目。」〔註 39〕原書不可得見，但觀其命名，可知當是敘吳越爭霸之事，因此，其中可能也有伍子胥的故事，因爲伍子胥無疑地是吳越爭霸期間的重要人物之一。

又：孫楷第《中國通俗小說書目》，卷二「明清講史部」，又錄有《列國志輯要八卷一百九十節》，云：

> 存　清乾隆間金閶□三堂刊本。【鄭西諦】
>
> 清楊庸撰。首自序，又彭元瑞序。取馮夢龍《新列國志》要刪爲書。
>
> 庸字邦懷，號愼園，江西豐城人。〔註 40〕

此書亦未能獲見，但觀孫氏之說，蓋取馮夢龍《新列國志》要刪爲書，若果眞如此，而我們既已探討過《新列國志》中所見的伍子胥故事，則可以稍減未見此書之憾矣。

〔註 39〕語見孫楷第：《中國通俗小說書目（新訂本）》，頁 3。又：日本學者大塚秀高曾作《中國通俗小說書目改訂稿》爲孫楷第之書作了很詳細的改訂，但其中未錄這本《吳越春秋連像評話》。按：孫氏書著錄此本，僅據私人之藏書書目，未見原書；大塚氏書則不曾著錄此本，不知該書是否已經亡佚？

〔註 40〕語見孫楷第：《中國通俗小說書目（新訂本）》，頁 30。

# 第四章　伍子胥故事在戲曲小說中的互相借述

本書第二章及第三章分別以元、明、清三代之戲曲資料及小說資料爲中心，全面地探討了伍子胥故事。在這些豐富資料的閱讀、爬疏工作之中，我們注意到了戲曲及小說資料中的伍子胥故事有互相借述的情形；同時，這種互相借述，經常不止是情節完封不動的平行移植，而是有所增衍、展延的。

事實上，中國的說話藝術有演變爲戲劇的情形；同時，早期的通俗小說，不論是短篇或是長篇，也都是由民間說唱發展而來。因此戲曲、小說在說故事的手法、情節的安排上常有因襲、轉借的情形；題材的互相借述、互相襲用也很常見。

以下即就此二議題，分別討論：

## 第一節　說話藝術與戲曲小說的關聯

中國的說話藝術有演變成爲戲劇的情形，許多學者都有類似的看法。如：李家瑞〈由說書變成戲劇的痕跡〉一文即謂：

> 說書與戲劇無論在那一方面看都有截然不同的鴻溝，說書的本子是敘述體的話本，戲劇的本子是代言體的劇本，……但說書往往會變成戲劇，因爲說書人要人理會他所說的故事的神情，所以也常常設身處地的形容書中人的語言動作，那就近乎表演了。〔註1〕

〔註 1〕語見李家瑞：〈由說書變成戲劇的痕跡〉，原載於《中央研究院歷史語言研究所集刊》，第七本第三分（民國 26 年），收入羅聯添主編：《中國文學史論文李家瑞並且舉出了許多古今各種戲劇，它們的前身是說書，後來才變成戲劇的例子，如：諸宮調、打連廂、燈影戲、彈詞、灘簧、嘣嘣戲等，據以說明戲劇乃由說書演變而成。

葉德均《宋元明講唱文學》亦謂：

> 民間文學和伎藝互相借用雖是常事，但像詞話這樣大量的被雜劇所借用，卻和一般情形兩樣。所以，這不只是借用，而兩者必然是有傳承和發展的關係存在著。敘述體的詞話和代言體的戲曲的分別雖然十分明顯，但兩者並不是絕緣的。如上述宋代傀儡戲雖是戲劇，而腳本卻是用敘述體的涯詞。按宋元南戲和元雜劇本是從說唱諸宮調及詞話改變而來（演出又受影戲等影響），其中保存許多變而未化的敘述體的遺跡……這類僵化了的化石說明戲曲是從敘述體的說唱發展而來的有力證據。〔註2〕

指出宋代的傀儡戲的腳本使用敘述體、宋元南戲和元雜劇等早期的戲劇之中保存許多敘述體的遺跡，由此肯定了戲曲是由敘述體的說唱發展而來。

胡士瑩《話本小說概論》則以爲：「戲劇與說話互相影響是必然的，而根據發展情況來看，戲劇向說話吸取的東西，可能還較多。」〔註3〕因此，他舉了許多說話表演對戲劇表演影響的情形來說明：

> 宋代說話的表演藝術，豐富多采，引人入勝。講說正文的開頭，往往先把主要人物的姓名、籍貫、經歷以及家庭情況等向聽眾作一番簡要的介紹……元劇中角色上場，也往往作自我介紹……。
>
> 元劇末尾都有「題目正名」。我揣想，它的作用可能是在全劇終了時用兩句詩言總結劇中的主要情節，加深觀眾的印象……這種形式，也是從話本汲取來的……。
>
> 元劇每當人物下場時，說白中間或用「正是」云云來結束一個角色的道白……話本中也儘多這種敘寫方法……。

---

選集》（台北：台灣學生書局，民國 68 年 4 月，初版），頁 1535。

〔註 2〕語見葉德均：《宋元明講唱文學》，頁 45～46。

〔註 3〕語見胡士瑩：《話本小說概論》（台北：丹青圖書公司，民國 72 年 5 月，初版），頁 90。

> 說話人在講說完畢時，往往用兩句詩或一兩首詩作散場，有時還用「話本說徹，權作散場」這種宣布終場的套語……這些形式也被元劇所吸收……。
>
> 雜劇在作景物和人物的描寫時，常用一些駢儷文字，這種方式，也受到話本的影響……。
>
> 每當戲劇演畢，劇中人有時以劇外人的身份來宣告劇終，提出劇名，使觀眾得到一個較清晰的印象散去。這種奇特的體制，恐怕也是從話本那裡學來的……。〔註4〕

胡士瑩舉出了這許多具體的例子，來說明說話表演對戲劇表演的深刻影響，是很有說服力的。

總之，中國戲劇自說話藝術變化、發展而來，或至少受到說話藝術很深遠的影響，幾乎已成定論。

另一方面，由民間說唱的「小說」發展爲通俗的短篇話本小說；由「講史」等說話藝術發展成爲章回小說，也已是早有定論，如：胡士瑩即說：

> 如上所述，可以看出：一、講史；二、講史與「小說」、「鐵騎兒」合流；三、長篇章回小說脫離講唱技藝成爲獨立的文學作品，是講史等藝術發展到長篇章回小說的三個階段。這種發展是必然的，是藝術成熟的結果。〔註5〕

胡師萬川也說：

> 宋代說話人雖有四家數之說，但和後來通俗小說發展最有關係的還是「小說」以及「講史書」二種。小說講的大概都是短篇故事，和講史書的長篇不同，所以耐得翁的《都城紀勝》說講史的「最畏小說人，蓋小說者能以一朝一代故事，頃刻間提破。」講小說的後來就發展成短篇的話本小說；講史的後來就發展出講史平話、演義等。以現存宋元通俗小說而言，長篇的便大多數是講史，即使後來以神怪聞名的《封神演義》，其前身的《武王伐紂書平話》實亦講史舊本。若再以《金瓶梅》的出版爲斷，在此以前的長篇小說，幾乎沒有一部是以現實社會家庭爲描寫對象的作品，多的還是演義、神怪，或

〔註 4〕語見胡士瑩：《話本小說概論》，頁 91～94。
〔註 5〕語見胡士瑩：《話本小說概論》，頁 712。

以歷史事件爲背景的英雄傳奇。因此而我們可以說早期長篇小說的形成，受講史的影響較大。〔註6〕

經由胡師萬川的這段說明，我們對於「小說」發展爲短篇的話本小說；「講史」發展爲講史平話、演義；以及早期長篇小說的形成，受講史的影響較大等這些觀念都得到了清晰的印象。胡師萬川又明白地指出：不論是短篇的話本小說或是講史平話、演義，在說故事的手法、情節的安排上常有因襲、轉借而顯出類同、大同小異的情況：

誠然，明清之際的一些通俗小說，由於一直未能擺脱這種文體起始所帶有的民間說唱的色彩，編作者們尚未能有清晰的創作觀念，所以在「說故事」的手法上，甚且情節的安排上，遞相因襲轉借者仍然所在多有。〔註7〕

這種手法、情節安排的類同、大同小異的情況是由於傳統小說仍然不脫民間說唱的色彩，並且其時所謂「創作」的觀念尚未清晰所致。

前面說中國戲劇自說話藝術變化、發展而來，或至少受到說話藝術很深遠的影響。但這主要是就其藝術形式、演出技巧等方面來說。而在故事取材上，卻很難一口咬定戲劇自說話藝術承襲而來，因爲早期的說話技藝與戲劇都是民間的藝術，它們在瓦肆中分庭抗禮，其間有趣、有吸引力的題材互相借述，應是很自然的事，實在很難指出何者引述何者，因此，胡士瑩說：

當時的說話人依據文獻記載和民間傳說，創造了許多愛情、豪俠、神怪及英雄的故事，由於這些故事反映了當時百姓的生活，因此爲百姓喜聞樂見。當時戲劇的本事，也多是這樣來的，它們又相互吸取這些題材。宋人話本和官本雜劇、金院本、宋元南戲等，彼此襲用的題材，據可考者，約三十多種。〔註8〕

話本和戲劇的故事、本事，互相襲用的情況很常見，我們卻只能說它們是「互相襲用」，而無法說明其傳承關係。

〔註6〕語見胡萬川：《平妖傳研究》（台北：華正書局，民國73年1月，初版），第二篇，註解二，頁85。

〔註7〕語見胡萬川：〈玄女、白猿、天書〉，原載於《中外文學》第12卷，第6期（1983年11月）；收入胡萬川：《眞假虛實——小說的藝術與現實》（台北：大安出版社，2005年5月），頁107～141。

〔註8〕語見胡士瑩：《話本小說概論》，頁85～86。

## 第二節　戲曲小說中伍子胥故事的互相借述

戲劇與早期的說話技藝有題材相互襲用的情形，而通俗小說也自說話技藝吸收了各種成長的養分，因此，戲劇與通俗小說在演出或記載故事時，也有故事題材相互借述的情形。伍子胥故事也有相同的情況，胡士瑩在為《吳越春秋連像平話》作解題時即謂：

> 它所依據的藍本，必為現存的《吳越春秋》。按：《四庫總目提要》說《吳越春秋》是「近小說家言，自是漢晉間稗官雜記之體。」其中所記，有不少動人的故事，如吳王夫差使人立庭而呼……寫伍子胥為了報一家私仇，不惜率吳兵攻破中國的事情也很突出。書中還夾雜了種種民間傳說，以及佔驗之術、神怪之談，這些都是說話人講說絕好資料，作為話本，當然要多方面地吸收進去。可惜原書未見，我們無從臆測它的內容。
>
> 但是，可以肯定，伍子胥故事是這本平話的主要內容之一。唐代的《伍子胥變文》已增加了許多神奇的情節，可能對《平話》提供了素材。元代中期以前的作家，如：鄭廷玉的《采石渡漁父辭劍》、李壽卿的《說鱄諸伍員吹簫》、高文秀的《伍子胥棄子走樊城》也可能給《平話》一定的影響。明余邵魚的《列國志傳》就有伍子胥臨潼鬥寶等故事，梁辰魚的《浣紗記》也演吳越事。〔註 9〕

說明了伍子胥故事在變文、雜劇、平話、小說中互相借述的情形。以下再就我們在前面兩章所論的戲曲、小說資料中的伍子胥故事選取一些例證，來說明戲曲、小說互相借述的情形。同時，我們也要留意一事：這種互相借述經常不止是原有情節完封不動的平行移植，而是有所增衍、展延的。

在舉例說明以前，我們必須先說明民間故事發展的一些特性，關於這個問題，曾永義說得很好：

> 大抵說來，民間故事的發展，不外乎先有個根源，由此而生枝長葉，而蔚成大樹，這就是「基型」、「發展」、「成熟」的三個過程。
>
> 「基型」之中，都含藏著易於聯想的「基因」，這種「基因」，經由人們的「觸發」，便會孳乳，由是再「緣飾」、再「附會」，便會更滋

〔註 9〕語見胡士瑩：《話本小說概論》，頁 709。

長、更蔓延。

> 「基型」含有多方「觸發」的「基因」，一經「觸發」，便自然會有進一步的「緣飾」和「附會」，有時新生的「緣飾」和「附會」照樣含有再「觸發」的「基因」，如此再「緣飾」、再「附會」，便幾乎沒有完了的一天。所以民間故事的孳乳展延，有如一滴眼淚到後來滾成一個大雪球一樣，居然「驚天動地」；有如星星之火逐漸燎遍草原一樣，畢竟「光耀寰宇」。〔註10〕

原來，民間故事的發展有三個過程：基型、發展與成熟。而其基型雖然簡單，但往往含藏著可能被聯想、引伸、緣飾、附會的「基因」。而經由這「基因」的「觸發」、緣飾、附會以及新生傳說的「基因」的再觸發、再緣飾、再附會，於是使得傳說故事不斷的孳乳展延。

伍子胥故事在戲曲、小說之間互相借述時，也經常有附會、緣飾、因而孳乳、展延的情形。

首先，伍子胥爲「左喪門」降世之事，在明初戲文《舉鼎記》之前，未見於書面記載，至《舉鼎記》始謂伍子胥爲「左喪門」投胎。在這個「基型」的「基因」觸發之下，《十八國臨潼鬥寶鼓詞》將這個情節展延至極致：子胥爲喪門星臨凡，展雄爲「左吊客」臨凡，二人且有一番激烈的打鬥；鬥到酣處，兩人的眞形各自顯現，加入互鬥。於是，那個場面變成：地面上，展雄和子胥兩「人」互鬥、半空中，展雄眞形「左吊客」與子胥眞形「喪門星」互鬥！

這裡，在互相轉述時有所孳乳、展延的因素究竟是什麼？這可以和《十八國臨潼鬥寶鼓詞》之中，展雄的形象何以較其他戲曲、小說中所見到的，都要勇猛得多？這個問題一起討論。由於，人們的心理總是喜愛英雄、崇拜英雄的；又：人們很自然地會認爲英雄本該智慧超群、體力過人，或至少擁有其一。小說、戲曲的作者迎合著這種人民大眾的心理，於是，做爲一個英雄，展雄當然應該是勇猛的，而且在戲曲、小說的互相傳述之間，隨著時間的往後，越來越勇猛，甚至於說他是「左吊客」下凡，來強調其勇猛乃出於天賦，非凡間俗子所可比擬。同樣地，戲曲、小說演出或書寫伍子胥爲「左

---

〔註10〕語見曾永義：〈從西施說到梁祝——略論民間故事的基型觸發和孳乳展延〉，原載於民國69年1月8日《中國時報・人間副刊》；收入曾永義：《說俗文學》（台北：聯經出版事業公司，民國69年4月，初版），頁160、162、163。

喪門」、「喪門星」下凡，也是出於相同的、喜愛英雄、崇拜英雄的心理反映，然而子胥畢竟是這個系列故事的主角，總應比起他人更勝一籌，於是，展雄固然勇猛異常，畢竟敗於子胥之手。其實，將展雄寫得越勇猛就越能反襯、突顯出子胥的勇猛。

其次，關於臨潼鬥寶會，《十八國臨潼鬥寶》雜劇謂姬輦、百里奚共同設計欲以戲鼎、論文奪盟府劍，於筵上劍懾諸侯，使列國盡皆歸降秦國。又安排甲士藏於壁衣後，欲擒拿諸侯；明初戲文《舉鼎記》中則謂秦國買囑展雄，使之劫寶，令諸侯耽誤鬥寶期限；《列國志傳》則謂將伏大兵於金斧山下，擒殺諸侯。而《十八國臨潼鬥寶鼓詞》所演，較之其他戲曲、小說所載，增衍甚多：百里奚所設計的陰謀有（一）買囑展雄，使劫列國寶；（二）雙陽口設伏兵；（三）請僧安巧計；（四）設座安大砲。並由這幾個陰謀引出眾多情節。在此，我們看到了，民間故事含藏著的、可能被聯想、引伸、緣飾、附會的「基因」被「觸發」，因而孳乳、增衍了許多情節的情形。

而這許多增衍的情節中，伍子胥對些陰謀的識破和克服，無疑是最重要的部分，這是人們「善善惡惡」的心理反映，一方面增加惡人的惡行，可以引起讀者或聽眾的憤憤之心；另一方面，當善人一一地克服、識破這些惡行、陰謀時，可以讓人得到心靈的滿足——畢竟公理還是存在的，邪惡也總有消沈的時候！

再次，戲曲中有許多本（部）都有所謂伍子胥「拳打蒯瞶，腳踢卞莊」的說法，但都不曾有實場的演出。雖然如此，卻提供了可能被觸發的「基因」，於是，到了《十八國臨潼鬥寶鼓詞》中就出現了精采的打鬥場面，伍子胥終於在那場打鬥中大發神威，連敗二人：

> 二人齊奔子胥，劈面打來。子胥大怒，反身躲過，向著卞庄回了一掌，卞庄想躲，那能躲過，只聽的拍的一聲，早見卞庄一流邪歪，倒在塵埃……且說蒯外見卞庄受打，大怒，即去跌卞庄出一膀之力，不想子胥早早看的清白，一反身，二起腳，將蒯外奔下丹墀。（第二十四回）

這裡，「卞莊」作「卞庄」、「蒯瞶」作「蒯外」，並將二人互換，而成了子胥「拳打卞庄，腳踢蒯外」的結局。將子胥連敗二人的情節實場演出（說唱出），這也是出於人們對伍子胥這位英雄人物的喜愛和崇拜的心理，因此，將他的這個英雄事跡加以「充實化」，填補了從前戲曲所提供的空間。

又次：養由基這個人物，在《說鱄諸伍員吹簫》雜劇中，奉命前去追捕伍子胥，因爲他知道伍子胥忠而被禍，於是用無鏃之箭假射子胥，縱之逃去。到了《蘆中人》傳奇，則謂養由基既釋子胥，因棄官入山。養由基縱走子胥，應是一位正面人物，蓋爲善人謀求險境的脫離乃是正面人物的人情之常，然而，由於他故意縱走子胥，卻使自己陷入危險的境地，此番回去，如何覆命？於是，《蘆中人》傳奇的作者，爲他安排了「棄官入山」的出路。在此，我們看到了情節互相借述之後，「合理化」、「完善安排」的情形。

復次，關於伍子胥過昭關，一夜白首之事，早在元雜劇《楚昭公疏者下船》中，已可見其發生的契機，〔註 11〕提供了可能被觸發的「基因」，於是到了明末崇禎年間的《二胥記》傳奇、《新列國志》就正式地記錄或演出了這個民間傳說。以後的《蘆中人》傳奇，甚至皮黃戲《文昭關》也都有該項傳說的演出。這裡，在互相轉述時有所孳乳、展延的因素究竟是什麼？大約是出於人們悲憫心懷的反映，一位落難英雄，處於窮途末路，如何脫離險境呢？讓人心焦，讓人悲憫，所以，既已早有可能被觸發的「基因」，那就讓它孳乳、增衍、展延吧！一夜白首，增加了伍子胥愁思鬱結對於人們的感染力，同時，也提供了伍子胥得度昭關的有利條件。

以上，我們看了幾個伍子胥故事在戲曲、小說中互相借述，並且在互相借述時有所轉化或者增衍的例子。

最後，還有一個比較特殊的例子，鄭振鐸〈伍子胥與伍雲召〉一文認爲《說唐前傳》的作者受到伍子胥故事的影響，創造了伍雲召其人，又把伍子胥在臨潼關鬥寶的事跡分給了羅成和雄闊海，他說：

> 子胥的前半生故事已略如上面所述，《說唐傳》中的伍雲召的前半生故事，與他的卻幾乎是可驚異的相類似。並不僅僅姓伍是雷同的，即故事之結構，也差不多。伍雲召的故事，在《隋唐演義》裡是沒有的，只有《說唐前傳》裡寫著，很顯然的，這完全是《說唐》編者的臆造，是根據了伍子胥的故事，略加以變化而臆造的。

---

〔註 11〕參見本書第二章第四節「綜述」所述，蓋元雜劇《楚昭公疏者下船》第二折，楚昭公的唱詞中雖有「過昭關皓首」之語，但應與唱詞的另一句「離楚國青春」相對，意謂子胥離楚國之時年紀尚輕，今番入楚（過昭關）則已白頭，子胥白頭是此時楚昭公對子胥外貌的形容。總之，這首唱詞是楚昭公覷看了吳國幾位將領的氣勢之後所下的描述，因此，「過昭關皓首」不應看作子胥爲過昭關而心情憂慮焦躁以致白頭。但是，雖然如此，我們從這句唱詞，卻看到了後來子胥「過昭關，一夜白髮」這個傳說產生（發生）的契機。

> 伍建章即爲伍奢之化身，伍保之到南陽報信，即爲公子勝之投奔樊城告訴子胥以他父兄被殺事。韓擒虎之追捉伍雲召，即爲養由基之追捉伍子胥。韓擒虎之有意縱了伍雲召逃去，正如養由基之有意縱了伍子胥逃走。伍雲召失敗逃走時，他的妻投井自殺，即爲伍子胥妻之「入户自縊」（見《新列國志》第七十二回）。凡此諸點，皆是極可驚異的類似，使我們不能不承認伍雲召的故事是脫胎於伍子胥的故事的。
>
> ……但這段故事，卻正與臨潼鬥寶那一段故事，有相映成趣之妙，且作者也用了很大的氣力來描寫。雖然在這個比武場上，搶到狀元的不是伍雲召而是羅成。然情節是異常的相似……，雄闊海保得十八家王子個個都走脫了，就是伍子胥保得十七國公子無事回還。在這裡，《說唐傳》的作者是把子胥的事業分給了羅成與雄闊海了。〔註 12〕

這是關於伍子胥故事的轉化，也可以說是小說作者對以前作品的題材、情節的吸收和轉化，可以將它拿來作爲說明民間故事孳乳、展延的補充材料。

不過還可以一提的是，鄭振鐸認爲伍雲召故事與伍子胥故事「可驚異的相類似」、「極可驚異的類似」，這固然指出了「伍雲召的故事是脫胎於伍子胥的故事」、「《說唐傳》的作者是把子胥的事業分給了羅成與雄闊海了」這個事實，但是，正如胡師萬川所說：

> 誠然，明清之際的一些通俗小說，由於一直未能擺脫這種文體起始所帶有的民間說唱的色彩，編作者們尚未能有清晰的創作觀念，所以在「說故事」的手法上，甚且情節的安排上，遞相因襲轉借者仍然所在多有。
>
> 依神話學者伊利亞德（Mircea Eliade）的說法，一般民眾對歷史的記憶，每難以記取有關個人的細節，因而常常有將歷史事件簡單類化，將個別的人物轉爲類型人物的情形，所以在傳說中，類化的事件與類型的人物，往往就取代了真正的歷史事件與人物。更因爲這種類化的結果，往往是將歷史人物回溯同化到遠古神話人物的模子裡，所以傳說中的歷史人物，每每就會變化成神話英雄，成爲神化的人

〔註 12〕語見鄭振鐸：〈伍子胥與伍雲召〉，收入鄭振鐸：《中國文學研究》（台北：明倫出版社，無出版年月），頁 313～320。

物。這就是爲什麼在傳說中，歷來的英雄人物及其事跡常常會是大同小異的原因。

無論如何，這些傳統的小說，多多少少仍然繫有民間說唱的色彩，所反映的自然不離民眾的傳統觀念，所以裡頭英雄人物的行徑，在類似的關鍵處會有類似的特性，譬如成長轉型期的得遇神眷、得見天書等，種種現象的似相彷彿，便是一件自然而不足爲異的事。〔註13〕

胡師萬川又說：

另外，論者皆知，傳統小說中有諸多類型化人物，配合此種類型化人物之出現，其事跡常雷同近似，其中尤以歷史演義，英雄豪俠之說部爲然。之所以有此現象，主要原因大抵如下：

其一，傳統說部多有傳說成分，不免帶有傳說之特性。而傳說中人物及相關事跡之多趨類型化，乃傳說本身性質使然。此種類型化之結果，相應於傳說之人事糾葛，世局變遷等等，便易呈顯爲簡單類化，古今雷同之反覆現象。

其次是和此種小說之源於「說話」有關。演義說部源自說話中之講史，說話主要是透過聽覺傳達故事，這和案頭文學訴諸視覺有著本質上的不同，……對於長時期方能說完的講史性一類故事，聽者不免有記憶的負擔，他必須憑著記憶，才能將在長時期聽取的一連串情節串連清晰。爲此，說話者（等於作者）就必須朝著這個特性作人物與情節的安排。人物與情節的類型化在這種情形下，便自然漸趨成型。因爲類型化的人物與情節易於記憶與辨認。而所謂的類型化又有一種特性，即是通常將人物比同於傳說中的，民眾較爲熟知的前代人物。比附於傳統中眾人熟知的形象，民眾的認知才能更爲清晰而親切。如此一來，小說人物、情節多見雷同反覆便亦自然。

另外，則大約是傳統循環反覆之宇宙觀、歷史觀的投射反映。長久已來，宇宙事物變化爲循環反覆的觀點，處處可見。……此或許是

〔註13〕這三段話俱見於胡萬川：〈玄女、白猿、天書〉，原載於《中外文學》第12卷，第6期（1983年11月），收入胡萬川：《眞假虛實——小說的藝術與現實》（台北：大安出版社，2005年5月），頁107～141。

> 因日月循環，春秋代序，大自然已自寓循環反覆之理於其中，故而古來多有此循環反覆之宇宙觀、歷史觀。如此一來，……而吾人對傳統說部中多重疊反覆之描寫，亦可有一同情之了解。〔註14〕

原來，在傳說之中，歷來英雄人物及其事跡常常大同小異、傳統小說中有諸多類型化人物，配合此種類型化人物之出現，其事跡常雷同近似，其中尤以歷史演義，英雄豪俠之說部爲然，這些現象，都是有其原因的，是一件自然而不足爲異的事，其實，不需特別感到驚異。

〔註14〕語見胡萬川：〈你方唱罷我登場——從《台北人》中幾篇小說談起〉，原載於《中外文學》第15卷，第7期（1987年12月）；收入胡萬川：《眞假虛實——小說的藝術與現實》（台北：大安出版社，2005年5月），頁379～394。

# 第五章　伍子胥在戲曲小說中的形象

在本書第二章與第三章中，我們將伍子胥故事的資料，分爲戲曲、小說兩部分來敘述和探討，但是當我們將這兩部分的資料合起來綜觀，我們很容易可以發現，現存的元、明、清以來的戲曲、小說資料中所見的伍子胥故事，就其呈現面貌的不同，可以將它們粗略地分爲兩個類型：一、民間傳說的記錄或演出；二、通俗化史實的記錄或演出。

這種粗略的分類法，當然不是截然的，因爲所謂傳說，每多來自歷史，常有與史書記載相合的地方；史實爲了通俗化，也常常會接受傳說那種誇張描寫的手法。強要指出哪些故事屬於哪一類型，難免是有困難的，甚至是有問題的。但是即使是相同的故事題材，由於作者本身的學養以及興味的差異，他們寫作時選取材料的偏向仍然會有所不同。而這不同偏向的類型，又有它們各自的傳承系統，於是，就使得所有相關的故事，可以被區分爲幾種不同類型。〔註1〕

而如前文所說，現存的戲曲、小說中所見的伍子胥故事，可以粗略地分爲兩個類型，這兩個類型各包含了我們在第二章及第三章所論述的資料中的哪些部分呢？筆者以爲：

一、民間傳說的記錄或演出：包含戲文、雜劇、傳奇、《列國志傳》的大部分、《十八國臨潼鬥寶鼓詞》、《吳越春秋鼓詞》、《禪魚寺大鼓書》。

二、通俗化史實的記錄或演出：包含《列國志傳》的小部分、〔註2〕《新

〔註1〕這裡的觀點，出於胡師萬川：〈新列國志的介紹〉一文的啓發。該文刊於「聯經版」《新列國志》書前。

〔註2〕《列國志傳》雖然標榜著依據史傳的態度，但就伍子胥故事考察，可知其合

列國志》與《東周列國志》。

以下即分別就這兩個類型來論伍子胥在元、明、清戲曲、小說中的形象。

## 第一節　「民間傳說的記錄或演出」中的伍子胥形象

全面地觀察，這個類型的伍子胥故事，對於伍子胥形象描寫的主要著力點有二：其一，伍子胥少年時期的英勇形象——主要表現在與臨潼鬥寶相關之故事上；其二，伍子胥由受難到自我完成的奮鬥形象——主要表現在自其父兄被戮以至入郢報仇的歷程上。以下分別論述之：

### 一、少年時期的英勇形象

這個類型的伍子胥故事，寫伍子胥少年時期的英勇形象，主要表現在與臨潼鬥寶會有關的情節上。在臨潼鬥寶會的赴會途中及會上，少年伍子胥擊退眾多豪強、大將、勇士，救了十七國諸侯安然返國，故事情節精采熱鬧，少年伍子胥英勇非凡的形象，當然令人印象深刻。然而，伍子胥爲什麼會如此英勇，勝過眾人？關於這點，從明初戲文《舉鼎記》的演出，我們看到了屬於民間傳說系統〔註3〕的解釋：《舉鼎記》第二折〈仙維〉：

> （八仙童引老君上）……我清虛教主李老君是也，今日爐丹煉就……見陝西秦穆公蓄心起衅，他乃上方白虎星，下界擾亂周朝，以完劫數，玉帝垂恩，令遣左喪門投胎伍氏，喚名伍員。著他扶助周室江山，以保各路諸侯，臨潼赴會，吾當賜他金丹一粒，助力成功也。
>
> （仙童引大力神上）清虛教主枉召小神那廂使用？（老）只因下界

於史實者僅佔一小部分，而大多是民間傳說的採錄，因此，我們說《列國志傳》的大部分屬於第一類型：「民間傳說的記錄或演出」；而小部分屬於第二類型：「通俗化史實的記錄或演出」。

〔註3〕文字傳本中的，根源於民間傳說系統的事件，通常具有幻想的、夢似的、神奇的特性，而較其前後內容的背景突出。大衛・強生說：「在伍子胥故事的各種文字傳本中，某一些一定的事件較其前後內容的背景突出，顯出了其特性——如幻想的、夢似的、神奇的——此一特性說明了這些事件來自民間傳說。伍子胥的敲折門齒、和神祕漁人的相遇、首及雙眼懸於吳都城牆上、革囊裹屍、投海逐波、斷頭指引越軍入吳等等事件，都可追溯到古老的傳說階段，這些古老的傳說都和伍子胥故事毫無牽連，他們和神話的關係較之和歷史的關係來得密切。」語見大衛・強生（David Johnson）著，蔡振念譯：〈伍子胥變文及其來源〉第二部，《中華文化復興月刊》，第17卷第3期，頁22。

伍員，忠心貫日，孝感天廷，他今保各路諸侯，臨潼赴會，特遣尊神，傳他追魂奪命槍，聽吾分付。

原來，子胥乃左喪門投胎，下凡以「扶助周室江山」、「保各路諸侯，臨潼赴會」，所以，老君賜之金丹，又遣大力神授之槍法，以助其成功。接著，在《舉鼎記》第三折〈夢助〉中，透過子胥的夢境，二神將金丹與槍法授予子胥：

（老）因你忠心爲國，不久干戈縱橫，你雖有此武藝，未能精通，爲此特遣大力神，傳你追魂奪命神槍，以爲後來之用，大力神就此傳槍。（大力）遵法旨……。

（老）雖然如此，只是你尚欠力量，我有金丹一粒，今贈伊家，吃下此丹，管教力舉千斤。後花園中石獅底下，有一石匣，內有盔甲一付，神飛槍一桿，原是你的，今交付與你……（同大力神下）（生醒介）……。

故事之所以會說伍子胥乃是「左喪門投胎」；之所以會說伍子胥槍法嫻熟、勇力過人的原因是得到清虛教主李老君賜丹、大力神傳授槍法，這主要的作用便是在於使伍子胥這個英雄人物神格化。爲什麼要使其神格化呢？胡師萬川的說法最能夠解釋其背後的意義：

在傳統的觀念中，一切與國家社會大局有關的事與人，莫非出於天數早定，當然這樣的觀念並非中國人所獨有，而中國人的這種觀念也並不只見於小說，更多的是見諸歷史以及其他各種相關的載籍。

畢竟，在民眾心目中，能從事非凡事業的人物，原本就是非凡的，更何況那些掌劫英雄、蓋代將軍。而最足以證明他們之非凡的，莫過於神化他們。〔註4〕

胡師萬川又說：

因爲「英雄人物發展的最後階段是神話」，能征慣戰的名將，幾經流傳，很可能就成爲天佑神助，具超人能力的神化人物。〔註5〕

原來人們的觀念總是認爲英雄人物之所以能夠成就非凡事業，原因就是由於

〔註 4〕這兩段話分別見於胡萬川：《平妖傳研究》（台北：華正書局，民國 73 年元月，初版），頁 130、116。

〔註 5〕語見胡萬川：〈玄女、白猿、天書〉，原載於《中外文學》第 12 卷，第 6 期（1983 年 11 月）；收入胡萬川：《眞假虛實——小說的藝術與現實》，頁 120。

他們與凡人不同，既是與凡人不同，那麼由天上的星宿或天上的神明所降生投胎，這就是最有可能的原因，否則他們爲何會與凡人不同呢？於是戲曲、小說、傳說、民間故事將英雄人物神格化這就不足爲奇了。〔註6〕

接下來，這位被神格化（「左喪門投胎」）的英雄人物，得到了李老君的賜丹、大力神傳授槍法，這個情節安排的作用又是什麼呢？胡師萬川說得好：

> 不論中外，在傳統的、古老的英雄神話傳奇故事裡，一個英雄在他出發歷險的過程當中，每每需經過神助或天啓的階段，才能轉型成長，成爲具有超卓智慧與能力的眞正英雄。這一種模式幾乎就是古老英雄神話的定型。……神助、天啓便是證明獲助、受啓英雄之非凡，之具有神格的最佳證書。因爲總是只有他們能獲助、受啓，只有他們能與神通，非正格的英雄便無此機緣。〔註7〕

原來，世間凡人不可能與神通，而得神助或天啓正是證明正格英雄之非凡、之具有神格的最佳證書。伍子胥得神助，正在證明伍子胥的英雄非凡、具有神格。於是，後來伍子胥在臨潼鬥寶會上的英勇事跡，也就顯得極爲自然。

另外，《舉鼎記》的這段故事中，李老君於伍子胥夢中，告知伍子胥乃是「左喪門投胎」，並且指示了伍子胥的應命任務乃是：「扶助周室江山，以保各路諸侯，臨潼赴會」。這樣的情節，也有其背後的意義：

首先，夢中或精神恍惚之中與神相通、得天啓，是中外宗教與神話中常見的母題，在中國的小說及戲劇也常運用這個方式，來使人的世界與超自然的世界能夠相通。〔註8〕其次，應命任務的提示，其實是某種天機的預示，目

---

〔註6〕將英雄人物神格化，的確是最好的證明其不凡的方式，也是傳統戲曲、小說、傳說、民間故事中常見的方式。但有時不作這樣的安排，也能使聽眾或讀者對英雄的英雄事跡深信不疑，孫述宇對此有所說明：「從前人聽英雄故事，比我們今天要老實得多，他們用一種虔敬之心去聽，不會隨便囉嗦打岔。我們今天動不動就嫌故事不眞實，而所謂『不眞實』有時是指違反科學定律，有時卻只是說不常見或者不正常，換言之，是不合我們常人的尺度。從前的人不會這樣來反對的，他們會覺得英雄當然超逾我們常人的尺度，否則還算什麼英雄呢？英雄故事裡的事，不必是聽眾見過的。誰曾見過山中殺虎與長隄斬蛟？誰見過倒拔垂楊柳？」語見孫述宇：《水滸傳的來歷、心態與藝術》（台北：時報出版公司，民國70年9月15日，初版），頁304。

〔註7〕語見胡萬川：〈玄女、白猿、天書〉，原載於《中外文學》第12卷，第6期（1983年11月）；收入胡萬川：《眞假虛實——小說的藝術與現實》，頁123～124。

〔註8〕關於這點，夏濟安就說：「中國小說想像裡的夢一般可分兩種，不是短的就是長的。短的夢通常提供一件事情，功用是使人的世界與超自然的世界之間能

的在於指引英雄以前路，胡師萬川說：

> 天書的示現，伴隨著的往往是某種天機的顯示，而得知天機的人就只能是那上天選定的應命英雄。因爲所謂的天機通常包含的是預示那即將到來的現狀的改變，以及只有那位英雄才能完成的某種使命。〔註9〕

雖然這段話原本是在講「天書示現」的作用、應命英雄與天書的關連：天機透過天書示現，交付任務給應命英雄，而這個任務只有這位應命英雄才能完成。但也可以用來爲李老君對伍子胥提示應命任務的這段情節做註解。原來，伍子胥這個應命英雄承受天命，要去完成只能他才能完成的使命：「扶助周室江山」、「保各路諸侯，臨潼赴會」。

同時，爲了要使應命英雄能完成使命，上天便得賦他以超人的能力；爲了使伍子胥能完成使命，故事安排了李老君賜金丹，大力神傳槍法的情節，因而使得伍子胥勇力過人、槍法嫻熟，於是，即將到來的臨潼鬥寶會，這位年僅十八的少年伍子胥已準備好要大展身手了。

接著，在前往臨潼赴會的途中，伍子胥初試啼聲，先是擒了來（賴）皮豹等一班土匪，爲吳國公子姬光奪回寶貝（一說：夜明簾；一說：珊瑚睡枕），這對於伍子胥來說，還只是小試身手，不足稱道。稍後與柳盜跖（展雄）的對敵，才眞正顯現伍子胥的少年英勇形象。

先來看看柳盜跖是何許人？關於柳盜跖（展雄）事跡以及他與伍子胥對敵的情形，要以《十八國臨潼鬥寶鼓詞》所寫最爲詳細、繁複，所以，我們就以此爲據，來討論其形象：原來他在十四歲時即已上山爲王，「匹馬單刀殺的那大國贈金不受，小國讓位不坐，威名遠振，四海皆知」（第四回），長得怎生模樣呢？「只見他蠏蓋臉如青靛染，頭頂上金盔以下紅髮伸，急瞪著如

---

夠交通。典型的例子是《西遊記》第十回裡，唐太宗夢見了哀求著的龍王。長的夢則把人的一生依自然的時間順序做個總結……」語見夏濟安著、郭繼生譯：〈西遊補：一本探討夢境的小說〉，《幼獅月刊》第40卷，第3期。又：陳貞吟將《汲古閣六十種曲》中所見的「夢」詳細分析，將其中運用夢的方式分爲五大類，其中「與情節有關的夢」這一類，即多爲與神道顯驗有關，參見陳貞吟：〈論明傳奇中夢的運用〉收入《文學評論》第六集（台北：巨流圖書公司，民國69年，5月），頁219～304（未完）、《文學評論》第七集（台北：黎明文化事業公司，民國72年4月），頁309～342（續完）。

〔註9〕語見胡萬川：〈玄女、白猿、天書〉，原載於《中外文學》第12卷，第6期（1983年11月）；收入胡萬川：《眞假虛實——小說的藝術與現實》，頁124。

似二目銅鈴樣，他的那大口一張似血盆，身上的袍甲都是一色皀，好一似凶惡太歲把凡臨」（第四回），果然樣貌凶惡異常。

原來，秦穆公用十駝金、十駝銀將展雄請來把守潼關，要截列國寶貝，使天下王侯不能過關，誤了赴會的日期，他好興兵問罪。於是，各路諸侯來到潼關，各遣大將勇士與展雄對敵，頭陣宋國的華茂被展雄擒住，以手夾死，慘遭開膛，摘下心來，一口呑入腹中，原來展雄每天要吃兩顆人心！第二陣活擒了齊君御弟姜鐸；第三陣刀劈齊國四將；第四陣鏢槍打傷衛國世子蒯聵、鞭打曾在山中搏殺二虎的卞莊；接下來，刀劈、摔死曹國的鄒千、鄒萬；喝退陳國的大夫狄胡（秋胡）；諸侯俱各束手無策。所幸這時吳、楚兵趕至，伍子胥聞知狀況，立刻結束齊整，出戰展雄。

展雄與伍子胥二人死戰多時，不分勝負，殺得紅日西墜，玉兔東升，鬥到酣處，烟霧四散處，又閃出一個人來護住展雄，此時，子胥頂梁穴上白氣沖，也閃出一位英雄護住子胥，原來二人之眞形也現出相鬥，於是形成「半空中喪門敵住左吊客，平地下子胥戰住柳展雄」（第八回）的局面。而最後則是子胥略勝一籌，顧念展雄英名，子胥故意詐敗引其入山，於山中僻處一鞭打落展雄。然後，因爲兩人英雄相惜，所以義結金蘭。

這麼英勇的展雄，終究不是伍子胥的對手，於是子胥勇猛形象立刻被突顯出來，大抵將展雄寫得越勇猛，則越能反襯出子胥的勇猛。

再來，少年英雄伍子胥的英勇又表現在臨潼鬥寶會上：曾刺二虎的卞莊、曾斬二蛟的蒯聵都不是子胥的對手，被子胥「拳打蒯聵，腳踢卞莊」，這個情節背後的意義，也是在說明、突顯子胥乃是「勇士中的勇士」、「英雄中的英雄」的形象。蓋蛟龍藏於水中，猛虎盤踞山林，人們不意之中與之相遇，隨時可能遭受呑吃殘害；蛟、虎代表的是爲害人間，爲人所畏懼，應當被驅除的兇殘野獸或力量，而能夠降伏這兇殘野獸或力量的人絕不平凡，所以會受人稱揚爲英雄。也就是說，自古以來「斬蛟」、「殺虎」都已成爲見證英雄的一個重要代表性母題。〔註10〕胡師萬川說：

> 不論寫實抑神話，或者但爲寓意，斬蛟殺虎之爲勇士英雄之象徵，

---

〔註10〕斬蛟英雄的事例，以《呂氏春秋・知分》所載：佽非殺兩蛟、《韓詩外傳》所載：菑邱訢殺三蛟一龍、《博物志》所載：澹台子羽斬蛟，是最有名的；殺虎英雄則以《水滸傳》中的武松打虎、黑旋風李逵沂嶺殺四虎最爲有名；而既殺蛟又殺虎的英雄則以周處最爲有名（但其爲小說家言，並非歷史事實）。

長久以來已爲定型常套，所以通俗小說即使不直接敘述殺虎除蛟，但爲強調勇武，也常以「斬蛟殺虎」爲形容套語……而這一個對仗式的套語，發展出來的結果就是直到如今廣播說書人仍常掛在口頭的，用以形容好漢勇猛的：「拳打南山猛虎，腳踢北海蛟龍」。〔註11〕

曾經殺虎、斬蛟的卞莊、蒯聵都是勇武的英雄，殆無疑問，而這兩位勇武的英雄卻都敗在伍子胥手上，則伍子胥之爲「勇士中的勇士」、「英雄中的英雄」的形象立刻被襯托、反映出來。

另外，鬥寶會上還有一個比賽舉鼎的情節，我們來看看參賽者們的表現：

《十八國臨潼鬥寶》雜劇：卞莊戲鼎，推倒卻扶不起；蒯聵則扶起卻推不倒；姬輦則將鼎推倒又扶起三次，自以爲「盟府」之位可得，誰知子胥卻將鼎舉起，諸侯大驚，遂使子胥爲「盟府」。原來，卞莊、蒯聵只是「戲鼎」，子胥才是「舉鼎」（第三折）。

《倒浣紗》傳奇則透過鮑牧之口述，言及此事，謂「眾諸侯隨來的武將，皆不能舉，有秦穆公之弟姬輦，他就挺身而出舉之，諸侯盡皆喝采……你爹爹便言……適纔將軍非舉鼎，乃是抱鼎也。」於是子胥「他輕舉鼎，繞三匝走殿廷」因而奪得盟主之位。原來，姬輦只是「抱鼎」，子胥才是「舉鼎」，而且還在殿廷上繞行了三周（第四齣〈述舊〉）。

《列國志傳》所載：秦國的姬輦「向殿前雙手舉鼎，離地二尺，清面輝紅」；伍子胥「右手攬衣，左手向前一舉，將此重鼎呈向諸侯座下，遍遊一匝，復鎮原所，了無變色」。原來，姬輦以雙手舉鼎，子胥則只用左手就將鼎舉起，而且在諸侯座中遍遊一周（卷七「臨潼會子胥爭明輔」則）。

《十八國臨潼鬥寶鼓詞》所載：蒯聵「將銅鼎抱起，抱到殿前，用手去舉，僅能至胸，不敢再舉，無奈放在胸上，神色俱變，不敢應承，即持放在丹墀」；卞莊「雙手將銅鼎扒住，使盡平生之力，那鼎已過了頂門」；姬輦「雙手端起在亭前，左舞右舞，走了三蹚，將鼎舉在頂上，哈哈大笑」；子胥則是「說了說一手扒住那銅鼎，只見他單手舉鼎過頂高，眼睄著大殿之內走幾蹚，好似那大漢拿著一草把」、「單手舉鼎，並不費力，在殿前走了幾蹚，神色不改」。原來，蒯聵、卞莊、姬輦即使有高下之分，但都以雙手舉鼎，子胥卻是

〔註11〕語見胡萬川：〈降龍羅漢與伏虎羅漢〉，原發表於2000年於新加坡舉行的「明代小說國際學術研討會」中，收入胡萬川：《眞實與想像——神話傳說探微》（新竹：國立清華大學出版社，民國93年7月，初版），頁219～220。

只用單手就將鼎舉起，而且在殿前走了幾蹚（第二十四回）。

所謂「力能舉鼎」自古以來就是勇士的表徵，〔註 12〕而如上所述，子胥之舉鼎，較諸蒯聵、卞莊、姬輦之舉鼎，可謂高下立判，於是，子胥超乎一般勇士的勇猛的形象顯得極爲鮮明。

總之，「民間傳說的記錄或演出」這個類型的伍子胥故事，的確很成功地描繪了伍子胥少年時期的英勇形象。

## 二、由受難到自我完成的奮鬥形象

子胥是一位英氣勃發的少年英雄人物，在楚國，他原有著顯赫的家世，卻因昏君聽信佞臣的讒言，誅殺其父兄。擔負著血海深仇的伍子胥，於是展開了他的逃亡路程，在路途上，隨時須忍受著飢渴、苦難以及楚軍緊追不捨的威脅。

在「民間傳說的記錄或演出」這個類型的伍子胥故事之中，子胥的逃亡大略有以下幾個情節：

1. 「走樊城」：時任樊城太守的伍子胥自樊城出奔（一說：子胥時在棠邑），子胥妻賈氏受逼而死（一說：賈氏爲免成爲子胥之累乃觸牆而死），三歲孩兒下落不明，神射手養由基奉命追捕子胥，知其忠義而無辜，乃縱之使去。

2. 「馬昭儀觸牆而死，子胥護米勝走奔，」：太子米建被鄭國所殺，子胥往尋米建之妻馬昭儀及其子米勝，馬昭儀不肯逃亡，觸牆而死，子胥乃護米勝走奔陳國，辭婚。

3. 「計過昭關」：因蓋公父子使計（一說：東皋公、皇甫訥共同用計）誑昭關吏，子胥始得以過昭關，又有一夜鬚髮盡白之事。

4. 「漁父載渡，辭劍自盡」：漁父閭丘亮載子胥渡河、並饋食子胥，不接受子胥贈劍，又自刎（另一種說法是「自沈」）以明不洩子胥行蹤。

5. 「浣紗女賜食，抱石投江」：〔註 13〕子胥逃亡至瀨水邊，因飢餓而乞食

〔註 12〕力能舉鼎是勇士的表徵，如：《淵鑑類函》卷 283，人部，「勇」類，即有許多舉鼎的勇士事跡，如：「《史記・秦本紀》曰：武王有力，好戲力士，任鄙、烏獲、孟說皆至大官，王與孟說舉鼎，絕臏」、「《前漢書・武五子傳》曰：廣陵厲王胥力扛鼎，空手搏熊彘猛獸」。

〔註 13〕有的說法是「浣紗女賜食，抱石投江」事在「漁父載渡，辭劍自盡」之前，如：《說鱄諸伍員吹簫》雜劇。又：《志國志傳》載：子胥迷途，問於浣紗女子馮氏，臨行，囑其勿洩，馮氏乃抱石投江；並無子胥向浣紗女乞食之事。

於正在其處浣紗的黃山里史氏女（一說：馮氏），因子胥「殘漿勿洩」之戒，遂抱石投江。

6.「溧陽老嫗饋食自縊」：子胥奔逃至溧陽，見一老嫗饋食於道，乃向其乞食，嫗跪而進之，子胥食之不盡，慌忙而走，囑其勿洩，老嫗使計，錯引追兵，然後自縊。〔註14〕

7.「子胥吹篪引王僚」：子胥奔逃入吳，暫獲平安，感時傷景，乃取篪（一說：簫）吹於店外，觀者甚眾，市中互相傳揚，報知王僚，王僚乃封子胥爲上大夫，但終未獲得重用。

子胥的奔逃，要到進入吳國、吹簫述懷爲止，才算得到暫時的安全。在此之前，經過了一關又一關的試煉，關於他這受難、逃亡之事，背後的意義，該當如何看待？胡師萬川對英雄受難的解說，可爲參考：

> 在傳統的敘述文學中，「歷劫」、「考驗」常是一個英雄達到成熟階段，所不可少的一個要件——這也就是孟子所說的：「天將降大任於是人也，必先苦其心志，勞其筋骨，餓其體膚，空乏其身，行拂亂其所爲，所以動心忍性，曾益其所不能」這一段話所闡明的意義。〔註15〕

胡師萬川又說：

> 正由於他們之特異不群，接著便會有特別的問題產生。或者因受週遭之人的忌恨排擠，或者自身爲解身世或人生的種種謎團，他們在年紀稍長之後，便被迫不得不離開原來生長之地。於是一場充滿冒險、試煉的追求過程，便因而展開。〔註16〕

在這裡，子胥的冒險、受難，雖不是源自其自身的遭忌或受排擠，而是因爲其父伍奢遭忌所引起，但是同樣造成子胥必須離開楚地、遭遇一個又一個的受難、試煉的情勢。

子胥在其受難、冒險、試煉的過程中，得到許多「英雄的危難救助者」的救助，這個也有其意義，胡師萬川說：

> 不論中外，在傳統的、古老的英雄神話傳奇故事裡，一個英雄在他出發歷險的過程當中，每每需經過神助或天啓的階段，才能轉型成

〔註14〕本項情節僅見於《列國志傳》，不見於其他戲曲、小說資料中。

〔註15〕語見胡萬川：〈談《水滸》——說宋江〉，原載於《中國古典小說研究專集》第4集（1982年4月）；收入胡萬川：《眞假虛實——小說的藝術與現實》，頁270～271。

〔註16〕語見胡萬川：《平妖傳研究》，頁175。

> 長，成爲具有超卓智慧與能力的眞正英雄。這一種模式幾乎就是古老英雄神話的定型。〔註 17〕

原來這是一個古老英雄傳奇的模式。另外，Robert Ruhlmann 在論中國通俗小說戲曲中的傳統英雄人物時，也指出：

> 英雄不需靠明顯努力或轟轟烈烈行動，便能受人擁戴，這種能力，正是衡量其本事及聲望的最佳標準。伍子胥出走時，被昏君手下騎兵追捕，在途中曾經協助他的一個漁夫和一名女子，竟當他面前自盡，以保證消息不致走漏。〔註 18〕

英雄在其受難、試煉過程中，會得到許多「英雄的危難救助者」的救助，而英雄的魅力則似乎是天生的，這種受愛戴的能力，正是衡量英雄本事及聲望的最佳標準。

最終，憑藉著自己勇敢堅忍的毅力、堅持奮鬥的精神，再加上許多「英雄的危難救助者」的救助，英雄克服了磨難、試煉，不僅保全了、完熟了自身的生命，更進而開展了另一階段成功的局面，最後完成奮鬥的目標，得到不朽的盛名。

到了吳國以後的伍子胥，憑著其堅毅勇敢、隱忍不屈的性格，等待著時機的到來。某日，子胥吹簫乞食於吳市，既知鱄諸孝義，遂與之結交，拜爲兄弟，鱄諸妻田氏自刎，使鱄諸放心與子胥同去復仇。鱄諸隨子胥伐楚，於破楚的戰役中，擒住費無忌（一說：子胥親自擒住費無忌），由吳王下令斬之於轅門。子胥掘開平王墳墓，親鞭三百，以報父兄之仇。

子胥由受難到實現自我、成就復仇事業，正是一個典型英雄傳說的模式。這種英雄要完成偉大事業必先經過受難、試煉的模式，中西皆同，其中也自有其意義，胡師萬川的話，正是最好的註腳：

> 追求、試煉的過程之後，也可以說是經過一番淘洗之後，此類神話英雄或者復回其父母之邦（如徐偃王及伊底帕斯之類），或者功成名就，或者解悟人生奥祕，反璞歸眞。〔註 19〕

Robert Ruhlmann 也說：

---

〔註 17〕語見胡萬川：《平妖傳研究》，頁 115。

〔註 18〕語見 Robert Ruhlmann 著，朱志泰譯：〈中國通俗小說戲劇中的傳統英雄人物〉，收入香港中文大學主編：《英美學人論中國古典文學》（香港：中文大學出版社，1973 年 3 月），頁 88～89。

〔註 19〕語見胡萬川：《平妖傳研究》，頁 176。

> 中國也一如其他國家，把英雄及其所經歷與克服的磨難，視爲人類心靈考驗的象徵。考驗有幾種傳統的類型：……完成超人的任務；……忠於年輕時代的幻想，終生不渝；……爲君王、國家或理想而捐軀；……身歷鬼神世界或蠻荒地域的神怪險遇。雖然未能個個生還，但全都贏得千古不朽的盛名。〔註20〕

也正因爲英雄所經歷的磨難，正如對人類心靈的考驗；英雄克服了磨難，正象徵著人類心靈通過考驗，獲得了澄靜、昇華。英雄成功的故事，總是滿足了我們內心深處對最超脫、最有意義生存方式的憧憬。

英雄完成了報仇事業之後，接下來要做的則是報恩。《說鱄諸伍員吹簫》雜劇謂子胥既報楚殺父兄之仇，欲行報恩之事，遂使人往取浣婆婆（浣紗女之母），願贍養其下半輩子；又使人往取村廝兒（漁父閭丘亮之子），適村廝兒受鄭國之託，前來討饒，子胥乃將軍兵收回。《蘆中人》傳奇則謂閭丘亮子村廝兒爲申包胥致血書於子胥，子胥乃退兵回吳。《列國志傳》寫子胥爲浣紗女「立祠於江上，祭畢大哭而去」、爲漁父閭丘亮之子閭丘成退伐鄭之軍。

這是一種歷來英雄報恩故事的架構：恩人識拔或救助英雄於其落難之時，英雄功成名就之後就適時報恩，除了伍子胥的故事之外，更有名的則是韓信以千金報答漂母一飯之恩的故事。

總之，「民間傳說的記錄或演出」這個類型的伍子胥故事，的確很成功地描繪了伍子胥由受難到自我完成的奮鬥形象。

## 第二節　「通俗化史實的記錄或演出」中的伍子胥形象

全面地觀察，這個類型的伍子胥故事，對於伍子胥形象描寫的主要著力點也有兩個：其一，伍子胥由受難到自我完成的奮鬥形象——主要表現在自其父兄被戮以至入郢報仇的歷程上。這點與前一種「民間傳說的記錄或演出」的伍子胥故事類型的情形相同，但兩者仍各有偏重；其二，伍子胥忠而被禍、受賜屬鏤的悲壯形象——主要表現在子胥與昏君佞臣的衝突日漸高昇，以至受賜屬鏤的歷程上。以下分別論述之：

〔註20〕語見 Robert Ruhlmann 著，朱志泰譯：〈中國通俗小說戲劇中的傳統英雄人物〉，頁73～74。

## 一、由受難到自我完成的奮鬥形象

《新列國志》與《東周列國志》所記載的子胥的逃亡，與前一種「民間傳說的記錄或演出」的伍子胥故事類型所載者，主要有幾點不同：首先，基於史傳並無記載之故，刪除了馬昭儀觸牆而死之事、子胥投陳辭婚之事、溧陽老嫗饋食子胥並自縊之事；其次，據《吳越春秋》等史傳，增加了「子胥被髮佯狂，跣足塗面，吹簫乞食」之事；又很特別地，據民間傳說增加了連《列國志傳》也沒有的「過昭關一夜鬚髮盡白」之事。

除了「過昭關一夜鬚髮盡白」之事，係據民間傳說而來，其餘的情節增、刪都與《新列國志》作者馮夢龍改寫《列國志傳》的用意有關：「本諸《左》、《史》」、「以《左》、《國》、《史記》爲主」，並且「旁及諸書」多方考核，以求對於歷史事件的敘述，能夠「大要不敢盡違其實」。

至於這些情節背後的意義以及其中所顯現出的伍子胥形象，大致與前節「民間傳說的記錄或演出」這個類型的伍子胥故事並無太太差異，前文已有討論，茲不復贅言。

接著，自楚國出亡奔赴吳國途中，經歷了種種磨難、試煉的伍子胥，終於來到了吳國，到了吳國以後的他，憑著其堅毅勇敢、隱忍不屈的性格，等待著時機的到來。在探知了吳王僚和公子光的矛盾之後，推薦鱄諸給公子光，以魚腸劍刺殺吳王僚，助其即位，是爲吳王闔廬；接著，子胥又薦要離以刺王僚之子、以勇力著稱的慶忌，除去闔廬之患；又薦孫武爲上將軍，訓練吳國大軍。最後，在吳國國富兵強之後，闔廬終於出兵楚國，攻破郢都，子胥掘楚平王墓，鞭屍三百，完成了激烈而快意的復仇。

這段子胥的在吳沈潛、受闔廬重用、完成報仇與報恩之事，與前一種「民間傳說的記錄或演出」的伍子胥故事類型所載者相比，增加了 1. 子胥薦鱄諸以刺王僚，助闔廬奪取王位；2. 子胥受闔廬重用，於是在吳國造築都城、教士卒戰陣射御之事；3. 湛盧寶劍飛入楚國，吳國因此出兵伐楚之事；4. 子胥投千金於瀨水，以報浣紗女之恩，浣紗女之母取之而去之事。

增加這些情節的原因與作用是什麼呢？這必須從《新列國志》作者馮夢龍對於所謂「通俗歷史演義」的認知以及其創作《新列國志》的目標來推論。

大體而言，馮夢龍對於歷史小說的看法是：歷史小說可以在細節上略加渲染，在文字方面亦可稍加潤色，以使作品有一定的趣味和感染力。但於基本的故事情節、人物的好壞臧否、制度的設施廢置等大的方面，仍須廣泛搜集材料，詳加考核，不違其實。又：歷史小說應發揮其通俗的特性，使村夫俗子亦能了然歷史大事，將國家之興廢存亡、人物之好醜貞淫，引爲法戒。若能如此，則歷史小說不僅資人口吻而已，簡直可以和六經、諸史相當，「即與二十一史並列鄴架，亦復何媿」。〔註21〕他創作《新列國志》的目標，正是希望做爲村夫俗子的歷史教材，讓村夫俗子亦能與縉紳的學問相參，將歷史上的人、事，作爲法戒。

馮夢龍認爲：所謂「二十一史」這樣的正史，是屬於縉紳階層、高級知識份子們的學問，一般村夫俗子或者不識字、無法閱讀，或者識字有限、讀書不多，因而，不可能透過閱讀「二十一史」得到歷史所給予人的教訓，而由羅貫中所創始的「通俗歷史演義」諸書，若能合乎上述其對歷史演義的認知，則可使凡夫俗子獲得歷史知識，進窺原本只屬於縉紳的學問，從而獲得教化。

子胥薦鱄諸以刺王僚，助闔廬奪取王位；子胥受闔廬重用，於是在吳國造築都城、教士卒戰陣射御之事；湛盧寶劍飛入楚國之事；子胥投千金於瀨水，以報浣紗女之恩，浣紗女之母取之而去之事；全部據《吳越春秋》而來。畢竟《新列國志》是一長篇的通俗歷史小說，比起篇幅較小的戲曲、鼓詞、大鼓書等民間曲藝，較有可能詳細記載歷史事件發生的前因後果。所以，這些情節在《新列國志》中才可能完全具引《吳越春秋》，而有較合於史傳的、細節的描述。對於事件加以詳細描寫，最大的效果是使人易於領會，〔註22〕而有助於其創作目標——教化村夫俗子——的實現。

## 二、忠而被禍、受賜屬鏤的悲壯形象

依《新列國志》所載：吳王闔廬自敗楚之後，威震中原，頗事遊樂。忽一日，想起越人伐吳之恨，謀欲報之。聞越王允常薨，子句踐新立，遂欲乘

〔註21〕本書第三章第二節論「《新列國志》與《東周列國志》中之伍子胥」有詳細的說明，請參看。

〔註22〕對於事件加以詳細敘述，有助於使人容易領會，David Johnson 有同樣的看法，他在〈伍子胥變文及其來源〉一文中，比較《左傳》和《史記・伍子胥列傳》的記載時就說：「《史記・伍子胥傳》的開頭大致和《左傳》相同，楚王受少傅費無忌的煽動，……這些都和《左傳》極近似，只是《史記》所述較詳，使人易於領會！」語見大衛・強生（David Johnson）著，蔡振念譯：〈伍子胥變文及其來源〉第一部，《中華文化復興月刊》，第16卷第7期，頁44。

喪伐越，子胥諫阻，不聽，留子胥與太孫夫差守國，親率精兵三萬伐越，兵敗，闔廬因傷重而死於退兵回吳途中。

夫差繼立，思欲復仇，子胥忠心扶助夫差，勤練水兵，以謀伐越。周敬王二十六年春，夫差興傾國之兵，使子胥爲大將，伯嚭副之，從太湖取水道攻越。句踐兵敗，退棲會稽山，於是譴大夫文種賄伯嚭以求成於吳。伯嚭既受賄，乃代越說項，夫差遂許越成。子胥聞之，急趨中軍，連呼不可，但以伯嚭讒佞，夫差贊同伯嚭的甜言蜜語，遂不聽子胥勸阻，子胥口中恨恨不絕而退，這是子胥與昏君、佞臣的首次衝突。

句踐入臣於吳，時子胥復請趁機誅之，又不果，這是子胥與昏君、佞臣的第二次衝突；之後，當夫差將釋句踐歸國時，子胥見夫差以客禮待句踐，復諫；越國進獻神木巨材以供建造姑蘇台時，子胥復諫；越國進獻美女時，子胥復諫；子胥又諫夫差許越之請穀；聞越王習武治兵事，又流涕而進請夫差派人打聽；又諫不備越而伐齊……至此，子胥與昏君、佞臣的衝突已至不可收拾的地步，於是，夫差極嫌惡子胥，意欲誅之。伯嚭乃密請王譴子胥往齊約戰，欲假手齊人以殺子胥，幸鮑牧之子鮑息諫齊侯勿殺子胥，子胥乃得不死。此時，子胥已有「以諫死」的覺悟，故使其子伍封拜鮑息爲兄，寄居於鮑氏，改姓王孫，以謀存祀於齊。

其後，吳王伐齊凱旋，百官迎賀，諂諛之言盈庭，可想而知，對比之下，子胥雖到場，獨無一語，夫差因此甚爲不悅，《新列國志》第八十二回云：

> 夫差乃讓之曰：「子諫寡人不當伐齊，今得勝而回，子獨無功，寧不自羞？」子胥攘臂大怒，釋劍而對曰：「天之將亡人國，先逢其小喜，而後授之以大憂。勝齊不過小喜也，臣恐大憂之即至也。」夫差慍曰：「久不見相國，耳邊頗覺清淨，今又來絮聒耶？」乃掩耳瞑目，坐于殿上。頃間，忽睜眼直視久之，大叫：「怪事！」群臣問曰：「王何所見？」夫差曰：「吾見四人相背而倚，須臾四分而走，又見殿下兩人相對，北向人殺南向人。諸卿曾見之否？」群臣皆曰：「不見。」子胥奏曰：「四人相背而走，四方離散之象也。北向人殺南向人，爲下賊上，臣弒君。王不知儆省，必有身弒國亡之禍。」夫差怒曰：「汝言太不祥，孤所惡聞！」伯嚭曰：「四方離散，奔走吳庭；吳國霸王，將有代周之事，此亦下賊其上，臣犯其君也。」夫差曰：「太宰之言，足啓心胸。相國耄矣，言不足採。」

相較於子胥老頭不中聽的「小喜」、「大憂」之論以及令人火冒三丈的解夢之詞，伯嚭的甜言蜜語，簡直讓人聽了飄飄欲仙、通體舒泰，果然，數日之後，越王句踐親率群臣來賀戰勝，夫差擴增句踐封土之餘，以「爲寡人治兵有功」爲由，進封伯嚭爲上卿。群臣皆贊夫差：「大王賞功酬勞，此霸王之事也。」惟獨那令人討厭的伍子胥，又有驚人而不從眾的言行，進而演爲夫差與子胥君臣之間最激烈的衝突，《新列國志》第八十二回云：

> 於是子胥伏地涕泣曰：「嗚呼哀哉！忠臣掩口，讒夫在側，邪說諛辭，以曲爲直。養亂畜奸，將滅吳國，廟社爲墟，殿生荊棘。」夫差大怒曰：「老賊多詐，爲吳妖孽，乃欲專權擅威，傾覆吾國，寡人以前王之故，不忍加誅，今退自謀，無勞再見！」子胥曰：「老臣若不忠不信，不得爲前王之臣。譬如龍逢逢桀，比干逢紂，臣雖見誅，君亦隨滅，臣與王永辭，不復見矣。」遂趨出。吳王怒猶未息。

正當夫差「怒猶未息」之時，佞臣伯嚭再火上加油地說：「臣聞子胥使齊，以其子托于齊臣鮑氏，有叛吳之心，王其察之！」夫差乃使人賜子胥以「屬鏤之劍」，《新列國志》第八十二回云：

> 子胥接劍在手，嘆曰：「王欲吾自裁也！」乃徒跣下階，立于中庭，仰天大呼曰：「天乎！天乎！昔先王不欲立汝，賴吾力爭，汝得嗣位。吾爲汝破楚敗越，威加諸侯。今汝不用吾言，反賜我死！我今日死，明日越兵至，掘汝社稷矣。」乃謂家人曰：「吾死後，可抉吾之目，懸于東門，以觀越兵之入吳也！」言訖，自刎其喉而絕。使者取劍還報，述其臨終之囑。夫差往視其屍，數之曰：「胥，汝一死之後，尚何知哉？」乃自斷其頭，置于盤門城樓之上；取其屍，盛以鴟夷之器，使人載去，投于江中，謂曰：「日月炙汝骨，魚鼈食汝肉，汝骨變形灰，復何所見！」屍入江中，隨流揚波，依潮來往，蕩激崩岸。土人懼，乃私撈取，埋之于吳山。後世因改稱「胥山」，今山有子胥廟。

子胥於是引劍自刎而死，死後屍體被投入江中、首級被置於盤門城樓〔註 23〕

〔註 23〕「盤門」爲吳國都城之南門，又稱「蛇門」。按：子胥臨終，囑其家人：「吾死後，可抉吾之目，懸于東門，以觀越兵之入吳也！」希望能在東門之上觀看越軍攻入吳國的情形（不知子胥的想法是否因爲越國在吳國東方，故越軍比較可能由東門入吳？），盛怒之下的夫差將子胥頭置於南門城樓之上，似乎是故意不讓子胥如願。

之上。至此，忠而被禍、受賜屬鏤的伍子胥悲壯的形象，完整而鮮明地呈現在我們的印象之中。子胥的性格有著強烈的執著——同於諸葛亮所謂：「蓋追先帝之殊遇，欲報之於陛下」的執著。原來，子胥得以在「懷之十九年」之後，鞭楚王屍、報父兄之血海深仇，全爲闔廬所賜，欲報此恩於夫差。於是忠心扶助夫差，不僅擊破越軍，報吳國之國仇；又不忍見吳國傾覆，所以，苦口婆心地多次進諫，甚至到了令夫差生厭的地步，然而，佞臣與昏君的遇合，致使滿朝文武竟無人看清越國的處心積慮、句踐的忍辱待時；整個吳國似乎再無和自己同樣清明的人，雖然他是孤獨的，可是憑藉著熱情和信心，子胥仍然願意堅持自我，直到在絕望中，果敢地結束自己性命之時。

子胥有著剛強正直的性格，爲了堅持自己的原則、完成自己的目標，爲了責任和理想，他拒絕了一切讓步，不惜犧牲個人所有最珍貴、最親密的一切。有兩段話，正適合說明子胥的這個形象：

> 英雄人物熱情而敏感，……他們仁慈、慷慨、不受酬；爲了責任和理想，不惜犧牲個人所有最珍貴、最親密的一切。〔註24〕

> 正因英雄出類拔萃、偉大非凡，也使他們自絕於一般人，而走在一條孤獨的道路上。因此，英雄人物常感受到維尼（Vigny）的詩「摩西」（Moses）中那種可悲的絕望：
>
> 主啊！我權勢和孤獨都嘗過，
>
> 讓我在大地的沈睡中安息吧！
>
> 但這種苦悶像其他的挫折和逆境一樣，並未阻止他們前進。在熱情與信心的驅使下，他們將自己完全奉獻給所追求的目標，不因任何挫折而動搖，即使死亡也不能嚇阻他們。〔註25〕

如前所述，伍子胥這位「走在一條孤獨的道路上」的英雄人物感受到「可悲的絕望」，然而這種「可悲的絕望」的性質與意義究竟如何？柯慶明在其〈論悲劇英雄——一個比較文學的觀念之思索〉一文中，分析「悲劇英雄」心態的一段話語，可以作爲最佳註腳：

> 「絕望」是對於自我眞實存在的情境的「發現」；「覺醒」則是對於

〔註24〕語見 Robert Ruhlmann 著，朱志泰譯：〈中國通俗小說戲劇中的傳統英雄人物〉，頁72。

〔註25〕語見 Robert Ruhlmann 著，朱志泰譯：〈中國通俗小說戲劇中的傳統英雄人物〉，頁74。

人性本質終究歸趨的道路的「發現」。在「絕望」中，悲劇英雄透過他們所遭受的挫敗，發現了：或者他們所面對所要奮鬥的目標是不能兩全的……，或者這種奮鬥只是徒然無益的掙扎……，或者這種奮鬥本身的了無意義……。「絕望」使悲劇英雄不再做無謂的掙扎，「絕望」也使悲劇英雄能夠集中力量，創造最終的唯一有意義的行動，而到達「糾葛」的最後的「解決」。〔註26〕

子胥清明的心靈，洞悉了越國的處心積慮、句踐的忍辱待時，早早就看出：「越十年生聚，再加以十年之教訓，不過二十年，吳宮爲沼矣！」、「句踐爲人機險，今爲釜中之魚，命制庖人，故諂詞令色，以求免刑誅。一旦稍得志，如放虎于山，縱鯨于壑，不復可制矣！」、「其下嘗大王之糞，實上食大王之心，王若不察，中其奸謀，吳必爲擒矣。」、「昔桀起靈臺，紂起鹿臺，窮竭民力，遂致滅亡。句踐欲害吳，故獻此木，王勿受之。」、「夫美女者，亡國之物，王不可受！」、「吾觀越王之遣使者，非眞飢困而乞糴也，將以空吳之粟也。」、「大王又輸粟以助之，臣恐麋鹿將遊于姑蘇之臺矣。」、「一旦乘吾間而入，吾國禍不支矣。」、「勝齊不過小喜也，臣恐大憂之即至也。」、「王不知儆省，必有身弒國亡之禍」、「養亂畜奸，將滅吳國，廟社爲墟，殿生荊棘。」……，〔註27〕子胥對於夫差之昏庸，陷吳國於滅亡的危機，心中充滿焦慮，屢屢進諫，但是，結果只有失望、再失望，以至於陷入絕望之境。在這「絕望」之中，子胥發現了他的奮鬥只是「徒然無益的掙扎」，甚至這種奮鬥「本身了無意義」。於是，子胥不再做無謂的掙扎，「絕望」也使他能夠集中力量，創造最終的唯一有意義的行動——接受夫差所賜的屬鏤之劍，自刎其喉而絕——而到達「糾葛」的最後的「解決」。

## 第三節　餘論——兼及伍子胥死後爲神的威靈形象

綜觀前兩節所述，可知：「民間傳說的記錄或演出」類型的伍子胥故事比較偏好講述子胥的英雄傳說——自其少年時期的英勇事跡，直到歷經重重苦難、重重試煉之後而終於完成英雄事業（既報仇又報恩）的傳說。其中原因，

---

〔註26〕語見柯慶明：〈論悲劇英雄—— 個比較文學的觀念之思索〉，收入《文學評論第四集》（台北：巨流圖書公司，民國69年9月，一版），頁43。

〔註27〕以上子胥之語散見於《新列國志》第79回至第82回。

應與民間百姓喜聽、喜談英雄故事的心理有關。

另一方面，「通俗化史實的記錄或演出」類型的伍子胥故事則比較偏好講述子胥孝、忠兼俱的事跡——爲父復仇之孝，以及爲國爲君而不惜死諫之忠。其中原因，則應與馮夢龍的歷史演義創作觀——通俗歷史演義應負起教化村夫俗子的責任——緊密相關。

最後，想再討論子胥受賜屬鏤，死後爲神的威靈形象：

不論是「民間傳說的記錄或演出」類型或是「通俗化史實的記錄或演出」類型的伍子胥故事，在子胥受賜屬鏤，自刎而死之後，都有某些具有「神跡」色彩的情節。

先來看「民間傳說的記錄或演出」這個類型中所見的子胥死後之事：關於子胥死後之事，有三處記載：

首先，《浣紗記》傳奇第四十一齣〈顯聖〉云：

> （外扮伍員上）……我伍員自從賜劍殺身之後，玉帝因見我忠義，欲顯我英靈，封爲錢塘江之神，白馬素旌，雪袍銀甲，隨波上下，依潮往來。今聞我兵戰敗，越將入吳，我且坐據胥門，待其兵到，疾風電震，飛石走沙，要它拜求，方可假道。正是平生多勇烈，死後有神靈。……（眾）稟上二位老爺，遠遠望見胥門城上，一個神道，目如熛火，頭若車輪，鬚髮四張，光射數里，不敢前去。……（外）誠知你們必破我國，故置我頭于西門，以觀越之入吳，但我不忍見此，故作風雷，以驚汝軍。然此乃是天數，安能止之，汝須從東門而入，不可犯我疆界，快去快去。

謂子胥死後，受玉帝封爲錢塘江之神，白馬素旌，雪袍銀甲，隨波上下，依潮往來。當越兵欲入吳時，子胥據胥門城上，先是興起「疾風電震，飛石走沙」然後則是「目如熛火，頭若車輪，鬚髮四張，光射數里」地阻越兵入胥門，並指示越兵自東門入城，不可犯其疆界。

《浣紗記》傳奇第四十三齣〈擒嚭〉又有太子友、公孫聖、伍子胥三人顯聖於雪夜之錢塘江邊而擒殺伯嚭之事。

其次，《倒浣紗》傳奇第十八齣〈破越〉中，子胥自言：

> 矢心節烈報君恩，劍賜鐲鏤早滅身，上帝因憐忠諫死，故封江漢海潮神。我伍員，賜劍盡忠，殺身報國，斃奸黨於錢塘，忠心以遂……。

謂子胥受上帝封爲「江漢海潮神」；又有子胥顯聖面諭伍封及展雄之時，「空中現一尊神道，白袍銀鎧，手執金鐧，軍士們不敢上前」的情形，其威靈顯赫的形象與《浣紗記》傳奇所寫者相當；又有由專義（專諸子）及范蠡口中說出伯嚭去行成於越，行至錢塘江口，被子胥英靈擊殺之事。又有夫差自刎、西施被沈、句踐受雷部擊斃等事，至此，「一干人犯」才算一一歸案，子胥的大怨深仇也才算得到眞正的昭雪。

最後，《吳越春秋鼓詞》寫西施原來是牝雞精化身，與太監丕順共同設計、誣陷子胥欲對西施非禮，於是，吳王怒殺子胥；子胥死時，尸殼不倒。死後受上天封爲「捲廉大帥」；還曾經顯靈，吹起了一陣神風，將何良和公主二人吹至荒郊，使二人逃過太監丕順的追殺。

再來看「通俗化史實的記錄或演出」這個類型中所見的子胥死後之事：關於子胥死後之事，《新列國志》有三處承襲自《吳越春秋》的記載：

首先，子胥臨終，囑其家人：「吾死後，可抉吾之目，懸于東門，以觀越兵之入吳也！」希望能在東門之上觀看越軍攻入吳國的情形（越國在吳國東方，故越軍比較可能由東門入吳），盛怒之下的夫差則故意將子胥頭置於南門城樓之上，不讓子胥如願；然後，將子胥屍身盛以鴟夷之器，使人載去，投於江中，《新列國志》第八十二回接著就說：

> 屍入江中，隨流揚波，依潮來往，蕩激崩岸。土人懼，乃私撈取，埋之于吳山。後世因改稱「胥山」，今山有子胥廟。

「知其不可而爲之」的個性，發爲激越的怒氣，生前的子胥在勸諫君王時所呈現的面貌經常是「氣得子胥面如土色」、「口中恨恨不絕」、「目若熛火，聲如雷霆」、「憤憤而退」、「攘臂大怒」、「立于中庭，仰天大呼」；死後，屍身被投入江中的子胥依然怒氣激越，揚起水波，甚至「蕩激崩岸」。

其次，《新列國志》第八十三回寫文種、范蠡率越軍攻打吳國都城時說：

> 其夜望見吳南城上有伍子胥頭，巨若車輪，目若耀電，鬚髮四張，光射十里。越將士無不畏懼，暫且屯兵。至夜半，暴風從南門而起，疾雨如注，雷轟電掣，飛石揚沙，疾于弓弩。越兵遭者，不死即傷，船索俱解，不能連屬。范蠡、文種情急，乃肉袒冒雨，遙望南門，稽顙謝罪。良久，風息雨止。

子胥雖死，固執激烈的個性仍然不變，揚起暴風、疾雨、飛沙走石，阻越軍入吳。直到文種和范蠡肉袒稽顙來謝罪之後，才風息雨止。然後，坐著假寐以等待天明的文種和范蠡，在昏昏沈沈之中，做了一個相同的夢：

夢見子胥乘白馬素車而至，衣冠甚偉，儼如生時。開言曰：「吾前知越兵必至，故求置吾頭於東門，以觀汝之入吳。吳王置吾頭於南門，吾忠心未絕，不忍汝從吾頭下而入，故爲風雨，以退汝軍。然越之有吳，此乃天定，吾安能止哉？汝如欲入，更從東門，我當爲汝開道，貫城以通汝路。」

二人乃告於越王，使士卒開渠，自南而東。將及蛇、匠二門〔註 28〕之間，忽然太湖水發，自胥門〔註 29〕洶湧而來，波濤衝擊，竟將羅城蕩開一大穴，有鱄鯚無數，隨濤而入。范蠡曰：「此子胥爲我開道也！」遂驅兵入城。

最後，滅吳之後的越王句踐賜文種「屬鏤」劍——即夫差賜子胥自刎之劍——令其自刎。文種伏劍而死之後，葬於臥龍山，後人因名其山曰「種山」。《新列國志》第八十三回接著說：

葬一年，海水大發，穿山脅，冢忽崩裂，有人見子胥同文種前後逐浪而去。今錢塘江上，海潮重疊，前爲子胥，後乃文種也。

這裡提及子胥與文種死後成爲錢塘江的波濤之神，一前一後，逐浪而去。

總之，如上所述，不論是「民間傳說的記錄或演出」類型或是「通俗化史實的記錄或演出」類型的伍子胥故事，子胥受賜屬鏤，自刎而死之後，都有某些具有「神跡」色彩的情節。這樣的安排，該如何看待呢？

筆者以爲，這樣的情節安排，類似柯慶明所說的：「對於悲劇英雄的奉獻之『受難』，所作的『補償』」。〔註 30〕

但這種「補償」的設計，背後的意義又是什麼呢？柯慶明說：

「補償」正是這樣的一種設計，一方面使悲劇英雄在他的世界裡，得到非悲劇人物的承認，在他們的隕落之中，維持了他們的主宰形相的完整。……「補償」因此是一種必要的設計，它將永遠在悲劇的情節之中提醒著：勿以成敗論英雄呵！特別是對於虛構的，而非在歷史上已有定評公論的眞實的人格形相，這更是一個確保其崇高面目的一道相框。〔註 31〕

〔註 28〕吳國都城的南門稱爲「盤門」，又稱「蛇門」；其東門稱爲「婁門」，又稱「匠門」。

〔註 29〕「胥門」爲吳國都城之西門，又稱「閶門」。

〔註 30〕語見柯慶明：〈論悲劇英雄——一個比較文學的觀念之思索〉，頁 45。

〔註 31〕語見柯慶明：〈論悲劇英雄——一個比較文學的觀念之思索〉，頁 48。

「補償」事實上並不消滅作品的「悲劇性」，相反的，正肯定了悲劇英雄之奮鬥的悲劇性。在烏江自刎之後，「項羽本紀」特地敘述了如是的對於項羽的「補償」的情節，作爲全文的結束：……這種結束，平復了……他所經歷的掙扎的艱苦與犧牲的創痛；使項羽的形相逐漸的遙遠，但卻逐漸的昇高。在魯人與漢王等非悲劇人物的種種反應中，我們看到悲劇英雄所奮鬥的價值受到承認，項羽作爲一個悲劇英雄的倫理意義終於得到肯定，留給我們對於這一場自崛起到死亡，由摸索到完成的生命奮鬥的歷程，一種完滿的認可以及無限的低迴。〔註32〕

「補償」因此是悲劇情節的最適宜的結束。它是一個平靜的句點。一個點清了整條飛騰欲躍之巨龍的眼睛的最後一筆。一個有力而不可或缺的小小的句點。〔註33〕

子胥死後，尚有某些符合其個性的「神跡」，來作爲伍子胥故事的結束，這樣的情節正是對於子胥的奉獻之「受難」，所作的「補償」。而這種「補償」的作用在於提醒我們：勿以成敗論英雄；這種結束，平復了子胥所經歷的、掙扎的艱苦與犧牲的創痛；子胥所奮鬥的價值終於受到人們肯定、承認。同時，這樣的結束正是伍子胥故事最適宜的結束。

〔註32〕語見柯慶明：〈論悲劇英雄——一個比較文學的觀念之思索〉，頁45～46。
〔註33〕語見柯慶明：〈論悲劇英雄——一個比較文學的觀念之思索〉，頁49。

# 第六章　結　論

伍子胥的故事最早見於《左傳》、《國語》、《呂氏春秋》，但其中的伍子胥相關資料都非一貫式的敘述；到了司馬遷的《史記》始以一完整的「傳」來記述其生平，因此，大衛・強生認爲：「可見西漢時，伍子胥故事整個傳統已經存在了，而司馬遷給了發展中的傳統予『定型』（form），其影響相當深遠」。〔註1〕

東漢時期的《吳越春秋》、《越絕書》則代表了伍子胥故事在早期文學中的第二階段，較之《史記》和《左傳》、《國語》、《呂氏春秋》，它的敘述要好得多，內容更豐富詳細，故事也有穩固的綱目架構。

唐代的〈伍子胥變文〉則代表了「唐以前關於伍子胥故事的總匯」，〔註2〕它的創造完成，除了是「作者想像力的創作」之外，其實還源自兩大傳統：一是口頭的（口頭傳統），一是文字的（文學傳統）。其中所謂「文字的（文學傳統）」根源又可分爲前、後兩群：先是《左傳》、《國語》、《呂氏春秋》、《史記》；再來是《吳越春秋》、《越絕書》。而所謂「口頭的（口頭傳統）」材料來源也有

〔註1〕大衛・強生之所以認爲司馬遷的時代（西漢），「伍子胥故事整個傳統已經存在了」的原因，除了《史記》以完整的「傳」寫伍子胥生平，這點以外，還有一個，他說：「實際上，〈伍子胥傳〉給人一種濃縮而不連貫的感覺，對此最好的解釋大概是：當時所能應用的史料寫不勝寫，人們對伍子胥生平事蹟又都耳熟能詳，所以司馬遷對每事便得至少順筆一提。這很明顯的指出：伍子胥故事的一個完熟的傳統（well-developed tradition）已經存在了。」語見大衛・強生（David Johnson）著，蔡振念譯：〈伍子胥變文及其來源〉第一部，《中華文化復興月刊》，第16卷第7期，頁44。

〔註2〕語見劉修業：〈敦煌本伍子胥變文之研究〉，原載於《圖書副刊》第184期、1937年6月3日《大公報》，收入王重民：《敦煌古籍敘錄》，《書目類編》第82冊。

兩個：民間傳說（包括民間故事）、職業或近乎職業說書人的長篇故事。〔註3〕

唐代以後，則宋、元以下，直至清代的講史、戲曲、小說，都有許多伍子胥故事的記錄或演出，即使時至今日，戲劇舞台上仍有伍子胥故事的演出。所以伍子胥故事的流傳眞是歷史悠久、源遠流長。

本書在分別考察了元、明、清三代的戲曲與小說資料中伍子胥故事的情節內容，以及這些情節內容的來源與發展之後，又探討了這些伍子胥故事在戲曲與小說中互相借述、轉化，並因而孳乳擴充的情形。然後，就這些故事情節中所呈現的伍子胥形象做了些許討論。

以下擬植基於前面各章節之研究所得，展示伍子胥故事的全貌；最後，提出伍子胥故事目前尚未完全明白其細節的部分，以俟諸來日。

## 第一節　伍子胥故事的全貌

綜觀史傳、戲曲、小說中所見的伍子胥故事，依伍子胥生平時間之先後，約可大分爲四：一、臨潼鬥寶之事；二、受難以至復仇、報恩之事；三、忠而被禍、受賜屬鏤之事；四、死後爲神之事。以下展示伍子胥故事的全貌，亦依此大分爲四，分別說明：

### 一、臨潼鬥寶之事

伍子胥少年時期的「臨潼鬥寶」相關故事的基本情節，諸如：「擒來皮豹，鞭伏柳盜跖」、「文過百里奚，武勝秦姬輦」、「拳打蒯聵，腳踢卞莊」、「舉千斤鼎，稱爲盟府」、「手劫穆公，吳楚結姻」等，在《左傳》、《國語》、《呂氏春秋》、《吳越春秋》、《越絕書》和〈伍子胥變文〉中，完全不見記載。

元、明、清戲曲及小說中，戲曲的部分，一直要到元代的雜劇，如：鄭廷玉《楚昭公疏者下船》、李壽卿《說鱄諸伍員吹簫》以及元、明間無名氏《十八國臨潼鬥寶》雜劇、《伍子胥鞭伏柳盜跖》雜劇始見其事；稍後的明初邱濬《舉鼎記》戲文、清初薛旦《蘆中人》傳奇、清代無名氏《倒浣紗》傳奇亦有相關情節的演出、記錄。

〔註3〕這是大衛・強生（David Johnson）：〈伍子胥變文及其來源〉的主要結論，參見大衛・強生（David Johnson）著，蔡振念譯：〈伍子胥變文及其來源〉，《中華文化復興月刊》，第16卷第7期、第16卷第8期、第16卷第9期、第17卷第3期、第17卷第4期。

小說的部分，記錄「臨潼鬥寶」之事，則還比戲曲更晚，直到明代余邵魚的《列國志傳》始有記載；而成書時代可能是在清末民初的《十八國臨潼鬥寶鼓詞》，則是專門講唱臨潼鬥寶一事者，在所看到的資料中，它比其他的戲曲、小說對臨潼鬥寶一事的演出或記載都要繁複許多。〔註4〕可說是關於「臨潼鬥寶」故事，情節內容最豐富多彩的書面作品，相較於上述的基本情節，有了很大幅度的增衍，這種情形，充分展現出民間故事在其流傳過程之中，不斷增加、擴充情節的特性。

## 二、受難以至復仇、報恩之事

### （一）受難之事

元、明、清戲曲及小說中，與伍子胥自楚國奔逃、受難相關的最基本情節是：「走樊城」、「養由基義縱子胥」、「計過昭關」、「過昭關，一夜鬚髮盡白」、「漁父載渡，辭劍自盡」、「浣紗女賜食，抱石投江」、「溧陽老嫗饋食，自縊於樹」、「吹簫乞食」等。

《左傳》、《國語》並未詳言伍子胥受難、逃亡的經過；《呂氏春秋》始見「漁父載渡」之事、《史記》承之，但二者均未言漁夫自盡；《史記》又有子胥「乞食」之事，但事在入吳之前，亦不云「吹簫」；《吳越春秋》、《越絕書》則有「漁父載渡，辭劍自盡」、「浣紗女賜食，抱石投江」、「子胥行乞於吳市」等情節；〈伍子胥變文〉則較《吳越春秋》、《越絕書》更增衍了「子胥乞食於其姊」、「兩個外甥欲加害子胥」、「子胥乞食於其妻」等情節。

與這些史傳及〈伍子胥變文〉的記載相較，子胥自楚國奔逃、受難期間的故事情節，在元、明、清戲曲及小說中最重要的增衍，無疑的就是「過昭關，一夜鬚髮盡白」之事。

伍子胥過昭關，一夜白髮的故事是很有名的民間傳說，但其出現的時間並不很早，《二胥記》傳奇是現在已知最早述及此事的戲曲，其作者孟稱舜生平不詳，大約明末前後在世。然而，儘管如此，早在元雜劇《楚昭公疏者下船》中，已可見其發生的契機。〔註5〕小說資料中亦有伍子胥過昭關一夜白髮

〔註4〕它在情節的增衍上，主要有兩個方向：（一）展雄攔路劫寶時，與諸侯的交戰情節增多了；（二）百里奚欲謀擒諸侯所安排的陰謀增多了。本書第三章第三節論「《十八國臨潼鬥寶鼓詞》中之伍子胥」有詳細說明，請參照。

〔註5〕參見本書第二章第四節「綜述」。

的傳說，如：馮夢龍所著《新列國志》第七十二回所載。〔註6〕《新列國志》的刊行年代約在明崇禎元年（1628）至十七年（1644）之間，馮夢龍生卒年大約與孟稱舜相近。在此之後，則有清初薛旦的《蘆中人》傳奇、皮黃《文昭關》〔註7〕等戲曲有這個傳說的記錄或演出。

### （二）復仇之事

至於子胥復仇之事，《左傳》在寫這一段史事時，對於伍子胥的記載，卻只在柏舉之役的前面，輕描淡寫的提到：「伍員爲吳行人以謀楚」，原來《左傳》爲了維護所用心刻畫的伍子胥忠孝兩全的完美形象、恐一般人心目中對子胥復仇之事有所責難，所以故意略於子胥復仇之事，把他報仇洩憤的一段，輕輕地略去，記敘這一史事時，把他推到幕後。〔註8〕《史記》雖明寫子胥之復仇，但只說子胥「掘楚平王墓，出其尸，鞭之三百，然後已」。

《吳越春秋》所載，則除了「掘平王之墓，出其屍，鞭之三百」以外，更較《史記》多了「左足踐腹，右手抉其目，誚之曰：『誰使汝用讒諛之口，殺我父兄？豈不冤哉！』即令闔閭妻昭王夫人。伍胥、孫武、白喜亦妻子常、司馬成之妻，以辱楚之君臣也。」的情節。似乎鞭屍三百，仍不足以償子胥的報仇之心，竟至必須「左足踐腹，右手抉其目」，還要讓吳國君臣妻楚王君臣之妻，藉以折辱楚國。

〈伍子胥變文〉所寫，則子胥的報仇更是極爲徹底，殘酷得令人驚心動魄：子胥領吳軍伐楚，十戰九勝，昭王逃奔，吳軍入郢，焚其宮殿。昭王被獲，子胥對之嚴刑拷打，逼問平王墓所，遂掘取平王之屍，捥取心肝。殺佞臣魏陵，碎屍萬段，並誅其九族。又殺昭王，取其心肝，併魏陵心肝，來至江邊，拜祭父兄。祭畢，以劍重斬平王白骨，其骨隨劍血流，狀似屠羊，取火燒之，當風颺作微塵；又以劍斬昭王，作其百段，擲於江中，令魚鱉食之。

元、明、清戲曲及小說中，戲曲的部分，《說鱄諸伍員吹簫》雜劇謂鱄諸擒住費無忌，由吳王下令斬之於轅門。又謂子胥掘開平王墳墓，親鞭三百，以報父兄之仇。《二胥記》傳奇則謂子胥親自擒住費無忌，將之帶往平王墓前，掘出平王屍，平王面目如生，形顏不改，子胥細數平王之罪後，舉鐵鞭亂打

〔註6〕參見本書第三章第二節「《新列國志》與《東周列國志》中之伍子胥」。

〔註7〕皮黃《文昭關》之劇情及其相關資料，參見本書「附錄」。

〔註8〕這是簡宗梧師：〈左傳寫「闔廬入郢」伍員何以銷聲匿跡？〉、〈左傳伍子胥的形象〉等兩篇論文的結論，參見本書第一章第二節「前人研究成果回顧」。

其屍，鞭打之後，將之拋在亂山之中，欲使狐狸食其肉，野火燒其骨。又將費無忌斬首剜心，拿去祭獻父兄。《蘆中人》傳奇亦有子胥殺費無忌事，又有子胥僇屍之事，然本劇已佚，故不得其詳情。《倒浣紗》傳奇則由鮑牧道出其事：「將費無忌割腹剜心，把平王鞭屍毀墓」。

小說的部分，《列國志傳》寫吳軍入郢，子胥不諫阻吳國君臣穢亂楚宮；因造墓石工之指引，得平王屍，子胥「大怒，手執九節銅鞭，履于尸上，以左足踐其腹，右手抉其目，即令左右重鞭三百，盡燬其衣衿棺槨，棄于山川鄘野之外」；《新列國志》所載則與《列國志傳》情節大致相同。

在此，我們看到的伍子胥是一位尋求復仇的英雄，他成功地完成了爲父兄復仇的事業。其中，子胥的復仇要以《二胥記》傳奇最爲激烈，情節也最繁複，然與〈伍子胥變文〉所寫相較，則仍不如。

### （三）報恩之事

子胥既已爲父兄復仇，接著則是報恩之事。《左傳》、《國語》、《呂氏春秋》、《史記》都無子胥報恩之事。《越絕書》謂子胥因漁父之子求情而釋楚；《吳越春秋》謂子胥因漁父之子釋鄭；又有子胥欲報浣紗女之恩，乃投百金於瀨水中，浣紗女之母取之而去的情節。〈伍子胥變文〉謂漁人之子求子胥釋鄭之仇，子胥即時首肯而退兵；又有子胥投百金於水，以爲對浣紗女亡靈的祭祀之事，但並未提及浣紗女之母。

元、明、清戲曲及小說中，戲曲的部分，《說鱄諸伍員吹簫》雜劇謂子胥既報楚殺父兄之仇，欲行報恩之事，遂使人往取浣婆婆（浣紗女之母），願贍養其下半輩子；又使人往取村廝兒（漁父閭丘亮之子），適村廝兒受鄭國之託，前來討饒，子胥乃將軍兵收回。《蘆中人》傳奇則謂閭丘亮子村廝兒爲申包胥致血書於子胥，子胥乃退兵回吳。

小說的部分，《列國志傳》寫子胥爲浣紗女「立祠於江上，祭畢，大哭而去」；子胥因漁父之子閭丘成之求而釋鄭。《新列國志》謂子胥因漁父之子之請而釋鄭之圍；子胥欲報浣紗女之恩而投千金於瀨水中，浣紗女之母取金而歸。

在此，我們可以發現，元、明、清戲曲及小說中，子胥報浣紗女、漁父救助之恩的情節，大體與〈伍子胥變文〉及其之前的各種書面記載差異不大；惟比較突出的情節是《說鱄諸伍員吹簫》雜劇中的：子胥使人往取浣婆婆（浣紗女之母），願贍養其下半輩子之事。

## 三、忠而被禍、受賜屬鏤之事

子胥進諫，與伯嚭時有爭辯，已常使夫差不悅。又寄子鮑牧，遂使夫差有了誅戮老臣的藉口，《左傳》、《史記》都有相似的記載；《吳越春秋》則謂子胥受戮之近因是爲王解夢，觸怒夫差；〈伍子胥變文〉所記略同《吳越春秋》。

子胥之死，《左傳》只說：「使賜之屬鏤以死」；《國語》則謂：「使取申胥之尸，盛以鴟鴺，而投之於江。」雖謂子胥自殺，卻不載賜劍之事。司馬遷《史記》則兼取二者，謂子胥受賜劍自殺，復被拋尸江中；《呂氏春秋》則謂子胥自殺之後，夫差取其身而流之江，抉其目，著之東門，曰：「女胡視越人之入我也！」；《吳越春秋》謂夫差賜屬鏤之劍令子胥自刎，夫差取子胥屍，盛以鴟夷之器，投之于江，又斷其頭置高樓之上。惟先秦諸子以及漢代思想家所記則有幾種異說，有謂子胥乃遭車裂而死者；又有謂子胥乃自投水而亡者；王充《論衡》則以爲：子胥被夫差所殺，又先入鑊烹尸，再被投入江水之中也。這種說法，較諸以上其他各種說法都更爲慘烈。〔註9〕〈伍子胥變文〉則謂吳王賜子胥燭玉之劍，令其自殺。

元、明、清戲曲及小說中，戲曲的部分，《浣紗記》傳奇謂子胥寄子鮑牧，使之改姓王孫，已使夫差心生芥蒂，又因解夢之言不中聽，觸怒夫差，遂受賜屬鏤之劍，子胥既自盡，夫差復取其屍，盛以鴟夷之革，投之江中。《倒浣紗》傳奇則謂子胥寄子鮑牧，又因「內有西施狐媚，外有伯嚭諛佞」遂使夫差受惑，賜鐲鏤讓子胥自盡。

小說的部分，《列國志傳》所寫，子胥受賜屬鏤之劍的原因，與《左傳》、《史記》相同；子胥死後，夫差「令取鴟夷皮作成一囊，貯伍員首級，投于江中」。《新列國志》所記，不論是子胥受賜屬鏤之劍的原因，或是子胥屍首所受到的對待，都與《吳越春秋》所寫相同。

《吳越春秋鼓詞》所寫，則顯得極爲特殊：子胥得知西施乃「桃源洞內，一個牝雞精臨凡」，因受句踐密囑，迷惑吳王。於是勸諫吳王，並教吳王以酒灌醉西施，使其現出原形。但吳王禁不住西施巧言掩飾，赦免西施。西施既知是子胥所告，遂立意殺子胥。乃與太監丕順共同設計，誣子胥企圖非禮西施，吳王不察，乃誅殺子胥。這個對子胥何以被誅的解釋，是在此之前的所有史傳、戲曲、小說中都不曾看到的。

〔註9〕關於子胥之死的數種不同說法，本書第二章第三節於論《浣紗記》傳奇處有詳細說明，請參看。

綜觀元、明、清戲曲及小說，在《吳越春秋鼓詞》之前者，關於子胥「忠而被禍，受賜屬鏤」之事，大體與《左傳》、《國語》、《史記》、《吳越春秋》差異不大；至《吳越春秋鼓詞》始見較突出的情節。

## 四、死後爲神之事

《左傳》、《國語》、《史記》俱無子胥死後爲神之事；《國語》但云：「吳王夫差既殺申胥，不稔於歲。」；《史記》但云：「吳人憐之，爲立祠於江上，因命曰胥山」。

《吳越春秋》謂子胥死後，屍身被棄江中，「因隨流揚波，依潮來往，蕩激崩岸」；又謂文種、范蠡率越軍攻打吳國都城時，見城門上「伍子胥頭，巨若車輪，目若耀電，鬚髮四張，光射十里」，揚起暴風、疾雨、飛沙走石，阻越軍入吳；又提及子胥與文種死後成爲錢塘江的波濤之神，一前一後，逐浪而去。〈伍子胥變文〉則未描述子胥死時的情形，亦無子胥死後爲神之事。〔註 10〕

元、明、清戲曲及小說中，戲曲的部分，《浣紗記》傳奇謂子胥死後，受玉帝封爲錢塘江之神，白馬素旌，雪袍銀甲，隨波上下，依潮往來。當越兵欲入吳時，子胥據胥門城上，目如熛火，頭若車輪，鬚髮四張，光射數里地阻越兵入胥門，並指示越兵自東門入城，不可犯其疆界。《浣紗記》傳奇又謂太子友、公孫聖、伍子胥三人顯聖擒殺伯嚭。《倒浣紗》傳奇則由專義（專諸子）及范蠡口中說出伯嚭去行成於越，行至錢塘江口，被子胥英靈擊殺之事；又謂子胥被玉帝封爲「江漢海潮神」，曾顯聖面諭伍封、展雄，讚許二人爲己復仇。

小說的部分，《列國志傳》無子胥死後爲神之事，但云：「國人哀其忠直被誅，放其屍葬于於胥山，爲之立廟，春秋設祭祀」。《新列國志》中，子胥死後，也有承襲《吳越春秋》而來的、符合其個性的「神跡」，其情節全同《吳越春秋》。

《吳越春秋鼓詞》則謂子胥死時「尸殼不倒」，死後受上天封爲「捲廉大帥」，曾經顯靈，吹起一陣神風，將何良和公主二人吹至荒郊，使二人得以逃過太監丕順的追殺。

綜觀元、明、清戲曲及小說，戲曲的部分（《浣紗記》傳奇、《倒浣紗》傳奇）有子胥死後爲神，顯聖爲自己報仇而擒殺（擊殺）伯嚭的情節，按：根據《史記・伍子胥列傳》、〈越王勾踐世家〉、〈吳太伯世家〉記載，越既滅

〔註 10〕〈伍子胥變文〉寫越軍入吳，吳國百姓飢虛，無人可敵，吳王夜夢伍子胥告之曰：「越將兵來伐！」王醒，告夢於臣子，寫本到此爲止，以下殘闕。

吳，遂誅太宰嚭，以其不忠於其君，而外受重賄之故，是伯嚭死於越人之手。而《浣紗記》傳奇、《倒浣紗》傳奇讓子胥親殺仇敵，推原其意，蓋爲子胥一抒怨氣也。

小說的部分則雖有子胥死後爲波濤之神或「捲廉大師」之事，甚至其威靈顯現怒氣或神跡，但都不曾傷人。相較之下，戲曲中的情節，似乎比較能夠滿足下層百姓的心理。

## 第二節　伍子胥故事中仍待解明之情節

由於資料之缺乏，元、明、清戲曲及小說中之伍子胥故事，仍然存在一些尚未解明其細節的情節。

戲曲的部分，例如：《舉鼎記》戲文第一折〈始白〉中所謂：「若不虧淮南勇將，休想生回，難伏紅山寇。結金蘭義士，道破因依。舉金鼎懸牌挂劍，割衫襟秦楚于飛，黃河套展雄助力，方脫災危。」之中，所謂的「黃河套展雄助力，方脫災危」的情節即不見於其他記載，其細節仍待解明。

小說的部分，例如：《吳越春秋鼓詞》中所載主要的伍子胥事跡傳說有四項：（一）臨潼鬥寶會上，曾在殿前舉鼎，又曾劍剉（削）梧桐（「劍剉梧桐傷天理」、「劍削梧桐諸王怕」）；（二）禪魚寺中保幼主出重圍；（三）抱幼主夜過昭關；（四）平踏越王雙龍會（「他也曾平踏越王雙龍會」、「越王用范蠡之計，將俺君臣誆進杭州赴會，那一時若非伍員，寡人也就難回江東了。」）。〔註 11〕其中，所謂「劍剉（削）梧桐」、「平踏越王雙龍會」兩項情節，其詳情究竟如何？

先說「劍剉（削）梧桐」之事：《禪魚寺大鼓書》中，曾以馬昭儀的口吻，道出子胥在臨潼鬥寶時，英勇的事跡，主要有二：（一）單手舉起千斤鼎；（二）劍插梧桐把秦欺，立逼秦楚結親戚。其中，所謂「劍插梧桐」，當與《吳越春秋鼓詞》中所謂的「劍剉（削）梧桐」所述爲同件事，因爲它們的字句只是「插」與「挫」、「削」的不同而已。另：《十八國臨潼鬥寶鼓詞》第二十六回「百里奚用絕戶毒計　伍明甫保眾侯出關」所載，有百里奚在龍棚設座位，座位之下俱安大砲，梧桐樹內埋設引信，欲炸死諸侯之事。其中，有梧桐樹

〔註 11〕關於這些情節，本書第三章第四節在論《吳越春秋鼓詞》中所見的伍子胥時有詳細的論述，請參看。

內埋設大砲引信的情節，卻無子胥「劍插梧桐」或「劍挫梧桐」、「劍削梧桐」之事；其他史傳、戲曲、小說資料之中則亦不見相關記錄，故其細節竟不能明。〔註 12〕

再說「平踏越王雙龍會」之事：張瑞芬《伍子胥變文及其故事之研究》曾指出中央研究院另有一本手抄本鼓詞《吳越春秋》，編號爲 21－88。其內容有：「越王於杭州設松朋會」的情節，而這所謂「杭州設松朋會」不知是否與《吳越春秋鼓詞》中所謂的「平踏越王雙龍會」、「越王用范蠡之計，將俺君臣誆進杭州赴會，那一時若非伍員，寡人也就難回江東了。」所指爲同一事件？惜於他處未能再見相關之記載，乃不得其確解。〔註 13〕

以上幾個未能解明其詳情的伍子胥故事情節，只得俟諸來日。

〔註 12〕相關論述，請參見本書第三章第五節。
〔註 13〕相關論述，請參見本書第三章第四節。

# 附錄：皮黃及地方戲曲中之伍子胥故事

## 一、皮黃及地方戲曲簡介

張庚、郭漢城等人合著之《中國戲曲通史》，在敘述明末到清初的中國戲曲發展時說：

> 明末清初，昆山腔的流布範圍幾乎遍及全國的各大城市，弋陽諸腔在民間又有廣泛的流傳，遠及我國東北遼陽一帶。昆山腔在藝術上取得了較高的成就，弋陽腔又在不斷演變發展，形成新的地方聲腔劇種。弋陽腔在北京逐步地方化而發展成爲京腔。康熙以來，它與昆山腔互相爭勝，在北京劇壇上盛極一時。〔註1〕

又說：

> 清代初葉，昆山腔與弋陽諸腔雖在藝術上都已有了較高的成就，但也開始了兩極分化的現象。這就是，一方面被統治者，士大夫與文人所欣賞的昆山腔與京腔，逐步地走向衰落；而另一方面，在民間流傳的昆山腔與弋陽諸腔，則隨著戲曲發展的總趨勢，更加向地方化演變發展。〔註2〕

又說：

> 民間地方戲，繼承了弋陽諸腔在民間流布、演變的傳統，吸收了昆山腔的藝術成就，在新的歷史條件下，對原有的戲曲形式進行了革新、創造。它們突破了聯曲體的傳奇形式，創造了板式變化爲主的

---

〔註1〕語見張庚、郭漢城：《中國戲史通史》，第二冊，頁6。
〔註2〕語見張庚、郭漢城：《中國戲史通史》，第二冊，頁9。

「亂彈」形式……我國戲曲跨入了一個新的歷史階段，即「亂彈」時期。其主要標誌，就是梆子、皮黃兩大聲腔劇種在戲曲舞台上取代了昆山腔所占據的主導地位。〔註3〕

這幾段話，說明了明末清初以來，昆山腔、弋陽諸腔以及新的地方聲腔的演變、發展；也說明了昆曲在戲曲舞台上的主導地位，遭到地方聲腔劇種的強而有力的挑戰，遂逐漸衰落，最後由梆子、皮黃兩大聲腔取而代之。

關於清初以降，各地方聲腔的發展與競逐，孟瑤曾有綜合而簡要的說明：

花部發展的情形，自乾隆四十四年至五十四年，大約十年前後的時間，由於魏長生的關係，是秦腔獨霸之局；乾隆五十五年徽班入京，二黃始盛；道光十年前後楚調盛行，與徽班之二黃結合而成皮黃，漸漸戰敗群雄，取得王位。恰巧道光末年又有太平天國之亂，原來危在旦夕的崑曲至此更受到嚴重打擊。同治光緒年間，雖忽尚山西梆子腔，但因光緒前後已是皮黃的最盛期，王權早固，偶然掀起一陣對山西梆子的喜愛，只不過是這一場征伐中的小插曲而已，並不足影響皮黃之入繼大統。〔註4〕

皮黃自花部亂彈中脫穎而出，成爲中國戲曲的主流之一，因此，探討伍子胥在戲曲中的形象，以及有關他的故事，不能不包括皮黃部分。又因爲地方戲曲種類頗多，無法逐一去探究它們個別爲伍子胥創造了那些故事、形象，所以僅將手頭現有之資料，作爲本節探討皮黃的這一部分的輔助材料。

包括皮黃在內的清代新興的地方聲腔劇種，「它們的演出劇目數量極多，但是這類劇目一方面因爲統治者的歧視和禁毀，刊刻付印的機會很少。另一方面也由於其群眾性的集體創作性質，很少有完善的定本流傳，一般只憑藝人之間的口傳心授或簡約的梨園鈔本留存。輾轉至今，還能讀到的當時劇本已經非常少了。」〔註5〕所以說：「除去《綴白裘》和《納書楹曲譜》所收的四十齣，還可以看到當時的演出劇本或曲譜之外，其餘都只留有存目，有不少雖然至今仍是上演不輟的戲，卻不敢肯定它們就是當年演出的原本。其間究竟已有多少改變，也很難於考索了。」〔註6〕因爲皮黃最初的演出劇本，幾

〔註3〕語見張庚、郭漢城：《中國戲史通史》，第三冊，頁1。
〔註4〕語見孟瑤：《中國戲曲史》，頁451～452。
〔註5〕語見張庚、郭漢城：《中國戲史通史》，第三冊，頁44。
〔註6〕語見張庚、郭漢城：《中國戲史通史》，第三冊，頁49。

乎都已不見，只留有存目，所以只好以現在仍在演出的劇本，配合存目，來探討其中關於伍子胥的故事。

## 二、皮黃及地方戲曲中所見的伍子胥

據陶君起《平劇劇目初探》所錄，關於伍子胥故事的劇目有：《臨潼鬥寶》、《亂楚宮》、《戰樊城》、《長亭會》、《文昭關》、《浣紗計》、《魚腸劍》、《專諸別母》、《刺王僚》、《出棠邑》、《武昭關》、《臥虎關》、《戰郢城》、《哭秦庭》、《西施》等十五部。〔註7〕今即以陶君起所錄的這幾種，依序述其情節大要，如下：

### （一）《臨潼鬥寶》（一名《臨潼會》，亦名《鼎盛春秋》）

陶君起敘本劇劇情謂：「秦王設計以威諸侯，邀各國至臨潼鬥寶，十七國諸侯押寶赴秦，被盜跖（柳展雄）中途劫寶。楚國大將伍員鞭打盜跖，奪回寶物，又與其結爲兄弟。至秦，各國比寶、比武，伍員力舉千斤銅鼎，壓倒諸侯，秦王懼之，不敢留難，並將妹孟嬴（無祥公主）許婚楚太子建，各使臣安然回國。」按：本劇據張庚、郭漢城《中國戲曲通史》的說法是藏於「文化部文學藝術研究院戲曲研究所資料館」，全劇分爲「說計進宮」、「曉喻各國」、「上山結拜」、「臨潼鬥寶」四個部分。〔註8〕惜無法得見，不能知其詳細之劇情，只得就陶君起所述來探討。

陶氏謂柳展雄奪走十七國諸侯寶，經伍員奪回。這與《十八國臨潼鬥寶》雜劇、《伍子胥鞭伏柳盜跖》雜劇所演出的稍有不同。這兩本雜劇都說來皮豹劫去吳國寶物夜明簾，經伍員奪回；柳展雄雖意圖奪寶，但並未得手。

又：依陶氏之說，漢劇、秦腔、同州梆子、河北絲弦都有此劇目，可見臨潼鬥寶一事，在民間相傳頗盛。惜這數種關於此事之劇本，俱無法得見。

### （二）《亂楚宮》（一名《斬伍奢》）

陶氏敘本劇劇情謂：「楚平王（熊居）納子妻，強娶秦女孟嬴，以齊女馬昭儀許婚太子建，並令出鎮城父。奸臣費無極與太子有仇，暗譖太子與大臣伍奢有謀叛意，平王先召伍奢訊問，伍奢直言相勸，平王怒而囚禁伍奢。」

按：關於平王「亂楚宮」之事，《左傳》昭公十九年謂：

---

〔註7〕陶君起：《平劇劇目初探》（台北：明文書局，民國71年7月，初版）。關於伍員故事的劇目，見於頁26～32。

〔註8〕參見張庚、郭漢城：《中國戲史通史》，第三冊，頁49。

費無極爲少師，無寵焉，欲譖諸王，曰：「建可室矣。」王爲之聘於秦。無極與逆，勸王取之。

《史記・伍子胥列傳》則謂：

無忌不忠於太子建。平王使無忌爲太子取婦於秦，秦女好，無忌馳歸報平王曰：「秦女絕美，王可自取，而更爲太子取婦」平王遂自取秦女而絕愛幸之，生子軫。更爲太子取婦。

是史傳已謂平王自取秦女，而更爲太子取婦。本劇劇情則大致相同，惟平王爲太子更取之婦爲馬昭儀，其姓字不見於史傳，前此之戲曲，亦不見其人；至《列國志傳》始言其姓，稱爲「馬昭儀」。

本劇之劇本，不能獲見。

（三）《戰樊城》（一名《殺府逃國》）

陶氏敘本劇之劇情謂：「楚平王既囚伍奢，費無極獻計，逼伍奢修書，誆其二子伍尚、伍員至都，剪草除根。伍尚兄弟鎮守樊城，得信，伍員心疑不去，伍尚一人前往，果被平王連同其父斬首。又派大將武城黑領兵捕拿伍員，伍突圍，箭射武城黑，逃往吳國。」

《戰樊城》，今日得見者有張伯謹所編之《國劇大成》本；〔註 9〕另中央研究院傅斯年圖書館之俗曲特藏資料「皮黃」部分，亦有一本，在第五一函，書號六一八（茲以 51－618 表示，以下凡本特藏之資料，皆仿此，以第一個數字表示其所在函別；第二個數字表示其書號），爲石印本。51－618 這本雖名爲《戰樊城》，然所演實包括了「長亭會」，演至申包胥縱伍員投吳爲止。

又有一本編號 79－951 之《樊城》手抄本，只有伍尚的說白和唱詞，茲舉其一部分以明其形式：

（上白）邊外狼煙盡，請坐，咳，賢弟你我兄弟……愚兄不解，傳下書人，罷了起來，賢弟聽下書人之言無非加官受爵的了，賢弟吓，（唱）賢弟不必太烈性……父子受了何人害，爲什麼綑綁在御家，聽罷言來怒滿懷……只等伍雲報仇來。（下完）

乍看之下，眞是不知所云，原來，這些文字只是伍尚的唱詞和說白。這個抄本可能是專爲飾演伍尚的演員而作的，可能是飾演伍尚一角的演員用來練習唱腔的本子。

---

〔註 9〕張伯謹編：《國劇大成》（台北：國防部振興國劇研究發展委員會，民國 58 年 10 月 31 日），頁 307～312。

（四）《長亭會》（一名《伍申會》）

陶氏敘本劇之劇情謂：「伍員逃出樊城，中途遇故友楚大夫申包胥班師，哭訴本身冤仇，發誓報仇。申包胥勸之，不聽，乃言『子覆楚，我必興楚』，放之投吳。」

《長亭會》，今日得見者有《國劇大成》所收的本子。〔註10〕

（五）《文昭關》（一名《一夜白鬚》）

陶氏敘本劇劇情謂：「伍員投吳，因昭關畫圖緝拿，不敢過關。遇隱士東皋公，藏之于家，一連七日，伍員心內憂愁，鬚髮皆白。東皋公乃使己友皇甫訥喬扮伍員，假作出關，先被關吏擒獲，伍員乘隙逃出昭關。」

《文昭關》，今日得見者，有《國劇大成》所收的本子。〔註11〕傅斯年圖書館所藏者，則有多本：編號 1－002（大東書局鉛印本）、51－616（寶文堂梓石印本）與 41－475（手抄本）這三本只演至皇甫納與伍員改扮完畢，往昭關行去爲止，伍員仍未過昭關也。編號 35－398（手抄本）與 68－840（手抄本）這兩本則同《國劇大成》所收的本子，惟有字句上的少數差異。

另有編號 66－809（手抄本）則全爲伍子胥的唱詞和說白：

> （伍子胥上唱）伍云馬上怒氣沖，逃出虎穴龍潭中，（白）俺伍云且喜逃出重圍，要往吳國吓，那廂有一老者，我且向前向他一聲便了，吓，老丈請了，吓，老丈，我不是伍子胥，休要錯認了。既然如此我便是伍子胥，老丈何以知之……貴府在於何處，這就不敢，請，這廂有禮，有坐，請問老丈上姓尊名，原來偏鵲的門徒，失敬了，一言難盡……將我全家血染。（下缺）

這與前引之編號 79－951（手抄本）《樊城》的情形一樣。可能是專爲飾演伍子胥的演員而作，可能是飾演伍子胥一角的演員在練唱時所用本子。

還有一本編號 9－073（手抄本）《過昭關》則自皇甫訥（此本作「黃復衲」）接獲東皋公（此本作「董高公」）相邀之帖子演起，演至伍子胥出關。略去伍子胥遇東皋公一節。

再有一本編號 77－930（大東書局鉛印本）《文昭關》則只有一曲：

> （伍子胥唱二簧慢板）一輪明月照窗前，愁人心中似箭穿，日指望到吳國，借兵回轉，又誰知到昭關，偶有阻攔，幸遇高公行方便，

〔註10〕張伯謹編：《國劇大成》，頁 313～314。
〔註11〕張伯謹編：《國劇大成》，頁 315～322。

將吾隱藏後花園，一連七日眉不展，滿腹愁腸對誰言，思來想去吾的肝腸斷，今夜晚怎能夠等到明天。

全首並附有工尺譜。這首曲子收於《風琴胡琴京調曲譜大觀》一書之中，本書爲上海大東書局於民國 20 年 3 月所編印，它收集了許多劇目的單曲，每首單曲也都標上工尺譜，作爲彈奏的參考。

又：劉振魯輯《當前台灣所見各省戲曲選集》，收有漢劇《文昭關》〔註 12〕一本，所演劇情，亦只到皇甫納與伍員改扮完畢，往昭關行去爲止，伍員尚未過昭關。

又：陳秀芳編《台灣所見的北管手抄本》收有《文昭關》〔註 13〕一本，所演劇情，全同《國劇大成》本《文昭關》。

關於子胥過昭關一事，《史記・伍子胥列傳》、《吳越春秋》所載者，已見於本書第二章第三節論《昭關記》傳奇部分，大約子胥自楚出奔，先至宋國，再與太子建俱奔吳，而在奔吳途中，太子建在鄭被誅，子胥乃與勝（太子建之子）俱奔吳，而在奔吳途中，因子胥使計才得以過昭關。《文昭關》一劇所演則子胥自楚直奔吳國，受阻於昭關，中間略去奔宋、鄭之事；又子胥受阻昭關，因皇甫納、東皋公之助才得以過昭關，與史傳所載不同；又子胥一夜白鬚事，史傳亦無。〔註 14〕

（六）《浣紗計》（一名《蘆中人》）

陶氏敘本劇劇情謂：「伍員逃出昭關，前阻大江，幸遇漁丈人相助，渡之過江。伍員贈劍，並囑漁人勿泄，漁人投江。伍員渡江後飢餓乏食，路遇浣紗女，乞食。女進食後，亦因伍員囑勿泄露，投江明志。」

《浣紗計》，今日得見者有《國劇大成》所收的本子，〔註 15〕惟劇名作《浣紗記》；傅斯年圖書館所藏則有三本：編號 1－004（大東書局鉛印本）《浣紗

〔註 12〕劉振魯輯：《當前台灣所見各省戲曲選集》，（台中：台灣省文獻委員會編印，民國 71 年 12 月），下冊，頁 22～29。

〔註 13〕陳秀芳編：《台灣所見北管手抄本》，（台中：台灣省文獻委員會編印，民國 69 年 12 月），第一冊，頁 177～196。按：該書所收的北管劇本係據「雅樂軒」的北管手抄本整理排印，這批「台中廳雅樂軒」的北管手抄本，乃胡師萬川得自牯嶺街舊書攤者，爲保存文獻故，乃交由台灣省文獻委員會整理編印。

〔註 14〕關於伍子胥過昭關，一夜鬚髮盡白之事，本書第三章第二節論《新列國志》與《東周列國志》中之伍子胥故事部分，有詳細的討論，請參看。

〔註 15〕張伯謹編：《國劇大成》，頁 323～326。

記》，與《國劇大成》本《浣紗記》並無情節上的差異，惟字句稍有參差。

編號4－017（大東書局鉛印本）《浣紗記》則只有伍員唱詞一段：

（西皮二六）哆囉未曾哪開言，我的淚如梭，尊一聲娘行聽我說，家住在楚國御皇閣……力舉千斤，我就嚇壞了列國，恨平王無道亂朝閣，父納子妻理不合……娘行若肯周濟我，勝似那參經念彌陀。（搖板）多謝娘行恩待我，勝似蛟龍離海窩，伍員打馬忙走過，報答千金不爲多。

這一段唱詞收於《二黃尋聲譜》書中，本書收多種劇目之唱曲，附以工尺譜，爲學習唱腔之參考書籍。

編號82－976（手抄本）《浣紗計》則全爲浣紗女之唱詞和說白：

（上唱）光陰似箭，日月如梭……母女浣紗度日活◯呀（唱）眼觀水底人影過，耳旁聽得言說多，浣紗溪邊誰問我，男女交談是非多◯將軍敢是失迷路途◯想我浣紗女三十未嫁，與寡母同居，那有餘食與將軍充飢◯聽你之言似非尋常之人，請道其詳◯呀（唱）聽他言來珠淚落……飢渴◯將軍打馬忙走卻，男女交談理不合◯蓋世英雄受折磨，時來復掛明輔印◯（白）將軍如何去而復轉◯這個將軍請少待◯哎呀，想我三十未嫁，今日與男子長談……你看那旁有人來了◯投江介下，完。

可能專爲飾演浣紗女的演員而作，可能是飾演浣紗女一角的演員在練唱時所用的本子。

又：《台灣所見的北管手抄本》有《過金江》〔註16〕一本，劇謂：伍員攜幼主逃至金江岸邊，不知該自何處渡江，適萬善之女在岸邊洗衣，便問她江水深淺，女子據實以告，並謂「我父本是打漁漢，我兄本是賣油郎，一日三次送飯，那天不到江邊上？」因此對水性瞭如指掌。伍員欲贈銀與她，不受。伍員離去不久，卞莊領追兵遠遠地趕來，女子以爲「有心說了眞情話，軍爺罵我是不賢。有心不說眞情話，劍戟刀鎗實難當。」遂投江自盡。伍員回頭望女子投江，心中感歎自己在禪林寺迫死了馬國太，來到此間，又迫死烈女，暗下決心，將來幼主登基，要請幼主給她封贈，並在江邊造一座廟宇和忠女堂來紀念她。

本劇與皮黃《浣紗計》稍有不同情節，如：子胥問江水深淺即是。又：女子投江，也不是因爲子胥勿洩之囑。

〔註16〕陳秀芳編：《台灣所見北管手抄本》，頁166～176。

觀劇中有子胥自責在禪林寺迫死馬國太，來到此間又迫死烈女的情節，可知此劇所演之事係接在北管手抄本《過昭關》一劇之後。關於北管手抄本《過昭關》容後再敘。

（七）《魚腸劍》（一名《魚藏劍》、《吹簫乞食》）

陶氏敘本劇劇情謂：「伍員逃至吳國，訪知專諸孝義雙全，乃與結拜。又吹簫乞食，遇公子姬光，光本吳王之子，吳王死後，本應嗣位，而王僚仗勢自立爲王。姬光爲求復位，素聞伍員智勇，乃收爲賓客，並荐專諸於姬光，用魚藏劍刺僚。」

《國劇大成》所收的《魚腸劍》，自伍員吹簫乞食，演至專諸刺死王僚爲止，〔註 17〕實包含了陶氏所收劇目《魚腸劍》、《刺王僚》二種。關於《刺王僚》一劇，容後再敘。

傅斯年圖書館所藏則有幾種，分述於下：

編號 8－058（手抄本）《魚藏劍》則亦自伍員吹簫乞食，演至專諸刺死王僚爲止，但較《國劇大成》本《魚腸劍》多了專諸拜別母親，母親爲絕其留戀之心，遂自縊而死的情節。整本所演的，實包括陶氏所收劇目《魚腸劍》、《專諸別母》、《刺王僚》三種。關於《專諸別母》及《刺王僚》二劇，容後再敘。

編號 1－004（大東局鉛印本）《魚藏劍》則自伍員吹簫乞食，演至專諸決意以魚腸劍刺殺王僚爲止，與陶氏所敘者相同。

編號 4－018（大東局鉛印本）《魚藏劍》則只有伍員唱詞一段：

> 哆囉富貴窮通不由己，也是我時衰命運哪低，我本是楚國的功臣住監利，姓伍名員字子啊胥，臨潼關鬥寶無人哪敵……聞千歲招賢納士多仁哪義，還望拿雲（轉快板）把難人提，伍子胥知恩報德不敢移（快板）含悲忍淚叫賢弟……不殺平王氣不洩（搖板）辭別千歲奉聘禮（嘎調）風吹啊雲散見虹霓。

這一段唱詞收於《二黃尋聲譜續集》書中，本書收多種劇目之唱曲，附以工尺譜，爲學習唱腔之參考書籍。

編號 77－931（大東書局鉛印本）《魚藏劍》則只有一曲：

> （伍子胥唱西皮原板）一事無成兩鬢斑，嘆光陰一去不回還，日月輪流常見，看青山綠水在眼前，俺伍員去楚非本願，恨平王殺害我

〔註 17〕張伯謹編：《國劇大成》，頁 327～336。

慈顏，路出昭關無危險，馬到長江有渡船，幸得漁翁行方便，浣紗女子實可憐，眼望吳國路不遠，報仇心急馬加鞭。

這首曲子收於《風琴胡琴京調曲譜大觀第二集》書中。本書收集了許多劇目的單曲，每首單曲也都標上工尺譜，作爲彈奏的參考。

編號4－017（大東書鉛印本）《魚腸劍》亦只有伍員唱詞一段：

一事無成兩鬢斑，嘆光陰一去不回還……實指望到吳國（快板）借兵哪轉……浣紗女實好善，一飯之恩前世緣，眼望吳城路不哇遠（搖板）報仇心急馬加鞭。

這段唱詞收於《二黃尋聲譜》書中。

編號79－951（手抄本）《魚腸劍》則全爲姬光的說白和唱詞：

（上引）大帝山河恨，王僚強埧山河……孫五子先生八卦有準，算定臨潼鬥寶伍子胥，避難至此，命孤大街之上暗訪賢才……勒馬停蹄聽端的。聽罷言來心中喜……先生，專義士到了用何妙計，我那兄王素日好食魚……見了伯母説孤不義了。（唱）好個專諸忠義信，姬僚到此一命程。下。

可能是飾演姬光一角的演員在練習時所用的本子。

《魚腸劍》劇中，專諸開肉舖營生，因「牽了牛二兩匹牲口，賬目未清」，牛二找上門來，兩人遂有一番爭鬥，正在爭鬥之際，專諸妻一呼「母親喚你」，專諸遂歛手與妻同回。伍員因站得稍遠，不知其故，乃問圍觀的鄰人：「方才這一大漢與人爭鬥，出來一女子，手執拐杖，呼喚即回，莫非此人有些懼內麼？」一老者回答說：「此人名喚專諸，乃是大孝之人。這拐杖是他母親日常所用之物，故一喚即回。」伍員既知「那專諸孝義兼全」，乃決定與之結交。按：《吳越春秋》載專諸懼內，但不以爲恥，自認爲「夫屈一人之下，必伸萬人之上」；至元李壽卿《說鱄諸伍員吹簫》雜劇乃將此改寫爲：鱄諸妻田氏換穿專鱄母親的衣服，持著母親遺下的拄杖，出面制止他與人爭鬥；此劇則謂其妻持拐杖往喚，但此時其母尙在人世。

### （八）《專諸別母》（一名《專母訓子》）

陶氏敘本劇劇情謂：「伍員荐專諸助姬光奪國，專諸歸家別母，有所留戀，母訓誡後自縊，以絕專諸顧慮。」

傅斯年圖書館所藏，編號8－058（手抄本）《魚藏劍》所演，亦有此節，故該劇雖名爲《魚藏劍》，但實已包含陶氏所收劇目之《專諸別母》一劇。

### （九）《刺王僚》（一名《專諸刺僚》）

陶氏敘本劇劇情謂：「姬光假意請吳王姬僚赴宴，魚中藏劍，專諸假扮廚夫借獻魚刺死姬僚，姬光奪位。」

《國劇大成》本《魚腸劍》一劇所演，亦有此節，該劇雖名爲《魚腸劍》，但實已包含陶氏所收劇目之《刺王僚》一劇。

傅斯年圖書館所藏，編號8－058（手抄本）《魚藏劍》所演，亦有此節，故該劇實亦已包含陶氏劇目之《刺王僚》一劇。

傅斯年圖書館所藏，編號4－017（大東書局鉛印本）《刺王僚》則僅有王僚唱詞一段：

> （倒板）列國交鋒囒干戈厚（厚板）弒君不哇比宰雞牛，雖然是弟兄們情哪義，有各人的心機，各自謀，昨夜晚得一夢（二六）眞少有，孤王坐在打魚的小舟，見一個魚兒在水上起，口吐著寒光，照人的雙眸，冷氣吹得難禁受，忙叫漁人快把網來收，只可惜孤王我就高聲吼（快板）回頭來又不見那魚的小舟，醒來時不覺三更後，渾身上額下冷汗哪流。

這段唱詞係收於《二黃尋聲譜》書中。

按：陶氏謂：「自《戰樊城》至《刺王僚》包括《打五將》常連演，總名爲《伍子胥》，又名《鼎盛春秋》……有時刪去《專諸別母》一折。」其中，《打五將》不知所演何事？〔註18〕

《國劇大成》則以《戰樊城》、《長亭會》、《文昭關》、《浣紗記》、《魚腸劍》分別爲《鼎盛春秋》之一、之二、之三、之四、之五。而所演者，正如陶氏所說，不含《專諸別母》。

而傅斯年圖書館所藏，編號26－300（手抄本）《鼎盛春秋》封面題：「樊城、長亭、昭關」，所演則如《戰樊城》、《長亭會》、《文昭關》三劇連演，全劇只演至伍員安然混出昭關爲止，並不包括《浣紗計》、《魚腸劍》及《刺王僚》等三劇所演之事。

---

〔註18〕陶君起：《平劇劇目初探》，凡例（五）云：「每一劇目都分別獨立加以說明，即使有連演者，亦仍分別記述，如《戰樊城》、《長亭會》、《文昭關》、《浣紗計》、《魚腸劍》、《刺王僚》有時合演，總名《伍子胥》或《鼎盛春秋》。本幕（按：「幕」當爲「書」之誤？）仍作爲六個劇目來計算，只附註可以連演……」謂《鼎盛春秋》爲六個劇目合演，但在此，並未提到《打五將》一劇，陶氏書中亦未收此劇，因此，《打五將》所演竟不知其詳。

（十）《出棠邑》（一名《白虎鞭》）

陶氏敘本劇劇情謂：「伍奢既死，楚平王派大將武城黑往擒伍員，伍員之妻以子伍辛托之，自盡。伍員逃出，養由基追之，拔去箭鏃假射，縱之逃奔吳國。」

《出棠邑》，今不獲見。

關於子胥之妻，《左傳》、《史記》並無記載；《吳越春秋・王僚使公子光傳第三》則謂：

> 楚得子尚，執而囚之，復遣追捕子胥，胥乃貫弓執矢去楚，楚追之，見其妻曰：胥亡矣。去三百里，使者追及無人之野……。

只此數語，並無伍員妻托子及自盡之事。

透過《曲海總目提要》的說明，我們可以知道清人薛旦所作之《蘆中人》傳奇，有「伍夫人先避往申包胥姑宅」及「包胥送伍夫人還子胥」的情節。這與伍員妻托子、自盡的情節顯然不同。

清代無名氏作品《倒浣紗》傳奇則謂伍員妻爲專諸之妹，子胥被禍，專氏乃爲專義（專諸子）接回奉養；又謂伍員子爲伍封，子胥未戮之前，將之寄養於齊國鮑牧（鮑惟明）之處，並改姓王孫。這與伍員妻將兒子伍辛托給武城黑，然後自盡的情節亦是顯然不同。

是以《出棠邑》一劇謂伍員之妻將子伍辛托給武城黑，然後自盡的情節當另有所本。

另外，在本書第二章，論高文秀《伍子胥棄子走樊城》雜劇時，我們曾有一項推測：「棄子」與「寄子」所敘，並非一事，而是另一個關於伍子胥的傳說，而且它與「走樊城」發生的時間應是相近或甚至是同時的。《出棠邑》的劇情，正爲這項推測，提供了有力的支持。

在《出棠邑》一劇中，伍員自棠邑出奔，雖然與自樊城出奔，地點不同，但伍員的確在出奔之時，不暇顧及妻兒，所以我們可以說：伍子胥「棄子」與自棠邑出奔發生的時間很近，甚至於該說兩事同時發生。而當一個傳說在民間流傳的時候，變異的產生是不可避免的，〔註 19〕傳說發生地點的改變，

〔註 19〕譚達先在論民間文學的變異性時說：「由於民間文學存在著集體性和口頭性的特徵，也就必然會派生出流傳性、變異性……不管是什麼藝術形式，只要在下層群眾中一流傳，就會產生變異，從語言、表現手法、人物形象，有時甚至包括主題在內，都會發生變化」語見譚達先：《中國民間文學概論》，頁 36～38。

正是這種「變異性」的一種反映。「樊城」或「棠邑」，對這個傳說的主題——伍子胥出奔，並因而「棄子」——而言，並沒有不同的意義。

經由《出棠邑》一劇的劇情，我們可以得到兩點結論：第一，有伍子胥出奔，並因而棄子的傳說，而「棄子」與寄子鮑牧並非一事。第二：這個傳說自元代高文秀寫《伍子胥棄子走樊城》雜劇之時（或之前）即已開始流傳，眞可謂流傳久遠。

（十一）《武昭關》（一名《禪宇寺》）

陶氏敘本劇劇情謂：「伍員保護公子建之妻馬昭儀母子逃出鄭國，鄭將卞莊率兵追趕，兵困禪宇寺，馬氏托孤於伍員，投井自殺，伍員保孤突圍逃走。」

傅斯年圖書館所藏，編號4－018（大東書局鉛印本）《武昭關》只有一段馬昭儀唱詞：

> （搖板）馬昭儀坐龍車，自思自恨，罵一聲費無極賣國的奸臣，恨平王亂楚宮，人倫不正，把一個親生的子就趕出了午門（原板）楚兵紛紛紮了隊，君臣逃命好不傷悲，將軍快把雄兵退，救出了母子出重圍（原板）鬥寶曾在臨潼會，萬馬軍中稱首魁，保皇家四口喪兩口，不怨將軍我怨著誰。

這段唱詞收於《二黃尋聲譜續集》書中。

劉振魯輯《當前台灣所見各省戲曲選集》收有川劇《魚蟬寺》〔註20〕一本。所演劇情與陶氏所說的《武昭關》劇情全同。

《台灣所見的北管手抄本》有《過昭關》〔註21〕一本。劇謂：楚平王無道納子妻，伍奢進諫，反被斬首。伍員怒闖重殿，並保馬昭儀及幼主逃往昭關。到了禪林寺，被卞莊的追兵圍住，伍員表示只能救太子一人，無法同時救馬昭儀。馬昭儀無奈何，遂托孤於伍員，投井自殺。這天夜裡，禪林寺的土地神來託夢，說已將伍員鬍鬚染白，要他第二天趕緊抱幼主逃生。第二天伍員殺出重圍，卞莊和部將都不知白鬚老人即是伍員本人。

此劇所演之事，在北管手抄本《過金江》所演劇情之前。此劇劇情大體與《武昭關》相同，但將《文昭關》中，伍員因昭關畫圖緝拿，不敢過關，心內憂愁，因而一夜白鬚的情節收入，且以神仙法力來解釋這件似乎不可思議的事情。

〔註20〕劉振魯輯：《當前台灣所見各省戲曲選集》，上冊，頁94～96。
〔註21〕陳秀芳編：《台灣所見北管手抄本》，頁152～165。

（十二）《臥虎關》（一名《伍員認子》、《惡虎關》、《父子圓》）

陶氏敘本劇劇情謂：「伍員興兵伐楚。至臥虎關，楚費無極聘伍員之子伍辛出禦，父子不相識，互戰較射，不分勝負。而伍辛養父吳通素知前情，向辛道破，伍辛乃綁費無極上陣認父，父子相認破關。」

此劇傳本，未能獲見。

按：《出棠邑》一劇中，伍員之妻將伍辛託給武城黑，然後自縊身亡。伍員倉促出奔，不暇顧及妻兒。《臥虎關》可能與《出棠邑》爲同一系統的傳說，據《出棠邑》所演，則伍辛留在楚國，是以《臥虎關》中，費無極才能聘之出敵伍員。惟伍員妻既將伍辛托與武城黑，何以《臥虎關》中，伍辛之養父爲吳通？其中轉折竟不可知。陶氏對《臥虎關》的說明又有「不見《東周列國志》，見《左傳春秋》鼓詞。」之語，是《左傳春秋鼓詞》中當有與《臥虎關》相關的情節，惜不得見。

（十三）《戰郢城》（一名《鞭屍楚平王》、《反昭關》、《伍申反目》）

陶氏敘本劇刻情謂：「伍員借吳兵，伐楚報仇，在漢水斬囊瓦，楚司馬沈尹戍兵敗自刎，伍員破麥城、圍郢城，楚平王驚懼而死。申包胥出城，勸伍員收兵不聽，伍子伍辛又殺死楚將，楚昭王（軫）棄城逃走，孟嬴自盡，申縛擒費無忌，伍員殺之，又掘平王墓，鞭屍報仇。」

本劇傳本，不獲見。

本劇謂楚平王因伍員圍郢城而「驚懼而死」，從前的戲曲中未有相同的說法，亦與史傳不合。

（十四）《哭秦庭》（一名《七日七夜》）

陶氏敘本劇劇情謂：「伍員滅楚後，楚大夫申包胥憶當年與伍員『子覆楚，我必興楚』約言，徒步奔往秦國借兵。秦哀公遲疑不肯出兵，申包胥在秦庭痛哭，一連七日七夜，感動秦伯，借兵收復楚國。」

《國劇大成》所收的《哭秦庭》，〔註22〕自吳、楚軍隊對峙於漢水演起，演至昭王回國爲止。所演劇情實包括了陶氏劇目中《戰郢城》的部分情節。但二者相異之處亦多。如：《戰郢城》謂伍員在漢水斬囊瓦、破麥城、平王驚懼而死、伍辛殺楚將、孟嬴自盡、申縛擒費無忌；《哭秦庭》則謂囊瓦兵敗奔鄭、平王與費無忌已先死、孟嬴拒吳王非禮，劇中且無伍員破麥城一節，亦

〔註22〕張伯謹編：《國劇大成》，頁337～361。

無伍辛其人。

至於包胥入秦乞師部分，《國劇大成》本《哭秦庭》與陶氏所敘之《哭秦庭》劇情並無不同。

### （十五）《西施》

陶氏敘本劇劇情謂：「吳王夫差滅越，越王勾踐用范蠡之計，在苧蘿村訪得美女西施，獻於夫差。夫差被惑，斬伍子胥，國事敗壞，被越所滅。范蠡棄官，與西施同泛五湖。」

《國劇大成》所收的《西施》〔註 23〕所演與陶氏所敘，並無不同。

本劇所演主要在寫越國君臣的忍辱待時，以及生聚教訓，復興國家的故事。關於伍員，則只演其諫阻吳王縱勾踐回國，因伯嚭之讒言，受賜屬鏤。

傅斯年圖書館所藏，編號 4－018（大東書局鉛印本）《西施》，有兩段西施的唱詞，分見於《二黃尋聲譜續集》頁 128 及頁 131，因與伍員無關，故不具引。

劉振魯輯《當前台灣所見各省戲曲選集》收有粵劇《臥薪嘗膽》全套八場：〔註 24〕第一場苧蘿訪艷；第二場乳燕離懷；第三場吳宮進美；第四場館娃爭豔；第五場臥薪嘗膽；第六場蛟龍出海；第七場勾踐復仇；第八場泛棹西湖。全劇所演，亦以越國君臣忍辱復國爲主。關於伍員則只謂其極力勸阻吳王釋放勾踐，而不及其受賜屬鏤。

〔註 23〕張伯謹編：《國劇大成》，頁 363～394。

〔註 24〕劉振魯輯：《當前台灣所見各省戲曲選集》，上冊，頁 172～189。

# 參考書目

## 一、戲曲、小說（以引用先後爲序）


1. 〔宋・元間〕無名氏：《浣紗女》戲文（殘曲），收入陸侃如、馮沅君合著：《南戲拾遺》（台北：古亭書屋，影印原哈佛燕京學社出版，民國 58 年 11 月），頁 64。
2. 〔宋・元間〕無名氏：《楚昭王》戲文（殘曲），收入陸侃如、馮沅君合著：《南戲拾遺》（台北：古亭書屋，影印原哈佛燕京學社出版，民國 58 年 11 月），頁 90。
3. 〔明〕邱濬：《舉鼎記》，鈔本，收入林侑蒔主編：《全明傳奇——中國戲劇研究資料第一輯》（台北：天一出版社，無出版年月）。
4. 〔元〕鄭廷玉：《楚昭公疏者下船》雜劇，脈望館鈔校本，收入《全元雜劇初編》第六冊（台北：世界書局，民國 57 年 5 月，再版）。
5. 〔元〕李壽卿：《說鱄諸伍員吹簫雜劇》，雕蟲館本，收入《全元雜劇初編》第六冊（台北：世界書局，民國 57 年 5 月，再版）。
6. 〔元・明間〕無名氏：《十八國臨潼鬥寶》雜劇，脈望館鈔校本，收入《全元雜劇外編》第一冊（台北：世界書局，民國 52 年 2 月，初版）。
7. 〔元・明間〕無名氏：《十八國臨潼鬥寶》雜劇，《孤本元明雜劇》本，收入《孤本元明雜劇》第四冊（台北：台灣商務印書館，民國 66 年 12 月，台一版）。
8. 〔元〕無名氏：《伍子胥鞭伏柳盜跖》雜劇，脈望館鈔校本，收入《全元雜劇外編》第八冊（台北：世界書局，民國 52 年 2 月，初版）。
9. 〔明〕梁辰魚：《浣紗記》傳奇，明末怡雲閣湯顯祖評本，收入林侑蒔主編：《全明傳奇——中國戲劇研究資料第一輯》（台北：天一出版社，無出版年月）。

10. 〔明〕孟稱舜：《二胥記》傳奇，鈔本，收入林侑蒔主編：《全明傳奇——中國戲劇研究資料第一輯》（台北：天一出版社，無出版年月）。
11. 〔清〕無名氏：《倒浣紗》傳奇，鈔本，收入林侑蒔主編：《全明傳奇——中國戲劇研究資料第一輯》（台北：天一出版社，無出版年月）。
12. 〔明〕余邵魚：《新鐫陳眉公先生評點春秋列國志傳》十二卷，明萬曆間刊本，收入國立政治大學古典小說研究中心主編：《明清小說善本叢刊》初編第十二輯（台北：天一出版社，民國 74 年 10 月版）。
13. 〔明〕余邵魚：《新鐫陳眉公先生評點春秋列國志傳》十二卷，明萬曆乙卯本，收入國立政治大學古典小說研究中心主編：《明清小說善本叢刊》初編第十二輯（台北：天一出版社，民國 74 年 10 月版）。
14. 〔明〕余邵魚（誤題作：秣陵蔡元放批）：《繡像春秋列國新增西周演義》十六卷，乾隆四十九年刋本，國立政治大學圖書館藏。
15. 〔明〕馮夢龍新編，胡萬川校注：《新列國志》（台北：聯經出版事業公司，據日本內閣文庫所藏，明金閶葉敬池刋本排印，民國 70 年 8 月，初版）。
16. 〔明〕馮夢龍：《新列國志》，葉敬池刋本，收入國立政治大學古典小說研究中心主編：《明清善本小說叢刊》，初編第十二輯（台北：天一出版社，民國 74 年 10 月）。
17. 〔清〕蔡元放評點：《東周列國志》（台北：文政出版社，民國 61 年 5 月，初版）。
18. 無名氏：《十八國臨潼鬥寶鼓詞》（上海：大新書局，民國 23 年 4 月），收入中央研究院傅斯年圖書館之俗曲特藏資料：「鉛印鼓詞」第 23 函。
19. 無名氏：《十八國臨潼鬥寶鼓詞》（新中國圖書局，無出版年月），胡萬川收藏本。
20. 無名氏：《吳越春秋鼓詞》（上海：大新書局，民國 23 年 3 月），收入中央研究院傅斯年圖書館之俗曲特藏資料：「鉛印鼓詞」第 18 函。
21. 無名氏：《禪魚寺大鼓書》（中華印書局，民國 10 年 4 月），收入中央研究院傅斯年圖書館之俗曲特藏資料：「鉛印大鼓書」第 12 函。
22. 無名氏：《戰樊城》（皮黃），收入張伯謹編：《國劇大成》（台北：國防部振興國劇研究發展委員會，民國 58 年 10 月 31 日），頁 307～312。
23. 無名氏：《戰樊城》（皮黃），收入中央研究院傅斯年圖書館之俗曲特藏資料：「皮黃」第 51 函。
24. 無名氏：《樊城》（皮黃）， 收入中央研究院傅斯年圖書館之俗曲特藏資料：「皮黃」第 79 函。
25. 無名氏：《長亭會》（皮黃），收入張伯謹編：《國劇大成》（台北：國防部振興國劇研究發展委員會，民國 58 年 10 月 31 日），頁 313～314。
26. 無名氏：《文昭關》（皮黃），收入張伯謹編：《國劇大成》（台北：國防部振興國劇研究發展委員會，民國 58 年 10 月 31 日），頁 315～322。

27. 無名氏：《文昭關》（皮黃），有多本，分別收入中央研究院傅斯年圖書館之俗曲特藏資料：「皮黃」第 1、35、41、51、66、68、77 函。
28. 無名氏：《過昭關》（皮黃），收入中央研究院傅斯年圖書館之俗曲特藏資料：「皮黃」第 9 函。
29. 無名氏：《浣紗計》（皮黃），收入張伯謹編：《國劇大成》（台北：國防部振興國劇研究發展委員會，民國 58 年 10 月 31 日），頁 323～326。
30. 無名氏：《浣紗計》（皮黃），有三本，分別收入中央研究院傅斯年圖書館之俗曲特藏資料：「皮黃」第 1、4、82 函。
31. 無名氏：《魚腸劍》（皮黃），收入張伯謹編：《國劇大成》（台北：國防部振興國劇研究發展委員會，民國 58 年 10 月 31 日），頁 327～336。
32. 無名氏：《魚腸劍》（皮黃），有多本，分別收入中央研究院傅斯年圖書館之俗曲特藏資料：「皮黃」第 1、4、8、77、79 函。
33. 無名氏：《武昭關》（一名《禪宇寺》）（皮黃），收入中央研究院傅斯年圖書館之俗曲特藏資料：「皮黃」第 4 函。
34. 無名氏：《哭秦庭》（皮黃），收入張伯謹編：《國劇大成》（台北：國防部振興國劇研究發展委員會，民國 58 年 10 月 31 日），頁 337～361。
35. 無名氏：《西施》（皮黃），收入張伯謹編：《國劇大成》（台北：國防部振興國劇研究發展委員會，民國 58 年 10 月 31 日），頁 363～394。
36. 無名氏：《西施》（皮黃），收入中央研究院傅斯年圖書館之俗曲特藏資料：「皮黃」第 4 函。

## 二、專書（清代以前著作，以作者姓氏筆畫多寡爲序）

1. 〔東漢〕王充：《論衡》（台北：世界書局，民國 51 年 4 月）。
2. 〔東周〕左丘明：《左傳》，《十三經注疏本》（台北：藝文印書館，無出版年月）。
3. 〔東周〕左丘明：《國語》（台北：里仁書局，民國 70 年 12 月）。
4. 〔西漢〕司馬遷：《史記》（台北：鼎文書局，民國 68 年 12 月）。
5. 〔北宋〕李昉：《太平御覽》（台北：台灣商務印書館，民國 86 年 7 月）。
6. 〔秦〕呂不韋著、〔民國〕陳奇猷校釋：《呂氏春秋》（台北：華正書局，民國 74 年 8 月，初版）。
7. 〔明〕呂天成：《曲品》，收入《歷代詩史長編二輯》（台北：鼎文書局，民國 63 年 2 月）。
8. 〔明〕祁彪佳：《遠山堂曲品》，收入《歷代詩史長編二輯》（台北：鼎文書局，民國 63 年 2 月）。

9. 〔明〕祝允明：《猥談》，收入《廣百川學海》（台北：正光書局，民國60年9月）。
10. 〔明〕徐渭：《南詞敘錄》，收入《歷代詩史長編二輯》（台北：鼎文書局，民國63年2月）。
11. 〔東漢〕袁康、吳平：《越絕書》（台北：世界書局，民國70年5月）。
12. 〔元〕陶宗儀：《南村輟耕錄》（台北：木鐸出版社，民國71年5月，初版）。
13. 〔唐〕陸廣微：《吳地記》，收入《古今逸史》（台北：台灣商務印書館，無出版年月）。
14. 〔明〕張岱：《史闕》（台北：華世出版社，民國66年9月）。
15. 〔清〕張廷玉等：《明史》（台北：鼎文書局，民國68年12月）。
16. 〔清〕張英：《淵鑑類涵》（台北：新興書局，民國67年3月）。
17. 〔東周〕荀況：《荀子》（台北：台灣中華書局，民國57年4月）。
18. 〔明〕詹詹外史（即馮夢龍）評輯：《情史類略》，收入國立政治大學古典小說研究中心主編：《明清善本小說叢刊》初編第二輯（台北：天一出版社，民國74年10月）。
19. 〔明〕楊愼：《升庵集》，收入《影印文淵閣四庫全書》（台北：台灣商務印書館，無出版年月）。
20. 〔東漢〕趙曄：《吳越春秋》（台北：世界書局，民國68年12月）。
21. 〔西漢〕賈誼：《新書》（台北：世界書局，民國51年4月）。
22. 〔明〕葉子奇：《草木子》，收入《四庫全書珍本十集》（台北：台灣商務印書館，無出版年月）。
23. 〔東周〕韓非著、〔民國〕陳奇猷集釋：《韓非子集釋》（台北：華正書局，民國71年）。

## 三、專書（民國以後著作，以作者姓氏筆畫多寡爲序）

1. 王季烈：《孤本元明雜劇提要》（台北：盤庚出版社，無出版年月）。
2. 王重民：《敦煌古籍敘錄》，收入《書目類編》第82冊（台北：成文出版社，據民國45年排印本影印）。
3. 王國維：《宋元戲曲史》（台北：台灣商務印書館，民國71年8月）。
4. 王夢鷗：《唐人小說校釋》（台北：正中書局，民國74年1月）。
5. 中國文學史研究委員會：《新編中國文學史（試印本）》（台北：文復書店，無出版年月）。
6. 林侑蒔主編：《全明傳奇——中國戲劇研究資料第一輯》（台北：天一出版社，民國74年10月）。

7. 孟瑤：《中國戲曲史》（台北：傳記文書出版社，民國 68 年 11 月）。
8. 胡士瑩：《話本小說概論》（台北：丹青圖書公司，民國 72 年 5 月）。
9. 胡萬川：《平妖傳研究》（台北：華正書局，民國 73 年 1 月）。
10. 胡萬川：《眞實與想像——神話傳說探微》（新竹：國立清華大學出版社，民國 93 年 7 月）。
11. 胡萬川：《眞假虛實——小說的藝術與現實》（台北：大安出版社，民國 94 年 5 月）。
12. 孫述宇：《水滸傳的來歷、心態與藝術》（台北：時報文化出版公司，民國 70 年 9 月）。
13. 孫楷第：《中國通俗小說書目》（台北：木鐸出版社，民國 72 年 7 月）。
14. 柳存仁：《明清中國通俗小說版本研究》（香港九龍：中山圖書公司，無出版年月）。
15. 莊一拂：《古典戲曲存目彙考》（台北：木鐸出版社，民國 75 年 9 月）。
16. 陶君起：《平劇劇目初探》（台北：明文書局，民國 71 年 7 月）。
17. 張伯謹：《國劇大成》（台北：國防部振興國劇研究發展委員會，民國 58 年 10 月 31 日）。
18. 張庚、郭漢城：《中國戲曲通史》（台北：丹青圖書公司，民國 74 年 12 月）。
19. 陸侃如、馮沅君：《南戲拾遺》（台北：古亭書屋，影印原哈佛燕京學社出版，民國 58 年 11 月）。
20. 陳秀芳編：《台灣所見的北管手抄本》（台中：台灣省文獻委員會，民國 69 年 12 月）。
21. 曾永義：《說俗文學》（台北：聯經出版事業公司，民國 69 年 4 月）。
22. 曾永義：《中國古典戲劇論集》（台北：聯經出版事業公司，民國 64 年 10 月）。
23. 傅借華：《元雜劇考》（台北：世界書局，民國 68 年 10 月）。
24. 傅借華：《明雜劇考》（台北：世界書局，民國 71 年 4 月）。
25. 楊家駱主編：《全元雜劇初編》（台北：世界書局，民國 52 年 2 月）。
26. 楊家駱主編：《全元雜劇外編》（台北：世界書局，民國 52 年 2 月）。
27. 楊蔭深：《中國俗文學概論》（台北：世界書局，民國 74 年 11 月）。
28. 葉德均：《宋元明講唱文學》（台北：河洛圖書出版社，民國 67 年 5 月）。
29. 董康：《曲海總目提要》（台北：正光書局，民國 58 年 4 月）。
30. 劉大杰：《中國文學批評史》（台北：文匯堂出版社，民國 74 年 11 月）。
31. 劉宏度：《宋歌舞劇曲考》（台北：世界書局，民國 68 年 10 月）。
32. 劉復、李家瑞：《中國俗曲總目稿》（台北：中央研究院歷史語言研究所，民國 21 年）。

33. 劉振魯輯：《當前台灣所見各省戲曲選集》（台中：台灣省文獻委員會，民國 71 年 12 月）。
34. 鄭振鐸：《中國文學研究》（台北：明倫出版社，無出版年月）。
35. 潘重規編：《敦煌變文集新書》（台北：中國文化大學中文研究所敦煌學研究會，民國 72 年 7 月，初版）。
36. 錢南揚：《宋元南戲百一錄》（台北：古亭書屋，影印原哈佛燕京學社出版，民國 58 年 11 月）。
37. 錢南揚：《戲文概論》（台北：木鐸出版社，民國 71 年 2 月）。
38. 謝海平：《講史性變文研究》（台北：嘉新水泥文化基金會，研究論文第 231 種，民國 62 年 11 月）。
39. 譚達先：《中國民間文學概論》（台北：木鐸出版社，民國 73 年 9 月）。

## 四、論文（以作者姓氏筆畫多寡爲序）

1. 李家瑞：〈由說書變成戲劇的痕跡〉，《中央研究院歷史語言研究所集刊》，第七本第三分（民國 26 年），收入羅聯添主編：《中國文學史論文選集》（台北：台灣學生書局，民國 68 年 4 月，初版）。
2. 胡萬川：〈玄女、白猿、天書〉，原載於《中外文學》第 12 卷，第 6 期（1983 年 11 月），收入胡萬川：《眞假虛實——小說的藝術與現實》，頁 107～141。
3. 胡萬川：〈降龍羅漢與伏虎羅漢〉，原發表於 2000 年於新加坡舉行的「明代小說國際學術研討會」中，收入胡萬川：《眞實與想像——神話傳說探微》（新竹：國立清華大學出版社，民國 93 年 7 月，初版），頁 203～235。
4. 柳存仁：〈元至治本全相武王伐紂平話明刊本列國志傳卷一與封神演義之關係〉，原載於《新亞學報》四卷一期，收入樂蘅軍主編：《中國古典文學論文精選叢刊‧小說類》（台北：幼獅文化事業公司，無出版年月）。
5. 柯慶明：〈論悲劇英雄—— 一個比較文學的觀念之思索〉，收入《文學評論第四集》（台北：巨流圖書公司，民國 69 年 9 月，一版），頁 1～68。
6. 夏濟安著、郭繼生譯：〈西遊補：一本探討夢境的小說〉，《幼獅月刊》第 40 卷，第 3 期。
7. 陳貞吟：〈論明傳奇中夢的運用〉收入《文學評論》第六集（台北：巨流圖書公司，民國 69 年，5 月），頁 219～304（未完）、《文學評論》第七集（台北：黎明文化事業公司，民國 72 年 4 月），頁 309～342（續完）。
8. 陳素蘭：《浣紗記研究》（台北：中國文化大學中文研究所碩士論文，民國 66 年）。
9. 張瑞芬：《伍子胥變文及其故事之研究》（台北：中國文化大學中國文學研究所碩士論文，民國 74 年）。

10. 劉修業：〈敦煌本伍子胥變文之研究〉，原載於《圖書副刊》第184期、1937年6月3日《大公報》，收入王重民：《敦煌古籍敘錄》，《書目類編》第82冊（台北：成文出版社，據民國45年排印本影印）。

11. 鄭振鐸：〈巴黎國家圖書館中之中國小說與戲曲〉，收入鄭振鐸：《中國文學研究》（台北：明倫出版社，無出版年月）。

12. 鄭振鐸：〈伍子胥與伍雲召〉，收入鄭振鐸：《中國文學研究》（台北：明倫出版社，無出版年月），頁313～320。

13. 簡宗梧：〈左傳寫「闔廬入郢」伍員何以銷聲匿跡？〉，《孔孟月刊》第19卷第2期，頁16～18。

14. 簡宗梧：〈左傳伍子胥的形象〉，《孔孟學報》第45期，頁213～223。

15. David Johnson著，蔡振念譯：〈伍子胥變文及其來源〉，原文載於《哈佛亞洲學報》（Journal of Asiatic Studies）第40卷第1號及第2號。文分兩部，譯文亦依原文分爲兩部：第一部收入《中華文化復興月刊》，第16卷第7期、第8期、第9期；第二部收入《中華文化復興月刊》，第17卷第3期、第4期。

16. Robert Ruhlmann著，朱志泰譯：〈中國通俗小說戲劇中的傳統英雄人物〉，收入香港中文大學主編：《英美學人論中國古典文學》（香港：中文大學出版社，1973年3月），頁53～116。